बीच प्रेम में गाँधी

बीच प्रेम में गाँधी

सन्तोष चौबे

वाणी प्रकाशन

वाणी प्रकाशन
4695, 21-ए, दरियागंज, नयी दिल्ली 110 002
फ़ोन : +91 11 23273167 फ़ैक्स : +91 11 23275710

शाखाएँ

अशोक राजपथ, पटना 800 004, बिहार

कॉफ़ी हाउस कैम्पस, महात्मा गांधी मार्ग, इलाहाबाद 211 001, उत्तर प्रदेश

महात्मा गांधी अन्तरराष्ट्रीय हिन्दी विश्वविद्यालय, वर्धा 442 001, महाराष्ट्र

सुल्तानिया रोड, मोतिया पार्क, भोपाल 462 001, मध्य प्रदेश

www.vaniprakashan.in
marketing@vaniprakashan.in
sales@vaniprakashan.in

BEECH PREM MEIN GANDHI
by Santosh Choubey

ISBN : 978-93-5072-834-5
Collection of Stories

प्रथम संस्करण 2016
आवृत्ति 2019

मूल्य : ₹ 475

सिटी प्रेस, दिल्ली-110 095 में मुद्रित

वाणी प्रकाशन का लोगो मक़बूल फ़िदा हुसेन की कूची से

अनुक्रम

नौ बिन्दुओं का खेल

बहुत सम्भव है कि ये खेल आपने खेला हो। सम्भावना ये भी है कि आप इसके बारे में बिल्कुल न जानते हों। लेकिन हमारे आज के समय में, पूरे भारत में, यह खेल बड़े पैमाने पर खेला जा रहा है और भारत ही क्या, दुनिया के कई देशों में ये एक लोकप्रिय खेल है। तो फिर आप भी इसके बारे में क्यों न जानें? जानने के बाद आप कम से कम ये तो तय कर ही सकते हैं कि इसे खेलना है या नहीं और अगर खेलना है, तो किस तरह? यही सोचकर ये कहानी आपके सामने पेश कर रहा हूँ।

कहानी जहाँ से शुरू हो रही है वह है उद्योग विभाग के महाप्रबन्धक अनुराग श्रीवास्तव का छोटा, मगर सुन्दर सा, सम्मेलन कक्ष। इस वक़्त वहाँ तीन लोग उपस्थित हैं। एक, शहर में नये ढंग की सोच रखने वाले, उद्यमी के रूप में प्रख्यात कार्तिक त्रिवेदी, दो, उसका बचपन का दोस्त अनुराग श्रीवास्तव और तीन...। ठहरिये, इस तीसरे व्यक्ति का परिचय अभी आपको मिला जाता है।

तो आइये, कहानी शुरू करें?

एक मुलाक़ात अचानक

अनुराग श्रीवास्तव ने, अपने सुन्दर से सम्मेलन कक्ष में बैठे, उस तीसरे व्यक्ति का परिचय कराते हुए कार्तिक से कहा, 'इनसे मिलो, ये हैं देश के बड़े उद्योगपति मिस्टर रमेश चन्द्रा। इनके पास तुम्हारी समस्या का हल हो सकता है।'

छड़ी के सहारे खड़े होते जिस व्यक्ति ने कार्तिक से हाथ मिलाया वह उसे कुछ जाना-पहचाना सा लगा। साँवला रंग, सिर पर भरे-भरे लेकिन अधिकतर सफ़ेद बाल, ऊँची क़द-काठी और कुछ भोंथरे से

नाक-नक़्श। उसने सफ़ेद कुर्ता-पाजामा पहना हुआ था, जो कुछ मैला सा था, जैसे उसे दो-तीन बार पहनने के बाद भी धोया न गया हो। हाथ में तीन-चार अँगूठियाँ, जिनमें अलग-अलग तरह के नग जड़े हुए थे। मोटी उँगलियाँ और भारी हाथ।

कहाँ, इसे कहाँ देखा है, कार्तिक ने सोचा पर उसे कुछ ठीक-ठीक याद न आया।

अनुराग ने कहा, 'और रमेश जी, ये हैं मेरे बचपन के दोस्त कार्तिक, पढ़ने-पढ़ाने का काम करते हैं और इस काम को ही इन्होंने अपना उद्यम भी बनाया है। शहर में अपना एक बड़ा संस्थान खोलना चाहते हैं। जब आपकी ओर से ज़मीन बेचने का ऑफर आया तो मुझे लगा कि ये आपके सबसे बढ़िया ग्राहक हो सकते हैं। फिर आपकी ज़मीन भी अच्छे काम में लगेगी।'

ऐसा लगा जैसे रमेश चन्द्रा की आँखें धीरे से झपक गयी हों, जैसे उन्होंने कार्तिक को पहचाना हो। मगर पहचाना भी हो तो ज़ाहिर नहीं किया। अपनी आवाज़ में नकली उत्साह भरते हुए उन्होंने कहा, 'हम तो जी भाई साहब ज़मीन बेचने के लिए ही बैठे हैं। फिर आप जिसे लायेंगे वह कोई बुरा आदमी थोड़े ही होगा।'

कहकर वे हँसे। एक खोखली सी, बनावटी हँसी। कार्तिक ने अब उन्हें पहचाना। वही हैं, बिल्कुल वही। वैसी ही भारी आवाज़, वैसी ही खोखली हँसी जो छाती की खरखराहट के साथ रेसोनेट करती थी। और हँसते समय वही चमकते दाँत, जिनमें कहीं-कहीं सोना चमक जाता था। गुप्ता जी। रमेश चन्द्र गुप्ता या आर.सी. गुप्ता। पर इन्होंने अपने नाम से गुप्ता क्यों ग़ायब कर लिया? और ये तो बाहर चले गये थे। अब फिर यहाँ कैसे? परिचय दूँगा तो पहचान लेंगे। पर फिलहाल परिचय न दूँ तो ही ठीक है। बड़े खिलाड़ी थे गुप्ता जी। पहले देख तो लूँ कि उनका खेल क्या है? उसने कहा, 'एक बार ज़मीन देख लेते हैं। फिर तय कर लेंगे। पेपर्स वगैरह तो सब होंगे आपके पास?'

अनुराग ने कहा, 'पेपर्स सब मेरे पास हैं। तुम एक बार ज़मीन देख लो, फिर बैठकर फॉर्मेलिटीज़ हो जायेंगी।'

'और रेट? रेट आपने क्या तय किया है?'

'ज़मीन तो जी सोना है, सोना। पर मैं आपके लिए बिल्कुल

रीज़नेबल रेट लगाऊँगा। मुझे तो ज़मीन निकालनी है। फिर अनुराग जी बीच में हैं। पता नहीं इन्होंने आपको बताया कि नहीं। उस ज़मीन पर पचास हज़ार स्क्वेयर फ़ीट का शेड भी खड़ा है।'

अनुराग ने बात समाप्त करते हुए कहा, 'दस एकड़ ज़मीन है और उस पर पचास हज़ार स्क्वेयर फ़ीट का शेड है। चन्द्रा जी ज़मीन निकालना चाहते हैं। रेट मैं सही लगवा दूँगा। तुम एक बार ज़मीन देख लो।'

'ठीक है, तो कल सुबह, दस बजे।'

कार्तिक ने दोनों से हाथ मिलाया और बाहर निकल आया।

शाम को अपने घर के लॉन पर, अपनी प्रिय मुद्रा में, जब वह पैर फैला कर बैठा और उसने चाय का बड़ा मग अपने हाथ में लिया तो उसे बड़ा सुकून महसूस हुआ।

शाम अब ढलने लगी थी। आसमान साफ़ था और उस पर तारे छिटके हुए थे। उत्तर में सबसे चमकदार ध्रुव तारा, उसी से कुछ दूरी पर सप्तर्षि। आसमान उसे बचपन से फैसिनेट करता था। गर्मियों में जब वे छत पर या घर के सामने छोटे से बगीचे में पानी का छिड़काव कर, बिस्तर ठंडा करने के बाद उन पर लेटते थे तो ऊपर आसमान जैसे उसे मोहित कर लेता था। जाने कैसे-कैसे विचार उसके मन में आते। वह आसमान में आकृतियाँ ढूँढ़ता, तारों और चन्द्रमा से बातचीत करता, उन्हें अपने घर बुलाता। कभी आकाश की विशालता उसमें भय और क्षुद्रता का भाव भरती, कभी उसकी पल-पल बदलती छवियाँ उसे चमत्कृत करतीं। वह आसमान के प्रति जिज्ञारा का भाव लेकर बड़ा हुआ था। बड़ा होने के बाद भी ये फैसिनेशन उसके मन से गया नहीं। वह अब कई तारों को पहचान सकता था। समय मिलने पर वह अक्सर उन्हें निहारता। कभी नंगी आँखों से, कभी खुद के बनाये टेलिस्कोप से। तारों भरे आसमान की उसके जीवन में एक दार्शनिक जगह थी।

आज जब वह अपने घर के लॉन पर आसमान को निहारता, लेटा-अधलेटा सा था तो उसने सोचा—नियति भी कैसे-कैसे खेल दिखाती है? आज जब वह इस शहर में अपनी ज़िन्दगी नयी समृद्धि के साथ शुरू करने जा रहा था तो एक बार फिर वही आदमी

उसके जीवन में उपस्थित था जिससे उसका पहले सम्मान और फिर घृणा का रिश्ता था।

वही, रमेश चन्द्र गुप्ता।

स्मृति में एक खेल

पहले पहल जब वह उनसे मिला था तब वे शहर के बड़े उद्योगपति थे और वह एक नवयुवक, ऊर्जा से भरा हुआ। हाल ही में पाये इंजीनियरिंग एवं प्रबन्धन के ज्ञान से सन्नद्ध, जो कुछ कर दिखाने का जज़्बा रखता था, हालाँकि यह तय नहीं था कि ठीक-ठीक क्या कर दिखाना है? दुनिया खुली थी और वह दिशा पकड़ने के लिए स्वतन्त्र था। हँसमुख, बुद्धिमान और शिक्षित, वह कहीं भी पहुँच सकता था।

लगभग पाँच साल में चार नौकरियाँ छोड़ने के बाद उसने अपना खुद का काम शुरू करने का निर्णय लिया। किसी भी नौकरी से उसका मन भरता ही नहीं था। बॉस उसे बहुत ही यांत्रिक और अकड़ू क़िस्म के नज़र आते थे जो सभी क्रिएटिव सम्भावनाओं को समाप्त करना अपना कर्तव्य समझते थे; सहयोगी उसे हड़बड़िये और मैनिपुलेटिव नज़र आते थे जो जैसे-तैसे आगे निकलना चाहते थे; पूरा वातावरण उसे नीरस और दमघोंटू लगता था जहाँ जीवन रस के सूखने की पूरी-पूरी सम्भावना थी। साल होते न होते उसका मन एक नौकरी से ऊब जाता और वह दूसरी की तलाश में लग जाता। नौकरियाँ उसे आसानी से मिल भी जाती थीं पर वे उसे संलग्न न रख पातीं। पाँच साल पूरे होते-होते उसका मन नौकरी के विचार से ही भर गया। उसने सोचा वह अपना कोई काम करेगा।

पाँच साल में उसने काफ़ी दुनिया देख ली थी और टेक्नॉलोजी की उसे अच्छी समझ थी। कलर टी.वी. और इलेक्ट्रॉनिक इण्डस्ट्री तब उभार पर थी और वह सर्किट डिज़ाइन का मास्टर था। उसने अपनी सलाहकार सेवाएँ शुरू कीं। यह काम वह लगभग अकेले ही शुरू कर सकता था।

देश में तब एशियाड खेलों की धूम थी। कलर टी.वी. इण्डस्ट्री के विस्तार को एशियाड खेलों से जोड़ दिया गया था। लोग धड़ाधड़ अपने श्वेत-श्याम टी.वी. के बदले कलर टेलीविज़न सेट्स खरीद

रहे थे। ऑडियो इण्डस्ट्री में भी बूम था। कार्तिक को लगा उसकी सलाहकार सेवा चल निकलेगी।

तब रमेश चन्द्र गुप्ता इलेक्ट्रॉनिक इण्डस्ट्री के उभरते सितारे थे। टेलीविज़न में देखो तो कोलम्बिया इलेक्ट्रॉनिक्स, ऑडियो सिस्टम्स में देखिये तो एमटेक ऑडियो, कैसेट्स में देखिये तो यूनाइटेड कैसेट्स—हर तरफ़ रमेश चन्द्र गुप्ता के लगाये यूनिट्स की धूम थी। कार्तिक के पिछड़े प्रदेश में उन्हें औद्योगिक क्रान्ति लाने वाला माना जा रहा था। वे अक्सर उद्योगपतियों के चैम्बर में या मन्त्रियों के बंगलों पर टहलते मिल जाते। अख़बार के तीसरे पृष्ठ पर अक्सर उनके साक्षात्कार छपते। वे आये दिन, कहीं न कहीं, किसी शो रूम या यूनिट का उद्घाटन करते पाये जाते।

ये स्वाभाविक ही था कि कार्तिक सबसे पहले रमेश चन्द्र गुप्ता से मिलने का प्रयास करता। वह नया-नया कंसल्टेंट बना था और उसके पास बहुत से विचार थे। उसे लगता था कि जो गुप्ता जी आज, कंज़्यूमर इलेक्ट्रॉनिक्स के क्षेत्र में लीडर नज़र आते हैं, वे पाँच वर्षों में ही पुराने भी पड़ सकते थे। जल्दी ही इस इण्डस्ट्री में ठहराव आने की सम्भावना थी और उन्हें आज से ही डाइवर्सिफिकेशन की तैयारी करनी चाहिए थी। वह ऐसे बहुत से विचार उन्हें सुझा सकता था जिनसे वे पाँच साल आगे का प्लान बना पाते। वह सोचता था कि उन्हें अगर एक-दो विचार भी जँच गये तो कुछ प्रोजेक्ट्स तो उसके हाथ में आ ही जायेंगे।

काफ़ी प्रयासों के बाद उसे उनसे मिलने का अपॉइंटमेंट मिला। उसने बैठक की अच्छी तैयारी की। अलग-अलग विचारों पर केन्द्रित प्रोजेक्ट प्रोफाइल बनाईं, दोस्तों से गुप्ता जी के स्वभाव के बारे में जाना और बिल्कुल ठीक समय पर उनसे मिलने पहुँच गया। केबिन के बाहर बैठी रिसेप्शनिस्ट ने बताया कि गुप्ता जी फिलहाल व्यस्त हैं और उसे इन्तज़ार करना होगा। करीब एक घंटे के इन्तज़ार के बाद उसे भीतर बुलाया गया। केबिन के वातावरण से उसे नहीं लगा कि वे किसी काम में व्यस्त रहे होंगे।

वे बड़ी सी टेबल के पीछे एक कुर्सी पर झूलते से बैठे थे। बैक ड्रॉप में विश्व का बड़ा सा नक़्शा लगा था। पीछे की पूरी दीवार उस नक़्शे से आच्छादित थी। पहली नज़र में लगता था कि गुप्ता जी

पीछे दिख रहे पूरे विश्व के मालिक हैं। निश्चित ही यह साज-सज्जा आगन्तुकों पर प्रभाव जमाने के लिए की गयी थी।

उन्होंने निग़ाहें उठाईं और कहा, 'हाँ जी द्विवेदी जी, बताइये।'

कार्तिक ने कहा, 'सर मैंने कंज्यूमर इलेक्ट्रॉनिक्स की फील्ड में आपकी ग्रोथ देखी है। पिछले पाँच वर्षों में आप ब्रांड लीडर बनकर उभरे हैं। पर मुझे लगता है कि अगले पाँच वर्षों में समय बदलेगा और इण्डस्ट्री में ठहराव आयेगा। आपको अभी से कुछ डाइवर्सिफिकेशन की तैयारी करना चाहिए।'

एक युवा लड़के को इतनी समझदारी की बात करते देख गुप्ता जी ठठाकर हँसे।

'तो आप मुझे सलाह देने आये हैं?'

'सर मेरी फर्म ही सलाहकार फर्म है। नयी सम्भावनाओं की तलाश करना और अपने क्लायंट्स तक उन्हें पहुँचाना ही हमारा काम है।'

गुप्ता ने गम्भीर होते हुए कहा, 'अच्छा तो बताइये, हमारे लिए आपके पास क्या आइडियाज़ हैं?'

कार्तिक ने अब अपनी पूरी कम्यूनिकेशन स्किल का इस्तेमाल किया। उसने उन्हें बताया कि क्योंकि वे पहले से ही इलेक्ट्रॉनिक्स इण्डस्ट्री में हैं, वे स्वास्थ्य के क्षेत्र में इलेक्ट्रॉनिक उपकरण बनाने की सम्भावना पर विचार कर सकते हैं। आजकल स्कैनिंग, एम.आर.आई., इमेजिंग और टेस्टिंग के इतने उपकरणों की ज़रूरत पड़ती है, वे उन्हें बना सकते हैं या बाहर से बुलवा सकते हैं। दूसरे, उन्हें सिर्फ़ फिनिश्ड प्रॉडक्ट्स में ही नहीं रहना चाहिए। अगर वे कम्पोनेंट स्तर पर जायें तो उनका लाभ बढ़ सकता है। तीसरे, वे वर्टिकल मोबिलिटी के बारे में सोचें। जैसे, अगर वे कैसेट्स बना रहे हैं, तो क्या वे रिकॉर्डिंग स्टूडियो और डिस्ट्रीब्यूशन चैनल के बारे में नहीं सोच सकते?

गुप्ता जी को कार्तिक के तीनों ही विचार बहुत पसन्द आये थे। उन्होंने अपनी भारी हँसी, जो उनका ट्रेड मार्क थी, में हँसते हुए कहा था, 'बहुत बढ़िया द्विवेदी जी, आपके तीनों आइडियाज़ बहुत अच्छे हैं। आप तो तीनों की अलग-अलग प्रोजेक्ट रिपोर्ट बना दीजिए।'

कार्तिक को अच्छा लगा। उसने एक बड़े क्लायंट को प्रभावित कर लिया था। पहली मुलाक़ात में ही रिपोर्ट बनाने का काम मिल रहा था। उसने कहा, 'यस सर।'

‘पर एक बात ध्यान रखियेगा।’

‘जी, बतायें।’

‘प्रत्येक प्रोजेक्ट सौ करोड़ से कम का नहीं होना चाहिए। छोटे प्रोजेक्ट्स में मेरी रुचि नहीं है।’

‘जी, पूरी कोशिश करूँगा।’

‘और इंफ्रास्ट्रक्चर एक बार में पूरा-पूरा बनाइयेगा। नो फेजिंग। सब काम एक साथ होगा अलग-अलग चरणों में नहीं।’

‘जी, बेहतर है।’

कार्तिक ने सन्तोष की साँस ली। अब वह काम में जुट सकता था।

अगले तीन महीने कार्तिक ने कड़ी मेहनत की। उसने मार्केट डाटा में गहरा गोता लगाकर भविष्य के सही-सही अनुमान लगाये। भविष्य की सम्भावनाएँ वाकई बहुत अच्छी नज़र आ रही थीं। मशीनों और कच्चे माल के विक्रेताओं से उसने सीधी मुलाक़ातें कीं और उनसे सर्वोत्तम दरें प्राप्त कीं। उसने वित्तीय अनुमान इतनी अच्छी तरह तैयार किये कि कैश फ्लो और बैंक ऋण के लिए ज़रूरी सारे अनुपात बिल्कुल बैंक की ज़रूरतों के अनुसार निकल आये।

वह बीच-बीच में गुप्ता जी से मिलता रहता था और उनकी अन्तर्दृष्टि से प्रभावित था। वे बड़ी आसानी से प्रोजेक्ट की कमियाँ पहचान लेते थे और सही-सही सुझाव देते थे। अपने वित्तीय आँकड़े उन्हें ज़ुबानी याद थे और वे जानते थे कि परियोजना रिपोर्ट में कहाँ, उनका बड़ी चतुराई से प्रयोग किया जाना है। बैंकों के सम्भावित सवालों से वे पूरी तरह परिचित थे और उनके जवाब वे रिपोर्ट में ही शामिल करवाते जा रहे थे। उन्होंने ज़ोर देकर बिल्डिंग और मशीनों की कीमतें बढ़वायीं जो शायद स्टील और डॉलर की कीमतों में सम्भावित उतार-चढ़ाव के मद्देनज़र बढ़ाई गयी थीं।

अब रिपोर्ट्स तैयार थीं और सबसे बड़ी बात ये थी कि गुप्ता जी इसका पूरा श्रेय कार्तिक को ही दे रहे थे। वे उसके काम से बहुत प्रभावित नज़र आते थे। जब उसने रिपोर्ट्स प्रस्तुत कीं तो उन्होंने कहा, ‘वाह द्विवेदी जी वाह। मज़ा आ गया। बहुत बढ़िया रिपोर्ट्स बनाई है आपने।’

'सर इनमें आपके सुझाव भी शामिल हैं। इनमें आपका भी योगदान है।'

'अरे नहीं भाई, मैंने तो अपने अनुभव का कुछ लाभ आपको दिया था। मैं आपके जैसी भाषा थोड़े ही लिख सकता हूँ। रिपोर्ट्स तो आपने ही बनाई हैं। प्रोजेक्ट कंसल्टेंट भी आप ही होंगे।'

कार्तिक का सीना चौड़ा हो गया। इन्हें है सही आदमी की पहचान। तभी तो इतने यूनिट्स लगा रहे हैं, इतनी प्रगति कर रहे हैं।

गुप्ता ने आगे कहा, 'और हाँ, ये प्रोजेक्ट रिपोर्ट्स का बिल अकाउंट्स डिपार्टमेंट में दे दीजियेगा। एक-दो दिन में पेमेंट हो जायेगा। अपनी आगे की कंसल्टेंसी फीस भी बता दीजियेगा। प्रोजेक्ट्स आपको ही लगवाने हैं।'

और वाकई एक-दो दिन में उसका बिल क्लियर हो गया। पहली बार अपने मेहनताने का डेढ़ लाख रुपये का चेक उसके हाथ में आया। कार्तिक की खुशी का ठिकाना न था। आगे के बड़े कामों को देखते हुए उसने अपनी कंसल्टेंसी फीस बताई आठ लाख रुपये। गुप्ता ने उसे बुलाया और हँसते हुए कहा, 'देखिये द्विवेदी जी, मैंने आपकी फीस अप्रूव कर दी है। अब आप काम बीच में मत छोड़ियेगा।'

कार्तिक की सलाहकार सेवा की इससे बेहतर शुरुआत और क्या हो सकती थी?

कार्तिक ने करीब एक महीने में ही प्रोजेक्ट अप्रेसल करवा के ऋण स्वीकृत करवा लिया। गुप्ता जी को डिफेंड करना सरल था। शुरू में एक-दो बार वे उसके साथ गये भी थे। इस दौरान अपना गुरु मन्त्र देते हुए उन्होंने कहा था, 'हर समय बैंक के सबसे बड़े ऑफिसर से शुरू करना चाहिए। छोटे-मोटे ऑफिसर एक तो कम समझ रखते हैं और फिर भटकाने उलझाने का काम ज़्यादा करते हैं। आपके साथ एक प्रोफेशनल कंसल्टेंट होना चाहिए और पुख्ता प्रोजेक्ट रिपोर्ट भी, सो तुम और तुम्हारी रिपोर्ट्स हैं ही। तीसरा आदमी, प्रोजेक्ट मैनेजर लेवल का, साथ-साथ दिखना चाहिए जो आपका बैग उठाकर चले। इससे अच्छा प्रभाव पड़ता है। और ध्यान रहे, हमें हर समय बड़ी गाड़ी में बैंक जाना है। वह प्रतिष्ठा की निशानी होती है।'

उन्होंने ठीक इसी तरह मूवमेंट किया। पहली एक-दो मुलाक़ातों

के बाद ही बैंक के ज़ोनल मैनेजर ने कह दिया, 'सर, आपको आने की ज़रूरत नहीं। द्विवेदी जी हैं तो, हम इनसे सारा डॉक्यूमेंटेशन करवा लेंगे।'

फिर वे कभी बैंक नहीं गये। मार्जिन मनी का इन्तज़ाम पहले से था। बाज़ार भी बैंकों को प्रॉमिसिंग दिखता था। सो ऋण स्वीकृत होने में कोई समय नहीं लगा। जल्दी ही ज़मीन खरीद ली गयी। बिल्डिंग बनाने का काम शुरू हो गया और मशीनों के ऑर्डर देने की तैयारी भी प्रारम्भ हो गयी।

प्रोजेक्ट बनाने, ऋण स्वीकृत करवाने और काम शुरू करने के दौरान कार्तिक की गुप्ता जी से नज़दीकियाँ बन गयी थीं। अब उसकी उन तक सीधी पहुँच थी। वह कभी-कभी यूँ ही उनसे मिलने, बात करने जा सकता था। ऐसे ही एक दिन जब वह उनसे मिलने पहुँचा तो वे प्रसन्न और हल्के मूड में, अपने विशाल केबिन के, सोफे पर बैठे हुए थे। उसे देखकर उन्होंने कहा–

'आओ भई कार्तिक, कैसा चल रहा है प्रोजेक्ट का काम?'

कार्तिक अब उनके लिए द्विवेदी जी से कार्तिक हो चुका था।

'ठीक है सर। सब कुछ समय से चल रहा है।'

'बढ़िया, तो आओ बैठो। मैं तुम्हें कॉफी पिलवाता हूँ।'

उन्होंने घंटी बजाई। सफ़ेद कपड़ों में सजा एक असिस्टेंट, सुन्दर से कटलरी सेट में, कॉफी और बिस्किट रख गया। आज गुप्ता जी कुछ ज़्यादा ही मज़े में थे। उन्होंने चम्मच से एक-दो बार खाली कप्स को बजाया। फिर खुद ही प्रसन्न हुए। कार्तिक ने मौक़ा देखकर बात छेड़ी, 'सर कभी-कभी मुझे आपकी निर्णय क्षमता पर आश्चर्य होता है। कितनी तेज़ी से आपने इन इकाइयों के बारे में सोचा। कितनी तेज़ी से काम शुरू करवाया। अभी चार महीने भी नहीं हुए हैं कि हम कंस्ट्रक्शन फेस में आ गये हैं। कैसे करते हैं आप ये सब?'

गुप्ता जी ने कार्तिक की बात का कोई सीधा जवाब नहीं दिया। उन्होंने कुछ देर सोचा, फिर एक काग़ज़ उठाया, उस पर नौ बिन्दुओं से एक आयत बनाया और उसे कार्तिक को देते हुए बोले, 'कार्तिक, तुमने कभी ये नौ बिन्दुओं का खेल खेला है?'

कार्तिक ने काग़ज़ हाथ में लेते हुए देखा, उस पर इस तरह का चित्र बना था :

उस चित्र को देखकर वह थोड़ा अचम्भित हुआ। उसने कहा, 'नहीं सर, कभी नहीं।'

'तो इसे खेलकर देखो तुम सारी बात खुद ही समझ जाओगे। तुम्हें बिना पेन उठाये, इन सभी बिन्दुओं को एक ही स्ट्रोक में जोड़कर दिखाना है, ऐसे कि पेन कभी भी एक रेखा पर दोबारा न चले। और ध्यान रहे, कुल चार रेखाएँ खींचकर ही तुम्हें इन बिन्दुओं को जोड़ना है। इसे करके देखो, फिर कल मुझे बताना। मैं कल तुमसे आगे की बात करूँगा।'

कार्तिक कुछ सोचता हुआ सा, उस चित्र को लिए हुए बाहर आया।

रात में उसने बहुत कोशिश की कि वह उन नौ बिन्दुओं को, बिना पेन उठाये और किसी एक रेखा पर बिना दोबारा चले, जोड़ पाये पर वह ऐसा नहीं कर सका। हर बार या तो कोई बिन्दु छूट जाता था या रेखा कट जाती थी। या पाँचवीं रेखा का प्रयोग करना पड़ता था। थक कर उसने काग़ज़ और पेन अलग रखा और सोचा, कल गुप्ता जी से ही पूछूँगा।

पर अगले दिन गुप्ता जी कहाँ थे? वे तो मशीनों का ऑर्डर देने, उनका सिलेक्शन करने सीधे यू.एस. चले गये थे। उसे थोड़ा अटपटा लगा कि जाने के पहले उन्होंने उससे बात तक नहीं की। कोटेशन वगैरह तो उसी ने मँगवाये थे और उसे उनकी तकनीकी समझ भी थी। उसे तो उम्मीद थी कि उसे भी साथ ले जाया जायेगा। ख़ैर, जैसी उनकी मर्ज़ी। बस काम ठीक हो जाना चाहिए।

छह महीने के भीतर मशीनरी भारत आ गयीं। बिल्डिंग भी लगभग तैयार थी। इंस्टालेशन के बाद रिकॉर्ड समय में उत्पादन शुरू हो गया। गुप्ता जी इस बीच बाहर ही बाहर रहे थे। निर्माण चोपड़ा करवा रहा था। मशीनें कार्तिक की देख-रेख में स्थापित हुईं। उत्पादन शुरू होने के ठीक एक हफ्ते पहले वे शहर में पहुँचे, एक ज़ोरदार उद्घाटन कार्यक्रम आयोजित हुआ जिसमें मुख्यमन्त्री सहित शहर के सभी बड़े लोग उपस्थित थे।

उनकी प्रतिष्ठा में अब दो-तीन नयी औद्योगिक इकाइयों का नाम और जुड़ गया था।

फिर एक दिन अचानक उन्होंने कार्तिक को बुलवा लिया।

आज वे बहुत अच्छे मूड में थे। उन्होंने उसे अपने अमेरिका प्रवास के क़िस्से सुनाये, वहाँ के विक्रेताओं के प्रोफ़ेशनल व्यवहार के बारे में बताया और बताया कि कैसे उन्होंने वहाँ सबसे बढ़िया डील हासिल की। फिर पूछा, 'कार्तिक मैंने तुम्हें वह नौ बिन्दुओं का खेल सुलझाने के लिए दिया था। क्या हुआ, तुमसे बना या नहीं?'

'नहीं सर। मैंने बहुत कोशिश की पर नहीं बना।'

'पहले पहल मुझसे भी नहीं बना था। इसको हल करने के लिए एक गुरु की दरकार होती है। मेरे गुरु बांगड़ ने मुझे इसे हल करना सिखाया था। चलो मैं तुम्हें उसकी कहानी सुनाता हूँ।'

कह कर गुप्ता ने अपनी कहानी सुनाना शुरू किया—

'कार्तिक, मैं शुरू से ऐसा नहीं था जैसा आज दिखता हूँ। मेरे पिता पास के छोटे कस्बे में चाय की दुकान चलाया करते थे। साथ ही वे राजस्थान से नमकीन के पैकेट लाकर, शहर में बेचते। करीब-करीब तीस साल तक वे यही काम करते रहे। थोड़ी बहुत जो बचत होती थी उससे उन्होंने घर बनवा लिया। दुकान ठीकठाक कर ली और हम चार भाई-बहनों का पालन कर लिया, पर घर में हर समय पैसे की तंगी बनी रहती थी।

मेरे देखते-देखते पिता के कई दोस्त करोड़पति अरबपति बन गये। चांडक ने अपना एक्सपोर्ट का बिजनेस खड़ा कर लिया, अग्रवाल ने कई शो रूम खोल डाले और राठी ने स्टील मिल डाल ली। मेरे पिता रहे वहीं के वहीं। मुझे बहुत कोफ़्त होती थी। मैं पैसा कमाना चाहता था, ढेर सारा पैसा। चांडक, अग्रवाल और राठी की तरह।

फिर मैंने एक दिन तय किया, मैं पैसा कमाऊँगा, चाहे कुछ भी हो जाये।'

गुप्ता जी साँस लेने के लिए रुके।

'मेरे बड़े भाई ने सरकारी नौकरी कर ली थी। दो कमरों के सरकारी क्वार्टर में वह अपने बीवी बच्चों के साथ रहता था। मुझे जल्दी ही समझ आ गया कि उस तरह की नौकरी से पैसा नहीं

कमाया जा सकता। किसी भी नौकरी में आप एक सीमा तक ही जा सकते हैं और मुझे सीमा पसन्द नहीं थी। वैसे भी नौकरी का रास्ता बहुत लम्बा रास्ता था और मैं जल्दी में था। सो मैंने तय किया कि मैं नौकरी नहीं, अपना कोई काम करूँगा।'

कार्तिक बहुत ध्यान से उन्हें देख रहा था।

'लेकिन काम शुरू करने के लिए भी तो पैसा चाहिए था। मेरे पास तो वह भी नहीं था। तब मैं बांगड़ के पास पहुँचा। वे मेरे पिता के दोस्त थे, हमारे घर उनका आना-जाना था और वे अक्सर मुझसे कहा करते थे—तू अपना कुछ धन्धा शुरू कर भाया।'

गुप्ता जी अपनी कथा सुना ही रहे थे कि उनके ऑफिस में एक युवा-स्मार्ट से लड़के ने प्रवेश किया। उसे कोई फ़ाइल देखना थी। गुप्ता जी ने परिचय कराते हुए कहा—ये मेरा बेटा दीपक है, इसने यू.एस. में मशीनरी वगैरह खरीदने में मेरी बड़ी मदद की और दीपक ये हैं कार्तिक, हमारे प्रोजेक्ट कंसल्टेंट। मैं इन्हें बिज़नेस के कुछ गुर सिखा रहा था। दीपक ज़ोर से हँसा, बिल्कुल अपने पापा की तरह, फिर बोला—'लेट अस मीट सम टाइम' और जितनी तेज़ी से आया था उतनी ही तेज़ी से निकल गया।

गुप्ता जी ने अपनी बात जारी रखी—

'तो मैं बांगड़ के पास पहुँचा और उन्हें अपनी व्यथा सुनाई। मेरी बात सुनकर पहले तो वे मुस्कुराये फिर पूछा, 'एक बात बता, तेरे पास पैसा है नहीं। और तुझे पैसा चाहिए। तो तू सोच कि वह आयेगा कहाँ से?'

'वही तो मैं आपसे पूछने आया हूँ।'

'देख, पैसा वहीं से आ सकता है जहाँ वह है, यानी तेरे धनी दोस्तों और रिश्तेदारों से, सो वे तो देने से रहे। उन्हें खुद पैसा कमाना है। या फिर लोगों से शेयर के रूप में, तो अभी तू वह भी नहीं कर सकता क्योंकि मार्केट में तेरी कोई साख नहीं है। तो आख़िरी रास्ता बचता है बैंक, तू बैंकों के बारे में सोच।'

'पर भैया बैंक से भी ऋण लेने के लिए इतना पैसा तो चाहिए कि मैं अपना मार्जिन लगा सकूँ।'

'वह इन्तज़ाम मैं कर दूँगा। शुरू में मार्जिन का पैसा मैं तुझे दे दूँगा। पर तुझे वह वापस करना पड़ेगा।'

'कैसे?'

'अभी तुझे बताता हूँ। तू पहला काम ये कर कि कोई बड़ा सा प्रोजेक्ट बना। ऐसा जो बैंक को पसन्द आये। छोटा काम नहीं करना, क्योंकि छोटे और बड़े काम में मेहनत एक बराबर लगती है।'

'और मार्जिन?'

'मार्जिन शुरू में दिखानी पड़ती है। सो मैं तुझे दे ही रहा हूँ। बाद में तेरी प्रोजेक्ट कॉस्ट में ही तेरी मार्जिन भी शामिल होगी। वह तू निकाल लेना और मुझे वापस कर देना।'

गुप्ता जी ने कहा, 'मुझे कुछ समझ आया कुछ नहीं। फिर मार्जिन के अलावा और भी तो काम थे। ज़मीन, मशीनरी, प्रोजेक्ट के लिए आदमी, पब्लिसिटी। वे सब कैसे होंगे? मैंने बांगड़ से फिर अपनी बात कही। उसने अभी अभी अपनी नयी स्टील मिल डाली थी। पहले से ही स्टील मिलों की एक चेन उसके पास थी। बांगड़ ने मुझे एक बड़ा गिलास भरकर छाछ पिलाई और बोला–

'तू अपना दिमाग़ ज़रा ठंडा रख भाया। गरम दिमाग़ से पैसा नहीं कमाया जाता। अब मैं तुझे एक काम देता हूँ, तूने अब तक जो बातें मुझसे कही हैं और मैंने जो तुझे समझाई हैं, उनकी एक लिस्ट बना।'

'मुझे बांगड़ से बात करते हुए अब मज़ा आने लगा था, हालाँकि मुझे समझ नहीं आया था कि वह मुझसे लिस्ट क्यों बनवा रहा था, पर फिर भी मैंने बनाई, जो इस प्रकार थी–

1. विचार कि पैसा कमाना है, ढेर सारा पैसा। इसी से खुशी पायी जा सकती है।
2. नौकरी लम्बा रास्ता है। अपना काम शुरू करना होगा।
3. दोस्तों और रिश्तेदारों से धन नहीं पाया जा सकता। बैंक से ही लेना होगा।
4. बैंक के लिए ज़रूरी मार्जिन बांगड़ उधार दे देंगे।
5. प्रोजेक्ट बड़ा बनाना है। मार्जिन भी कीमत में ही शामिल हो। उसे बाहर निकाला जायेगा।
6. ज़मीन लें, मगर सस्ती।
7. मशीनरी खरीदें, मगर महँगी।
8. प्रोजेक्ट चलाने के लिए आदमी (?)।
9. प्रचार, ज़ोरदार होना चाहिए।

'मैंने लिस्ट बांगड़ को दी तो उसे देखकर वह बहुत खुश हुआ। बोला—तू होशियार आदमी है। तू वहाँ पहुँच गया है जहाँ मैं तुझे ले जाना चाहता हूँ। तू कर लेगा। पर मैंने फिर भी कहा—भैया मुझे अब भी बात ठीक-ठीक समझ नहीं आयी है। जवाब में उसने मुझे यही नौ बिन्दुओं वाला आयत पकड़ा दिया था। और कहा था—मान ले कि तेरी लिस्ट में दिये गये नौ बिन्दु ये नौ बिन्दु हैं। अब तू बिना कलम उठाये, एक ही स्ट्रोक में उन्हें जोड़कर दिखा। ध्यान रखना कि किसी भी रेखा पर दोबारा कलम नहीं चलानी है और चार रेखाओं से ज़्यादा का प्रयोग नहीं करना है। मैंने बहुत कोशिश की पर जोड़ नहीं पाया, जैसे तुम नहीं जोड़ पाये। तब बांगड़ ने अपना गुरु मन्त्र मुझे दिया।'

कार्तिक अपनी उत्सुकता दबा नहीं पा रहा था। वातावरण में अच्छा-ख़ासा तनाव बन गया था। कार्तिक सोफे पर सामने की ओर झुक आया था। उसने पूछा, 'क्या? क्या था वह गुरु मन्त्र?'

'बांगड़ ने मुझे बताया—भाया, तू इन नौ बिन्दुओं को तब तक नहीं जोड़ सकता जब तक कि इनके बाहर का एक दसवाँ बिन्दु न खोज ले। पहले से खेल रहे लोग या सरकार, ये थोड़े ही चाहते हैं कि हर आदमी पैसा कमा ले। हर आदमी पैसा कमा लेगा तो उनका क्या होगा? इसलिए नियम ही ऐसे बनाये जाते हैं कि लोग चकरघिन्नी बने रहें, कोल्हू के बैल की तरह पिसते रहें, कठिनाई पर कठिनाई झेलते रहें और सीमा के भीतर रहें। होशियार आदमी इस बात को समझता है। वह पहले सीमाएँ तोड़ता है, दिये गये फ्रेम से बाहर निकलता है और सफलता हासिल करता है। बस ये ध्यान रखता है कि बाहर निकलने के बाद भीतर आने की सम्भावना बनी रहे। इतना कहने के बाद बांगड़ ने मुझे एक और चित्र दिया जो इस प्रकार था।'

कहकर गुप्ता ने एक काग़ज़ उठाया, उस पर दूसरा चित्र बनाया और कार्तिक को दिया।

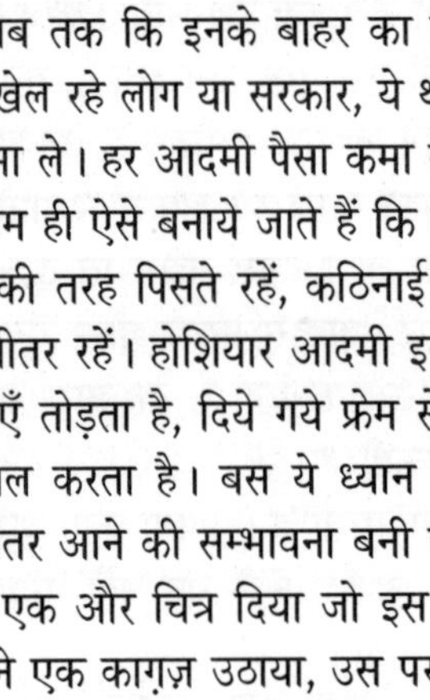

कार्तिक ने चित्र को ध्यान से देखा। चित्र में दो स्थानों पर कलम आयत से बाहर निकली थी। अब गुप्ता ने कहा, 'कुछ समझे?'

'जी, दो स्थानों पर कलम आयत के बाहर निकली है, और सभी बिन्दु एक-दूसरे से जुड़े हुए हैं। सिर्फ़ चार रेखाओं का ही प्रयोग किया गया है।'

'बिल्कुल ठीक, बांगड़ ने इसका मतलब बताते हुए मुझे समझाया था। ऐसा है भाया कि अगर तुझे पैसा कमाना है तो तुझे अपनी सोच की सीमा से बाहर निकलना पड़ेगा। दिये गये नियमों के भीतर कभी किसी ने पैसा कमाया है? तू सोच और अपना दसवाँ बिन्दु खोज।'

'तो आपने अपना दसवाँ बिन्दु खोजा?'

'हाँ।'

'वह क्या था?'

गुप्ता ने उठते हुए कहा, 'वह मैं तुम्हें आज नहीं बताऊँगा। वह तुम्हें खुद ही खोजना पड़ेगा। कभी ज़रूरत हो तो चोपड़ा से बात करना। वह शायद तुम्हें समझा दे।'

कार्तिक ने कहा, 'ठीक है सर। मैं ज़ोर नहीं दूँगा। सर, एक बात और थी।'

'बोलो।'

'मैंने अपनी कंसल्टेंसी फीस का बिल अकाउंट्स में दे दिया है। आपको याद होगा कि आठ लाख की बात हुई थी। मुझे एडवांस में दो लाख ही मिले थे। अब यूनिट चालू हो गये हैं। मेरा काम भी ख़त्म हो गया है। आप अकाउंट्स से कहकर मेरा पेमेंट करवा दें।'

'करवा दूँगा भाई करवा दूँगा। तुम एक हफ्ते बाद मैनेजर से मिल लेना। मैं उससे कह दूँगा।'

कार्तिक ने 'थैंक यू सर' कहा और बाहर निकल आया।

एक हफ्ते बाद जब वह कोलम्बिया इलेक्ट्रॉनिक्स के दफ़्तर में पहुँचा तो मालूम पड़ा गुप्ता जी आज उससे नहीं मिल पायेंगे।

दूसरे हफ्ते जब वह फिर पहुँचा तो ट्रेसी, उनकी रिसेप्शनिस्ट, ने बताया कि वे एक ज़रूरी मीटिंग में हैं और वह पन्द्रह दिन बाद आ सकता है।

जब वह पन्द्रह दिन के बाद पहुँचा तो गुप्ता जी बाहर चले गये थे। फिर वे छह महीने तक नहीं लौटे।

ख़बर आयी कि कोलम्बिया इलेक्ट्रॉनिक्स, एमटेक ऑडियो और एडवांस हेल्थ सिस्टम्स नामक उनकी कम्पनियों में कर्मचारियों को तनख्वाह मिलना बन्द हो चुका है। धीरे-धीरे करके बहुत सारे लोग उनके यहाँ से नौकरियाँ छोड़ रहे हैं। सिर्फ़ कुछ सीनियर लोग ही रह गये हैं जिन्हें अभी बचा के रखा गया है। वे सभी, जो ऊँची-ऊँची तनख्वाहों पर नौकरी पाने की खुशी मना रहे थे, अब या तो नौकरी छोड़ चुके थे या निकाले जा चुके थे। वे अब फिर से बेरोजगार थे।

कार्तिक को ये ख़बरें सुनकर बहुत दुख होता। इनमें से कुछ यूनिट्स के साथ उसका इमोशनल जुड़ाव था। वह प्रोफेशनल सर्कल में गर्व के साथ अपने पहले असाइनमेंट का ज़िक्र करता था। वह मानता था कि गुप्ता जी के साथ काम करने से उसकी प्रतिष्ठा बढ़ी है। वह उन्हें सफल होते देखना चाहता था। यह बात उसकी समझ के बाहर थी कि इतनी सम्भावनाशील इकाइयों पर गुप्ता जी ध्यान क्यों नहीं दे रहे थे।

दूसरी ओर उसे अपनी कंसल्टेंसी फीस की भी चिन्ता थी। बार-बार के फॉलोअप के बाद भी उसे अपनी बकाया फीस नहीं मिली थी। उसे याद आया गुप्ता ने एक बार चोपड़ा का नाम लिया था। वह चोपड़ा से मिलने पहुँचा।

ऑफिस में एक अजीब तरह की मनहूसियत छायी हुई थी। यूनिट शुरू होने के बाद जब वह पहले पहल आया था तो कैसी चहल पहल थी। अब प्रोडक्शन बन्द था। ऑफिस में कुल दस-बारह लोग थे। चोपड़ा अपने केबिन में बैठा था। उसके माथे पर शिकन तक नहीं थी। कार्तिक को देखकर उसने कहा, 'आइये द्विवेदी जी आइये। गुप्ता जी तो हैं नहीं।'

'जी मुझे मालूम है। मैं आपसे ही मिलने आया हूँ।'

'जी बतायें।'

'आपको मालूम है कि मेरा कंसल्टेंसी बिल अभी तक कम्पनी ने नहीं दिया है। क्या आप बता सकते हैं कि मेरा पेमेंट कब तक होगा?'

चोपड़ा ने थोड़े आश्चर्य से उसकी ओर देखा, जैसे उसने कोई अजीब बात पूछ ली हो। फिर गम्भीर होते हुए कहा, 'देखिये द्विवेदी जी, फिलहाल तो कम्पनी की वित्तीय स्थिति अच्छी नहीं है। जब ठीक हो जायेगी तब हम खुद आपको बुला लेंगे।'

कार्तिक को थोड़ा ग़ुस्सा आया, 'मगर मेरा पेमेंट तो बहुत पहले हो जाना चाहिए था, तब तो कम्पनी की वित्तीय स्थिति अच्छी थी।'

'देखिये होने को तो बहुत से काम हो जाने चाहिए थे। प्रोडक्शन अब तक दुगुना हो जाना चाहिए था, कर्मचारियों को छोड़कर नहीं जाना चाहिए था, गुप्ता जी को यहीं रहना चाहिए था पर हुआ ये है कि कम्पनी बन्द होने की कगार पर है, हमारे पास पैसा नहीं है और हम आपको पेमेंट नहीं कर सकते।'

'और गुप्ता जी, वे खुद कहाँ हैं?'

'जहाँ भी होंगे अपना नौ बिन्दुओं का खेल, खेल रहे होंगे।'

अचानक कार्तिक को याद आया गुप्ता ने कहा था कि चोपड़ा उसका दसवाँ बिन्दु जानता है। पेमेंट मिले या न मिले वह चोपड़ा से ज्ञान तो हासिल कर ही सकता है। उसने अपनी आवाज़ नीची करते हुए कहा, 'अच्छा चलिए अपना पेमेंट मैं गुप्ता जी से ले लूँगा। आप तो मुझे एक बात बताइये, उनका दसवाँ बिन्दु क्या है? उन्होंने खुद मुझे कहा था कि चोपड़ा ये बात जानता है।'

अब चोपड़ा हँसा।

'क्या आपको नहीं मालूम?'

'जी नहीं।'

'उनका दसवाँ बिन्दु है उनकी दूसरी कम्पनी, सिस्टम्स एंड सर्विसेज़ जिसे उनका बेटा दीपक देखता है। पूरा कंस्ट्रक्शन और मशीनरी परचेज़ उसी के माध्यम से होता है।'

'लेकिन उससे क्या?'

'उसी से तो पूरा खेल बनता है त्रिवेदी जी। आपको याद है कि गुप्ता जी ने बीच-बीच में आपसे प्रोजेक्ट में करेक्शन लगवाये थे? सबसे पहले उन्होंने कंस्ट्रक्शन कॉस्ट यानी बिल्डिंग की कीमत ज़्यादा करवाई। वैसे आठ सौ रुपये स्क्वेयर फ़ीट पर शेड बन जाते हैं पर प्रोजेक्ट में उन्होंने कीमत बारह सौ रुपये स्क्वेयर फ़ीट करवाई। इस तरह उनकी मार्जिन से ज़्यादा पैसा तो कंस्ट्रक्शन कॉस्ट में से ही निकल आया। फिर ये जो सारी मशीनरी आप देख रहे हैं यह यू. एस. से आयात की गयी है। कहने को तो ये नये के नाम पर लायी गयी है पर है यह पुरानी। इसे रंग-रोगन करके नया कर दिया गया है। जो पैसा उन्हें मशीनरी के लिए बैंक से मिला है उससे आधी से

भी कम कीमत पर मशीनरी उन्होंने खरीदी है। तीन सौ करोड़ की प्रोजेक्ट कॉस्ट पर वे पहले ही सौ करोड़ रुपये बाहर निकाल चुके हैं।'

कार्तिक गहरे आश्चर्य और अविश्वास के साथ ये सब सुन रहा था। तो उसका उपयोग सिर्फ़ इतना था कि वह एक प्रोफेशनल था और उसे सामने रखकर बैंक ऋण जल्दी स्वीकृत करवाया जा सकता था। अब उसकी ज़रूरत समाप्त हो चुकी थी। उसने चोपड़ा से कहा—

'लेकिन इन इकाइयों को चलना भी तो है?'

'ये आपसे किसने कहा? औद्योगिक क्षेत्र की आधे से ज़्यादा इकाइयाँ बन्द पड़ी हैं।'

'तो आप इन्हें भी बन्द कर देंगे?'

'हम बन्द कर नहीं देंगे। ये अपने आप बन्द हो जायेंगी।'

'तो इतने कर्मचारी, टेक्नोक्रेट्स, इंजीनियर—इन सबकी नौकरियों का क्या होगा?'

'सब जा तो रहे हैं नौकरियाँ छोड़कर। दूसरी ढूँढ़ लेंगे।'

'और बैंक लोन? उसे तो वापस करना पड़ेगा?'

'देखिये द्विवेदी जी, गुप्ता जी की लायबिलिटी उनकी मार्जिन तक सीमित है। उससे दुगुना पैसा तो वे पहले ही बाहर निकाल चुके। बाकी पैसा बैंकों, शेयरधारकों और सरकार का है। हो सके तो वे कम्पनी से वसूल कर लें।'

'तो अब आप क्या करेंगे?'

'फिलहाल तो हम इंडस्ट्रियल रिकंस्ट्रक्शन बोर्ड में जायेंगे। कम्पनी की वित्तीय स्थिति मज़बूत करने के लिए और पैसा माँगेंगे।'

'इस तरह और पैसा मिलेगा तो आप और पैसा बाहर निकालेंगे?'

'बिल्कुल। इसमें क्या शक़?'

'लेकिन क्या और पैसा मिलेगा?'

'मिलेगा, मिलेगा क्यों नहीं? इस देश में सब कुछ सम्भव है।'

चोपड़ा ने कहा और मुस्कुराया। वही होंठों के कोनों से निकलती कुटिल मुस्कुराहट। कार्तिक ने पूछा—

'और गुप्ता जी, फिलहाल वे कहाँ हैं?'

'इस समय वे उड़ीसा का औद्योगिक विकास कर रहे हैं। उन्हें वहाँ एक स्टील मिल डालनी है। और भी बहुत से आइडियाज़ उनके पास हैं। उसके बाद वे किसी नये राज्य का रास्ता पकड़ेंगे। देश में

इतने सारे राज्य हैं। इतना औद्योगिक पिछड़ापन है। गुप्ता जी बहुत अनुभवी आदमी हैं—वे अपने अनुभव का लाभ हर राज्य को पहुँचाये बिना नहीं मानेंगे।'

अब कुछ पूछना बाकी नहीं था। अपने ऑफिस लौटते समय वह सोच रहा था—तो इस तरह हो रहा था देश का औद्योगिक विकास और रोज़गार का सृजन? उसके दिमाग़ में हाल ही में पढ़ी एक आर्थिक सर्वे रिपोर्ट की प्रतिध्वनि गूँजी—देश के औद्योगिक घरानों के पास बैंकों का लगभग एक लाख पचास हज़ार करोड़ रुपया था जिसे वे लौटा नहीं रहे थे। बैंकों के नॉन परफॉर्मिंग असेट्स बढ़ते ही जा रहे थे। आख़िर ये सब डूबा हुआ पैसा किसका था? बैंकों का या भारत की जनता का?

दोस्तो ये कहानी यहाँ समाप्त की जा सकती है। जहाँ तक रमेश चन्द्र गुप्ता का सवाल है, ये यहाँ लगभग समाप्त भी हो चुकी है, या कम से कम वहाँ आ गयी है जिसके आगे जानने में शायद आपकी बहुत रुचि न हो। पर असल सवाल तो नौ बिन्दुओं के खेल का था, और अभी ये जानना बाकी है कि क्या उसे किसी और तरह से भी खेला जा सकता है?

कंसल्टेंसी के अपने पहले अनुभव के बाद कार्तिक को भी ये सवाल बहुत दिनों तक मथता रहा। असल में बड़े खिलाड़ी इस बात को बिल्कुल भी नहीं समझ पाते कि उनकी खेल पद्धति का देश के युवा दिमाग़ों पर क्या असर पड़ेगा। पता नहीं उन्होंने कभी 'हार की जीत' कहानी पढ़ी भी थी या नहीं। और अगर पढ़ी थी तो क्या उसे गुना भी था? देश वैसे तो उनके एजेंडा में होता ही नहीं और कभी राडार पर आता भी है तो तब, जब उनके स्वार्थों को नुक़सान पहुँच रहा हो।

सो कार्तिक को इस सवाल से अकेले ही जूझना पड़ा। उसका दिल ये मानने को तैयार नहीं था कि गुप्ता जी के रास्ते पर चलकर ही सफलता पायी जा सकती है। इसका मतलब तो ये होता कि दुनिया में अच्छाई नाम की कोई चीज़ नहीं है और चोरी तथा कमीनापन ही एकमात्र सत्य है।

कोई तो और रास्ता होगा?

मगर क्या?

इसका उत्तर उसे युवाओं के ही एक कान्फ्रेंस में मिला।

कार्तिक कथा

ये लगभग वही समय था जब भारत में सूचना तकनीक ने प्रवेश किया ही था। कम्प्यूटर जहाँ तहाँ दिख जाते थे। मेन फ्रेम से आगे बढ़कर मिनी और अब डेस्कटॉप, धीरे-धीरे देश में अपनी जड़ें जमाते जा रहे थे। ऑफिसों में वे टाइपराइटर की जगह ले रहे थे और स्कूलों में ब्लैक बोर्ड की।

कोई भी नयी तकनीक कार्तिक को बहुत आकर्षित करती थी। उसने जल्दी ही कम्प्यूटर से पहचान कर ली और उस पर काम करना सीख लिया। फिर वह छोटे-छोटे प्रोग्राम लिखने लगा, और फर्स्ट लेवल मेंटेनेंस करने लगा। उसे सबसे अच्छी बात ये लगती थी कि आप किसी मशीन को आदेश दें और वह आपके आदेशानुसार काम करने लगे। वह कम्प्यूटर की सम्भावनाओं और उसकी कार्य पद्धति से चमत्कृत था। धीरे-धीरे वह इस विषय पर लेक्चर डिमांस्ट्रेशन देने लगा और शहर में उसकी ख्याति फैल गयी। अब उसे स्कूलों, कालेजों और प्रोफेशनल सोसायटीज़ में बोलने के लिए बुलाया जाने लगा।

ऐसे ही एक भाषण में, जब वह स्कूल के छात्रों के बीच कम्प्यूटर की कार्यप्रणाली पर बोल रहा था और जब उसे लगा था कि उसने एक बहुत ही शानदार वक्तव्य दिया है, एक छात्र ने अचानक उठकर कहा था, 'सर, आप इस विषय को हमें हिन्दी में नहीं समझा सकते? मुझे आपका अंग्रेज़ी में दिया गया वक्तव्य बिल्कुल समझ नहीं आया।'

कार्तिक के दिमाग़ में एक बिजली सी कौंधी थी। उसे लगा था—इस तरह के तो लाखों छात्र होंगे जो जानना चाहते होंगे, सीखना चाहते होंगे पर अंग्रेज़ी नहीं जानने के कारण वे इस तकनीक से अछूते रह जायेंगे? तो क्या वह उन्हें हिन्दी में नहीं सिखा सकता? सिखा सकता है, भला क्यों नहीं सिखा सकता? अभी तक किसी ने प्रयास नहीं किया ये अलग बात है पर यहीं तो सम्भावना भी छिपी हुई है, वह प्रयास करेगा। थोड़ी तैयारी करनी होगी, सो वह कर लेगा।

अगले एक महीने में कुछ अनुवाद और कुछ अनुभव के माध्यम से, उसने कम्प्यूटर पर हिन्दी में एक लेक्चर तैयार किया।

प्रयोग के तौर पर एक दो स्कूलों और महाविद्यालयों में हिन्दी में ही लेक्चर डिमांस्ट्रेशन दिये। छात्रों के बीच उसे बहुत सराहना मिली और ज़ोरदार तालियों से उसका स्वागत किया गया। ये उसके लिए प्रेरणा के क्षण थे।

अब उत्साहित होकर, दिन-रात जुटकर उसने एक किताब तैयार की। भाषा सीधी-सादी और सरल, अभिव्यक्ति सहज मगर तार्किक। फिर उस किताब के आधार पर उसने एक कोर्स तैयार किया। उसे पूरा भरोसा था कि इस कोर्स को स्कूलों में संचालित किया जा सकता है।

अब सवाल था कैसे? कैसे इस कोर्स को स्कूलों में प्रारम्भ किया जाये?

मित्रो, यहाँ मैं ये कहना चाहता हूँ कि दुनिया में फैली तमाम निगेटिविटी के बावजूद एक अच्छे विचार की जगह हमेशा इस संसार में बनी रहती है। अच्छे विचार उस हरी दूब की तरह होते हैं जो कठोर धरती को चीरकर ऊपर आ ही जाती है, एक अच्छी कविता की तरह।

तो कार्तिक के पास भी एक अच्छा विचार था। उसने अपने कुछ मित्रों से बात की। उन्होंने कहा, 'तुम स्कूल शिक्षा के कमिश्नर से क्यों नहीं मिलते? वे अच्छे आदमी हैं। शिक्षा के काम में जेनुइन रुचि लेते हैं। तुम्हारा आइडिया उन्हें पसन्द आ सकता है।'

कार्तिक उस नयी पीढ़ी का प्रतिनिधि था जिसे किसी से भी मिलने में कोई गुरेज नहीं था। हो सकता है कमिश्नर बड़े आदमी हों, या अकड़ क़िस्म के हों। ज़्यादा से ज़्यादा क्या होगा? मना ही तो करेंगे? पर मिलने में क्या हर्ज़ है? वह थोड़ी आशा और थोड़े अविश्वास के साथ उन तक पहुँचा। उसने उन्हें अपना अनुभव सुनाया फिर किताब और कोर्स का परिचय दिया। उसने कहा, 'सर, मुझे पूरी उम्मीद है कि स्कूलों में इसे अवश्य पसन्द किया जायेगा।'

कार्तिक को सुखद आश्चर्य हुआ जब कमिश्नर ने कहा, 'मुझे आपका आइडिया पसन्द है। पर सरकार इस काम के लिए कोई पैसा नहीं दे सकती। मैं आपको अनुमति दे सकता हूँ। आप पहले दस स्कूलों में ये काम शुरू करें। अगर ये प्रयोग सफल हुआ तो अगले वर्ष सौ स्कूल आपको दूँगा।'

कार्तिक का अच्छाई पर भरोसा बढ़ा। उसने कहा, 'सर, मैं करके दिखाऊँगा।'

कार्तिक के लिए इसके बाद के पन्द्रह साल एक सपने की तरह थे। एक सपना जिसमें दृश्य तेज़ी से बदल रहे थे, पात्र तेज़ी से बदल रहे थे, स्थान तेज़ी से बदल रहे थे। पूरा परिदृश्य गतिमान था, और उसमें तरह-तरह के रंग भरे हुए थे। अब क्योंकि सपने को ठीक-ठीक परिभाषित नहीं किया जा सकता, मैं आपको ये बताने की कोशिश नहीं करूँगा कि कैसे कार्तिक ने पहले दस स्कूलों को और फिर सौ स्कूलों को कुशलता से संचालित किया, कैसे उसने उत्साही लड़कों और लड़कियों की टीम बनाई और उन्हें अपने साथ काम करने के लिए प्रेरित किया, कैसे उसके काम को पहले राज्य में और फिर केन्द्र में सराहना मिली, कैसे भारत सरकार ने अन्य राज्यों में भी उसके प्रोजेक्ट का विस्तार किया, कैसे काँच की दीवारों के पीछे छिपे रहस्यमय केन्द्रों से बाहर निकालकर उसने कम्प्यूटर को गाँवों तक पहुँचाया, कैसे उसने इस पूरे काम को आनन्ददायक बनाया और कैसे एक राष्ट्रीय केन्द्र की स्थापना की जिसे देखने देश-विदेश की ढेरों हस्तियाँ पहुँचती थीं, कैसे वह एक सामान्य कंसल्टेंट से उठकर सेलेब्रिटी और इनोवेटर बना जिस पर अख़बार और पत्रिकाएँ अपने ढेरों कॉलम-न्यौछावर करने को तैयार रहते थे। पन्द्रह वर्षों के भीतर उसका नेटवर्क देशभर में फैल गया जिसमें करीब दस हज़ार प्रशिक्षण केन्द्र शामिल थे। कार्तिक के बड़े स्वप्न में अब उसके सहयोगियों के छोटे-छोटे सपने भी शामिल थे जो सब मिलकर एक सुन्दर कोलाज बनाते थे। ये सब इतनी तेज़ गति से घटित हुआ कि अगर मैं पूरे घटना क्रम को पकड़ना भी चाहूँ तो शायद नहीं पकड़ पाऊँगा।

फिलहाल तो मैं आपको एक फाइव स्टार होटल के चमक दमक भरे विशाल हॉल में लिए चलता हूँ जहाँ कार्तिक को, राष्ट्रीय पुरस्कार के लिए नामांकित होने के बाद अपना प्रेजेंटेशन करना है। ज्यूरी में देश के आई.टी. क्षेत्र के बड़े दिग्गज, राष्ट्रीय प्रबन्धन एवं तकनीकी संस्थानों के प्रोफ़ेसर, बड़े-बड़े वित्त विशेषज्ञ बैठे हैं। कार्तिक उन सबके प्रभाव से मुक्त, सामने की सीट पर बैठा है। उसे प्रेजेंटेशन के लिए बुलाया गया।

अपने प्रेजेंटेशन की शुरुआत में ही उसने कहा कि वह अपनी बात हिन्दी में कहेगा। इस पर ज्यूरी के कुछ सदस्यों ने, जो दक्षिण भारत से आते थे, नाक-भौं सिकोड़ीं। कार्तिक ने यह देखकर कहा—'प्लीज़ डू नॉट वरी। आई विल ऑलसो ट्रांसलेट इट फॉर यू इन इंगलिश।' एक ज्यूरी सदस्य ने कहा—'बट यू हैव ओनली फिफ्टीन मिनिट्स।' कार्तिक ने कहा—'नो प्रॉब्लम। आई विल प्राबेबली टेक लेसर टाइम। आई विल ओनली शो यू अ पिक्चर।' इतना कहकर उसने स्क्रीन पर एक चित्र दिखाया जो इस प्रकार था :

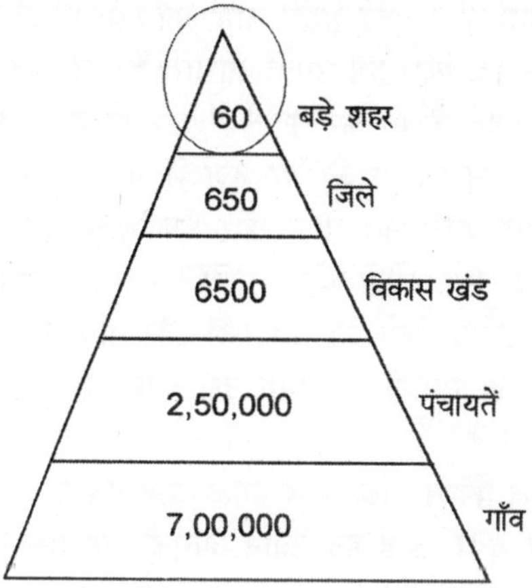

अब उसने कहा, 'दोस्तो, मेरा मॉडल बहुत सरल है। ज़रा आप यह चित्र देखिये। हमारे देश में 50-60 बड़े शहर हैं, करीब 650 ज़िले हैं, 6500 विकासखंड हैं, 2,50,000 पंचायतें हैं और 7,00,000 गाँव हैं। लेकिन हमारी सारी सूचनाक्रान्ति ऊपर के 50-60 शहरों पर केन्द्रित रही है। हमारा पूरा ध्यान इस बात पर है कि हम अपने बच्चों को पहले पढ़ने फिर काम करने के लिए विदेश भेज दें या वहाँ का काम एक बी.पी.ओ. कम्पनी की तरह अपने यहाँ करने लगें। हाँ, इससे हमारे देश ने कई बिलियन डॉलर्स कमाये हैं और उससे मेरा कोई विरोध नहीं।

पर क्या हमें पिरामिड के निचले भाग की तरफ़ भी नहीं देखना चाहिए, जहाँ देश की लगभग 70% आबादी निवास करती है? क्या हमारी सूचना क्रान्ति इन लोगों को छुए बिना निकल जायेगी, निकल

जानी चाहिए? और ये लोग अंग्रेज़ी तो बोलते ही नहीं, असल में देश के 85% लोग अंग्रेज़ी नहीं बोलते पर इस क्रान्ति का पूरा कारोबार अंग्रेज़ी में चल रहा है।

तो मैंने अपने आप से पूछा, क्या करना चाहिए?

मैंने किया सिर्फ़ इतना कि बच्चों से और अपने लोगों से हिन्दी में बात करना शुरू किया। फिर हिन्दी में और भारतीय भाषाओं में किताबें तैयार कीं और स्कूलों में बच्चों को पढ़ाना शुरू किया। हमने पिछले पन्द्रह वर्षों में करीब 10,000 उद्यमी और इंटरेस्टेड शिक्षक तैयार किये हैं जो दिन में स्कूली बच्चों को पढ़ाते हैं और शाम को उनके माता-पिता तथा अन्य शहरी लोगों को। प्रारम्भ में हमें सरकारी मदद मिली, जिसके लिए हम उनके आभारी हैं, पर अब हम ये काम बिना सरकारी मदद के भी कर सकते हैं, कर रहे हैं। सबसे दिलचस्प बात ये है कि इस मॉडल को पूरे देश में फैलाया जा सकता है। बच्चे काम करते-करते नये गेम्स और एप्लीकेशंस बना सकते हैं। शिक्षक पढ़ाने के नये तरीके खोज सकते हैं। सूचना पाने और भेजने के नये तरीके ईज़ाद किये जा सकते हैं और अवसरों की एक नयी खिड़की खोली जा सकती है। हमारे इस काम ने उनका जीवन पूरी तरह बदल दिया है।

दैट्स ऑल फ्रेंड्स। दिस इज़ ऑल आइ हैव टू से। थैंक यू सो मच। एंड बाई द वे, आई हैव टेकन ओनली एट मिनट्स।'

हॉल तालियों की गड़गड़ाहट से गूँज उठा। ज्यूरी सदस्यों ने खड़े होकर उसे बधाई दी। सबको लगा जैसे एक नया रास्ता मिल गया है। माहौल में एक अजब उत्तेजना फैल गयी। उसके बाद के प्रेजेंटेशन रस्मी अन्दाज़ में पूरे किये गये। उस साल का राष्ट्रीय पुरस्कार कार्तिक को ही मिला। जब राष्ट्रपति ने, जो विज्ञान और प्रौद्योगिकी की दुनिया से आते थे, उसे पुरस्कार देते हुए मंच पर कहा–

'वेल डन, माई फ्रेंड। आई विल आस्क द गवर्नमेंट टू स्प्रेड दिस मॉडल टू वन लैख पंचायत इन द कंट्री।'

और जब वाकई सरकार ने राष्ट्रपति की सलाह मानते हुए उसके मॉडल के आधार पर एक लाख पंचायतों में वैसे ही केन्द्र स्थापित करने की घोषणा की तो उसका मन प्रसन्नता से भर गया। उसे अपने काम की सार्थकता और जीवन में आनन्द महसूस हुआ।

घर पहुँचते-पहुँचते उसने सोचा कि अगर आज गुप्ता जी आसपास

होते तो उन्हें बतलाता कि नौ बिन्दुओं का खेल कुछ अलग तरह से भी खेला जा सकता है। फिर उसने एक काग़ज़ उठाया और लिखा :

1. नौकरी नहीं, उससे मन नहीं भरता।
2. अपना काम, उसकी दिशा तय की जा सकती है।
3. उत्पादन और सेवा क्षेत्र में से सेवा क्षेत्र। वहाँ छोटी पूँजी से काम शुरू किया जा सकता है।
4. शहर और गाँव में से गाँव, वहाँ ज़्यादा ज़रूरत है।
5. परिवेश—भारतीय, भाषा—भारतीय।
6. शिक्षा को केन्द्र में रखें।
7. सरकारी मदद—कम से कम ली जाये।
8. नेटवर्क, वह बड़े से बड़े कार्पोरेट को टक्कर दे सकता है।
9. खुला दिमाग़। इनोवेशन से गतिशीलता।

फिर उसने लिखा—'मेरा दसवाँ बिन्दु, क्रिएटिविटी।'

उसके आगे एक लाइन और लिखी थी—

'इससे सन्तोष और आनन्द भी प्राप्त होता है।'

आप कह सकते हैं वाह भई वाह। ये भी कोई बात हुई? आदमी कहीं इस तरह से, सीधी-रेखा में सफलता हासिल करता है? क्या कार्तिक के रास्ते में कठिनाइयाँ नहीं आयी होंगी? क्या सभी ने उसे सिर्फ़ सहयोग ही किया होगा? क्या उसके संगठन के भीतर से उसे चुनौती नहीं मिली होगी? क्या टेक्नॉलॉजी ने उसे परेशान नहीं किया होगा? और इस सबके बीच उसका घर-परिवार, नाते-रिश्तेदार और उसका व्यक्तिगत जीवन? क्या वह ठीक-ठीक चल पाया? कहानी में वह सब भी तो आना चाहिए।

तो मित्रो मैं इतना ही कहना चाहूँगा कि ये सारी बातें मैंने आपको जान बूझकर नहीं बताईं। ये सब बताने के लिए मुझे एक छोटा-मोटा उपन्यास लिखना होता और, हालाँकि मैं आपकी इस बात से सहमत हूँ कि कार्तिक का चरित्र औपन्यासिक है पर फिलहाल हम नौ बिन्दुओं के खेल पर बात कर रहे थे और यहाँ कार्तिक के जीवन को उतना ही लाया गया है जितना इस खेल को समझने के लिए ज़रूरी था।

यह भी सच है कि उसके सामने वे सारी कठिनाइयाँ थीं। पर कार्तिक के पास थी एक अन्तर्दृष्टि, जो वैसे तो हम सबके पास होती है पर जिसे हमने कहीं भीतर गहराई में छिपा लिया है, जो कार्तिक के यहाँ दिनोंदिन पैनी होती जाती थी और जिससे वह कठिनाइयों

के पार देख लेता था। एक उत्साह, जो दिनोंदिन बढ़ता ही जाता था और उसे थकने नहीं देता था। एक ललक, जिसका दायरा बढ़ता जाता था और ये सब मिलकर उसके मन में एक ऐसा पर्यावरण रचते थे जिसमें सारी कठिनाइयाँ घुल जाती थीं।

फिर दारुण कठिनाइयों के बारे में हमारे कुछ कथाकार आपको बता तो रहे हैं! इतना कि आप कहानी पढ़ना भूल जायें। असल में हुआ यह है कि हमने खुली आँखों से देखना बन्द कर सैद्धान्तिकी के चश्मे से जीवन को देखना शुरू कर दिया (तू कहता कागद की लेखी)। इस प्रक्रिया में 'मेरा तेरा मनवा कैसे एक होई रे' का सवाल खड़ा हो गया है। हमारा अच्छाई पर से पूरा भरोसा ही उठ गया है। हम ये मान ही नहीं पाते कि अच्छे काम भी किये जा सकते हैं, किये जाते हैं और समाज उन्हें आज भी स्वीकार करता है। नतीजतन हमने अच्छे काम करना बन्द कर दिया है और हम अधिक, और अधिक आत्मकेन्द्रित होते जा रहे हैं। हमारी कहानी भी इसी आत्मकेन्द्रीयता की कहानी बनती जा रही है। बाज़ार के लिए इससे सुखद क्या हो सकता है?

फिर भी मैं आपकी ये बात मानूँगा कि सब कुछ अच्छा ही अच्छा नहीं था। कभी नहीं रहा। आज भी नहीं था। और आपकी इसी बात को पुष्ट करने के लिए कुछ छोटी-छोटी कहानियाँ और पेश करता हूँ।

अब कुछ छोटी-छोटी कहानियाँ

यह वही समय था जब आई.टी. क्षेत्र की एक प्रमुख कम्पनी ने अपना नाम 'सत्यम्' रख लिया था पर काम सारे झूठे कर रही थी। कम्पनी में दस हज़ार कर्मचारी कार्यरत दिखाये जा रहे थे पर थे कुल पाँच हज़ार, बाकी पाँच हज़ार कर्मचारियों की तनख़्वाह कैश में निकाली जा रही थी जिससे कम्पनी के मालिक ने हज़ार एकड़ से अधिक ज़मीन खरीद ली थी। अब प्रिंटिंग डिवाईसेज़ इतने अच्छे आ चुके थे कि वे बैंक के फिक्स्ड डिपॉज़िट सर्टिफ़िकेट तक प्रिंट कर सकते थे। इस 'झूठम्' कम्पनी के मालिक ने कुछ इस तरह के प्रयोग भी किये थे।

इसी समय देश भर को सहारा देने का दम भरने वाले एक चालाक उद्योगपति ने लोगों को धोखा देकर 24,000 करोड़ रुपये इकट्ठे कर लिए थे जिन्हें वह सुप्रीम कोर्ट के आदेश के बावजूद लौटा नहीं रहा था और बार-बार मीडिया में अपनी मूँछों के पीछे से मुस्कुरा रहा था।

उधर एक चिट फंड कम्पनी चलाने वाले पति-पत्नी, राजनीतिज्ञों

के साथ मिलकर 4,000 करोड़ रुपये इकट्ठा कर चुके थे और उसे इधर-उधर करने के बाद अब इधर-उधर भाग रहे थे। उन्हें बचाने के लिए उनके दोस्त राजनेता घोषणाएँ कर रहे थे और लोग अपने आपको लुटा पिटा महसूस कर रहे थे।

इसी समय एक मुख्यमन्त्री प्रदेश के औद्योगिक विकास के लिए एक बड़े वैश्विक सम्मेलन का आयोजन कर रहे थे जिस पर उड़ती हुई ख़बरों के अनुसार करीब 300 करोड़ रुपये खर्च होने वाले थे। मंच पर उनके साथ वही सब उपर्युक्त श्रेणी के उद्योगपति बैठे थे। उनमें से प्रत्येक उठकर मंच पर से बड़ी-बड़ी घोषणाएँ कर रहा था। घोषणा जितनी बड़ी होती उतनी ही ज्यादा तालियाँ मिलतीं। मसलन देश की सबसे बड़ी पेट्रोकेमिकल कम्पनी के होनहार वारिस ने घोषणा की कि वे प्रदेश के लिए बिजली बनायेंगे और इसके लिए 30,000 करोड़ रुपये का निवेश करेंगे। बस उन्हें एक हज़ार एकड़ ज़मीन और कोयला खदानें दे दी जायें। सबको सहारा देने वाले उद्योगपति ने कहा कि वे प्रदेश के औद्योगिक नगर में एक शानदार एंटरटेनमेंट क्लब बनाना चाहते हैं जिसके लिए उन्हें शहर से लगी 100 एकड़ ज़मीन चाहिए, वे 1,000 करोड़ रुपये का निवेश ले आयेंगे। सीमेंट से जुड़े एक बड़े उद्योगपति ने कहा कि वे एक फ़िल्म सिटी बनाकर पूरी चम्बल घाटी की तस्वीर बदल देंगे बस उन्हें 10,000 एकड़ ज़मीन दे दी जाये।

सभी मन्त्री एवं मुख्यमन्त्री उद्योगपतियों के साथ। सभी बड़े और छोटे अफ़सर उद्योगपतियों की सेवा में। विकास का अद्भुत नज़ारा था।

पूरी सरकार, पूरा अमला, सारे मन्त्री, उद्योगपतियों की सेवा में थे। दुनिया भर के व्यंजन भोजन के दौरान मौजूद थे। सामान्य समय में लोगों से सीधे मुँह बात न करने वाले कई सरकारी अफ़सर, नकली मुस्कान चिपकाये, काउंटर खोले बैठे थे कि आइये और समझौतों पर दस्तखत करिये। सम्मेलन के आख़िरी दिन अख़बार ने, जिसे सम्मेलन को कवर करने के लिए बड़े सरकारी विज्ञापनों से नवाज़ा गया था, बड़ी-बड़ी हेडलाइन लगाते हुए सूचित किया—2,56,000 करोड़ के समझौतों पर दस्तखत हुए। हर क्षेत्र में प्रदेश का विकास होगा। सभी उद्योगपतियों ने मंच से मुख्यमन्त्री की तारीफ़ की। मुख्यमन्त्री जी ने ध्यान रखा कि इस तारीफ़ के वक़्त उनके राष्ट्रीय नेता भी मंच पर मौजूद रहें। इस तरह सब कुछ ठीकठाक, सफलतापूर्वक एवं सन्तोषप्रद ढंग से सम्पन्न हो गया।

कार्तिक भी जिज्ञासावश इस सम्मेलन में गया था। सम्मेलन के बाद अपने उद्योग विभाग के मित्र अनुराग से उसने पूछा था–

'करीब दो साल पहले भी तो ऐसा ही सम्मेलन हुआ था?'

'हाँ।'

'उस समय भी करीब 1,50,000 करोड़ के समझौते किये गये थे?'

'हाँ।'

'अगर वो हो जाता तो प्रदेश की तो तस्वीर बदल जाती?'

'बिल्कुल ठीक।'

'फिर क्या हुआ?'

'यार, तुम भी बच्चों जैसी बातें करते हो। निवेश किसे करना है? यहाँ तो अपने नाम और अपनी कम्पनी की प्रतिष्ठा का लाभ उठाकर ज़मीनों और खदानों पर कब्ज़ा करने की होड़ लगी है। पिछली बार इसी पेट्रोकेमिकल वाले ने 20,000 करोड़ का निवेश करने की घोषणा की थी और बहुत सी कोयला खदानें अलॉट करवा ली थीं।'

'पर ये कोयला खदानें, पहाड़ और जंगल, उनके तो नहीं?'

'ऐसा तुम मानते हो। वे मानते हैं कि पूरा देश उनका है।'

'पर इस सबसे सरकार को क्या फायदा?'

'सरकार को नहीं, पार्टी को है। इस साल चुनाव हैं। पार्टी को भी तो चन्दा चाहिए। चन्दा दो और ज़मीन लो।'

'और मान लो निवेश करना ही पड़े तो?'

'तो भी अपना पैसा कौन लगाता है? सब बैंक से ही पैसा लेते हैं। ज़्यादातर रिस्क बैंक या सरकारी संस्थानों की होती है।'

इसी समय पार्लियामेंट की वित्त पर विचार करने वाली स्टैंडिंग कमेटी की रिपोर्ट आयी जिसका एक हिस्सा मैं आपको सुनाता हूँ–

'सरकारी बैंकों के घावों से ख़ून रिस रहा है। करीब डेढ़ वर्षों के भीतर ही 82,000 करोड़ रुपये के ऋण, ख़राब ऋणों में तब्दील हो चुके हैं जिन्हें अब वसूला नहीं जा सकता। बैंकों के एन.पी.ए. यानी नॉन परफॉर्मिंग असेट्स में गगनचुम्बी बढ़ोतरी हुई है। मार्च 2011 से दिसम्बर 2012 के बीच बैंकों का एन.पी.ए. बढ़कर 83,400 करोड़ रुपये तक पहुँच गया है, जिसने उनकी बैलेंस शीट्स को पूरी तरह बिगाड़ दिया है। भारत के सबसे बड़े बैंक, स्टेट बैंक ऑफ इंडिया का लाभ 3,658 करोड़ से घटकर 3,398 करोड़ रह गया है। अपनी बैलेंस शीट्स को साफ़-सुथरा करने के लिए बैंक ख़राब ऋणों को

उनसे हटा रहे हैं, जैसे कि हाल ही में कैनरा बैंक ने 1,450 करोड़ रुपये के ऋणों को राइट ऑफ किया। प्रति वर्ष सार्वजनिक क्षेत्र के बैंक 15,000 से 16,000 करोड़ रुपयों के ऋण राइट ऑफ करते हैं। दिसम्बर 2012 तक सार्वजनिक क्षेत्रों के ख़राब ऋण 1,56,000 करोड़ रुपये तक पहुँच गये थे।'

तो ये थी 'विकास' की हमारी गाथा।

आप शायद कहें कि यही तो हम भी कह रहे थे।

पर मैं अर्ज़ करना चाहता हूँ हुज़ूर कि आप ये भी तो देखिये कि इसी समय में कई छोटे-छोटे लड़के और युवा ऐसी एप्लीकेशंस बना रहे थे जो जीवन की किसी न किसी समस्या को सुलझाकर उसे सुविधाजनक बना सकती थीं, और इस प्रक्रिया में वे मिलियन डॉलर कम्पनियाँ खड़ी कर रहे थे। 86 करोड़ लोगों के पास मोबाइल फ़ोन पहुँच चुका था और सिर्फ़ सूचना के आधार पर वे अपनी ज़िन्दगी की दिशा बदलने में सक्षम थे। एक डाटा एंट्री ऑपरेटर ने इस बात को समझते हुए अपनी एक डायलिंग कम्पनी बनाई थी जो अब अत्यधिक सफल कम्पनी थी। जल्दी ही पंचायतों तक ब्रॉडबैंड पहुँचने वाला था जो शिक्षा की पूरी दिशा बदल देगा और समझदार व्यक्ति अलग-अलग भाषाओं में सामग्री निर्माण के काम में जुटे थे क्योंकि ब्रॉडबैंड पर जो पहुँचेगा, वह इन भाषाओं की ई-सामग्री होगी। कई सामाजिक उद्यमी, किसी एक सामाजिक समस्या को सामने रख, उद्यम के द्वारा उसे सुलझाने की कोशिश कर रहे थे। एक संस्था ने पुराने कपड़ों की रिसाइकलिंग की समस्या को उठाया था और अपने नये प्रयोगों से दुनिया भर में गूँज पैदा कर दी थी, एक ज़िद्दी पर्यावरणवादी ने दिल्ली का आकाश साफ़ करने में बड़ी सफलता हासिल की थी और कार्तिक ने...

जी, कार्तिक ने तकनीक के विकास के पैटर्न को भाँपते हुए, इंटरनेट के आगमन के साथ-साथ अपने प्रशिक्षण केन्द्रों पर कई तरह की ऑन लाइन सेवाएँ प्रदान करना शुरू किया था जो उनको पुनः सृजित कर रहा था। अब शिक्षा के साथ-साथ उसके केन्द्र बैंकिंग सेवा भी प्रदान कर सकते थे, आपका रेलवे टिकिट बुक कर सकते थे और बच्चों को स्कॉलरशिप तथा बूढ़ों को पेंशन भी प्रदान कर सकते थे। इससे उनका सामाजिक उपयोग बढ़ा था। लाखों लोग अब उनसे लाभ उठा रहे थे।

अपने आप में वे छोटे थे, मगर नेटवर्क में थे इसलिए ताकतवर थे। बड़े-बड़े कॉर्पोरेट अपने प्रॉडक्ट्स या सेवाओं के वितरण के लिए उनके पास आते थे। अब वह बराबरी से उनके साथ बात कर सकता था। ये प्रतिरोध का उसका अपना तरीका था।

उसने अपना दसवाँ बिन्दु खोज लिया था।

और अन्त में संगीत

तो दोस्तो, अब कहानी का अन्त आ ही पहुँचा है।

बस यही बताना रह गया है कि कहानी की शुरुआत में, लम्बे समय के बाद मिले रमेश चन्द्र गुप्ता के साथ, कार्तिक की अगली मुलाक़ात कैसी रही।

वह और अनुराग सुबह-सुबह फैक्टरी के गेट पर पहुँच गये थे जिसकी ज़मीन और शेड बिकाऊ थे। रमेश चन्द्रा गेट पर ही कुर्सी डाल कर बैठे थे। उन्हें देखकर वे खड़े हो गये। छड़ी के सहारे कुछ-कुछ लँगड़ाते हुए आगे बढ़े।

अनुराग ने कहा, 'आइये ज़मीन देख लेते हैं।'

गुप्ता जी फिर धीरे-धीरे लँगड़ाते हुए आगे चले। कार्तिक को याद आया, यही फैक्टरी थी जिसकी उसने प्रोजेक्ट रिपोर्ट बनाई थी। शुरू-शुरू में कैसी चहल पहल, कैसी रौनक और कैसी सुन्दरता यहाँ बिखरी रहती थी। जीवन की सुन्दरता। और आज? थोड़ी सी पक्की सड़क को छोड़कर चारों ओर घास उग आयी थी। शेड खाली पड़े थे और उनमें मकड़ियों के जाले लगे थे। कई जगह दीवारों पर से प्लास्टर उखड़ गया था, खिड़कियों के काँच टूट चुके थे और ट्रसेस तथा ग्रिल्स नीचे लटक आये थे। पूरे शेड्स में भारी मनहूसियत और मुर्दनी छाई हुई थी।

कार्तिक ने पूछा, 'चन्द्रा साहब, किसी भी शेड में मशीनें नहीं दिखाई पड़ रही हैं। उनका क्या हुआ?'

गुप्ता जी बोले, 'बैंकों का भारी लोन था, वे खोल कर ले गये।'

कार्तिक ने आदतन एक बिजली का स्विच दबाया। गुप्ता ने कहा, 'बिजली कहाँ है भाई साहब! बड़ा बिल आता था सो कटवा दी। बरसों से बिजली का बिल पटाया नहीं गया है।'

'ओह!'

अब कार्तिक और अनुराग, गुप्ता जी को वहीं छोड़कर पीछे ज़मीन

पर घूमने निकले। ये रहा प्रिंटेड सर्किट बोर्ड निर्माण का शेड, और ये असेंबली तथा टेस्टिंग हॉल, ये था मार्केटिंग ऑफिस जहाँ चोपड़ा से मुलाक़ात हुई थी, और ये डिस्पैच डिवीज़न। सब कुछ एक खँडहर में तब्दील हो चुका था। कार्तिक का मन भर आया। ये फैक्टरी उसकी नहीं थी, पर अपनी पहली सन्तान की तरह उसने इससे बेइन्तहा प्यार किया था। वह इसे सफल होते देखना चाहता था। पूरी तरह खिले गुलाब की तरह, सुगन्ध बिखेरते हुए।

उसने अनुराग से कहा, 'चलो यार, वापस चलें!'

लौटते समय उन्होंने देखा, आम के पेड़ की छाँव में फैक्टरी के चौकीदार ने तीन-चार कुर्सियाँ डाल दी थीं। गुप्ता जी वहीं बैठे थे। वे लोग भी कुछ देर सुस्ताने के लिए वहीं रुक गये। कार्तिक को लगा अब वह अपना परिचय दे सकता है। उसने गुप्ता से मुख़ातिब होते हुए कहा, 'रमेश जी, आपने मुझे पहचाना?'

'जी, जी नहीं।'

'मैं कार्तिक, कार्तिक द्विवेदी।'

रमेश जी थोड़ा चौंके। उनके चेहरे पर कई भाव आये और गये। फिर अपने आपको सहज करते हुए उन्होंने कहा, 'ओ हो द्विवेदी जी। वही मैं कहूँ कि आप पहचाने पहचाने से क्यों लग रहे हैं? आप कहाँ हैं, क्या कर रहे हैं आजकल?'

कार्तिक ने संक्षेप में उन्हें अपने नेटवर्क के बारे में बताया। वे खुश हुए। बोले, 'बहुत बढ़िया जी बहुत बढ़िया। तो आप तो अपने संस्थान के लिए यही ज़मीन फाइनल कर डालिए। इससे आपका पुराना रिश्ता है।'

कार्तिक उस रिश्ते की परिभाषा में जाकर एक बूढ़े और अशक्त आदमी से कोई कठोर बात नहीं कहना चाहता था। उसने बात बदलते हुए कहा, 'और आप, आप कहाँ हैं आजकल? भाभी जी कैसी हैं?'

गुप्ता जी ने कुछ थके स्वर में कहा, 'भाभी जी अब कहाँ रहीं? मैं अकेला ही दिल्ली में रहता हूँ।'

'और दीपक? आपका बेटा दीपक?'

'वह तो उसी समय अलग हो गया था। पैसा वैसा तो था ही उसके पास। वह अमेरिका में सैटल हो गया।'

'पहले तो आप रमेश चन्द्र गुप्ता लिखते थे। ये गुप्ता कहाँ छूट गया?'

'अब आपसे क्या छिपाना? मीडिया में बहुत बदनामी हो रही थी। सो बीच में आर.सी. गुप्ता से रमेश चन्द्रा कर लिया। अब यही नाम है।'

ताज़िन्दगी नौ बिन्दुओं का खेल खेलने के बाद अब गुप्ता जी अकेले थे। बेटा तो पहले ही अलग हो गया था। पत्नी भगवान के घर चली गयीं। अब कोई साथी संगी भी नहीं। यहाँ तक कि अपना नाम भी छोड़ना पड़ा था। अब वे जीवन के बियाबान में निपट अकेले थे और ये कितना भयावह था।

कार्तिक को लगा, सभी खेलों का एक दसवाँ बिन्दु और भी होता है। आप उसे नियति कह लें, भाग्य कह लें या पोएटिक जस्टिस, मगर वह होता ज़रूर है।

गुप्ता जी पूछ रहे थे, 'तो आपने क्या तय किया?'

'जी मैं ज़रा विचार कर लूँ, फिर कल अनुराग को बता दूँगा।'

शाम को दोनों दोस्त कार्तिक के घर के बाहर लॉन पर बैठे थे। आसमान साफ़ था और तारे अपनी अद्भुत आभा के साथ पूरे आसमान पर छिटके हुए थे। दोनों के हाथ में थे चाय के बड़े मग। अनुराग ने शुरुआत करते हुए कहा–

'तो रमेश जी से हाँ कह दूँ? ज़मीन रोड से लगी हुई है। करीब पचास हज़ार स्क्वेयर फ़ीट का शेड भी है, वह तो उन पर कुछ दबाव है कि वे जल्दी में बेचना चाह रहे हैं। तुझे कम से कम दो करोड़ का फायदा होगा।'

'नहीं यार, मेरा मन नहीं कर रहा।'

'क्यों?'

'तूने महसूस नहीं किया? उस ज़मीन से कुछ ऐसी किरणें निकल रही थीं जो आपके मन में अवसाद पैदा करती हैं।'

'पर सोच कि तुझे कितना फायदा हो सकता है।'

'अगर ले लूँगा, तो फायदे से ज़्यादा नुक़सान होगा।'

'कैसा नुक़सान?'

'मन का नुक़सान। मेरा तो मन ही मेरी पूँजी है। सबसे बड़ी पूँजी।'

कहकर कार्तिक उठा।

उसने पास ही रखे सिस्टम पर एक सी.डी. लगाई।

रोनू मजूमदार ने बाँसुरी पर एक लम्बा आलाप लिया।

रेस्त्राँ में दोपहर

उसकी दाढ़ी धीरे-धीरे हवा में फहरा रही थी।

वह कुर्सी को थोड़ा सा तिरछा घुमाकर इस तरह बैठा था कि सामने ढलान पर से आने वाली गाड़ियों और उस सुन्दर खुले रेस्त्राँ में बैठने वाली लड़कियों को एक साथ देख सकता था। उसके घुँघराले बालों में से निकलकर एक लट सामने माथे पर झूल आयी थी, जो उसके साँवले, तिकोने, तीखे नक़्श वाले चेहरे को खूबसूरत बना रही थी।

रेस्त्राँ एक तरह से घाटी में बना था और उसके तीनों तरफ़ पहाड़ियाँ थीं। सामने की पहाड़ी पर इमारतें पहले आकाश की ऊँचाइयाँ छूती थीं, फिर धीरे-धीरे ढरकते हुए, घाटी की तलहटी तक पहुँच जाती थीं। इस तरह पूरी पहाड़ी एक चौख़ाने वाली चादर से ढँक जाती थी जिसके हरेक चौख़ाने में हरे, पीले, नीले और सफ़ेद रंग भरे थे और जिन्हें, स्टील के रंग की सड़क, अलग-अलग कर रही थी।

सामने की दूसरी पहाड़ी, सिर्फ़ घने और गहरे हरे रंग के पेड़ों से ढँकी थी और जैसे, इस नैसर्गिक एकरसता को तोड़ते हुए, गहरे पीले रंग का, मन्दिर का शिखर, पेड़ों के बीच से निकल आया था जिस पर बादामी रंग की पताका फहरा रही थी। तीसरी पहाड़ी जो असल में रेस्त्राँ वाली पहाड़ी का ही दाहिना फैलाव थी, आधी ढँकी हुई थी और उसके निचले हिस्से में, एक सीढ़ीदार पार्क, हलके हरे रंग के लॉन और लाल तथा पीले रंग के बोगन बेलिया के विस्तार के साथ पसरा हुआ था, जो अन्त में जाकर इमारतों वाली पहाड़ी से मिल ही जाता अगर बीच में एक पतली दूधिया रंग की नदी उसे रोक न लेती।

इमारतों वाली पहाड़ी से ढरकती हुई सड़क एक पुल के सहारे, दूधिया रंग की नदी को पार कर रेस्त्राँ वाली पहाड़ी पर चढ़ जाती थी और घूम कर पीछे कहीं ग़ायब हो जाती थी। ढलान पर चढ़ते-

उतरते वाहनों का अन्तहीन सिलसिला था जो पूरे वातावरण को अजीब तरह से गतिमान बनाये रखता था। शायद यही कारण था कि रेस्त्राँ में अकेले बैठना भी बुरा नहीं लगता था। हर समय महसूस होता था कि आसपास सब कुछ गतिमान है और आप अकेले रुके हुए नहीं बल्कि उस सब कुछ के साथ-साथ चल रहे हैं।

फ़रवरी की खूबसूरत दोपहर रेस्त्राँ के आसपास बिखरी थी। पास की छोटी क्यारियों में गुलाब, सदाबहार और गेंदे के फूल हँस रहे थे। लॉन के पार कुछ बड़ी क्यारियों में गुलाबी, सफ़ेद और पीले रंग के बोगन बेलिया, बीच-बीच में अपने ही भार से झुके हुए गहरे लाल गुड़हल और नीले रंग की अपराजिता एक रहस्यमयी सौन्दर्य भरी मुस्कुराहट लिए धीमे-धीमे सरसरा रहे थे। पीछे दूर रेस्त्राँ को घेरे हुए लॉन की सरहद पर शिरीष, कचनार और पलाश, जैसे खिलते हुए घोषणा कर रहे थे कि बसन्त बस आने ही वाला है।

रेस्त्राँ की छत, जिसके नीचे हम बैठे थे, बाँस और घास की इथनिक कलात्मकता के साथ बनाई गयी थी। अपने केन्द्र से तीन तरफ़, थोड़ा सा ढलान लेते हुए, वह सर के ऊपर से गुज़रती थी और फिर थोड़ा रुककर क्यारियों में उगे बाँस के खम्भों पर जाकर टिक जाती थी। क्यारियों में उगे फूल, रेस्त्राँ की सरहद को लाँघते हुए, हमारे घुटनों तक पहुँचने की कोशिश कर रहे थे और कभी-कभी हवा के साथ-साथ हल्के से हमारा आत्मीय स्पर्श भी कर जाते थे।

चारों ओर मीठी धूप बिखरी थी। अगर धूप न होती तो हवा ठंडी लगती। पर फिलहाल हवा में धूप की हलकी सी खनक थी और वह बहुत प्यारी लग रही थी।

वह दोपहर गुज़ारने की हमारी सबसे प्रिय जगह थी।

हमारी, यानी मेरी, नीति और अनन्त की।

अपने सुबह के रुटीन से निबटकर हम तीनों करीब एक बजे रेस्त्राँ में पहुँचते थे। नीति और अनन्त कालेज में पढ़ाते थे और सुबह के एक-दो पीरियड निबटा लेने के बाद कालेज में बैठना उनके लिए बाध्यता नहीं था।

मेरा काम मार्केटिंग का था और सुबह एक बार दफ़्तर से निकल लेने के बाद मुझे शाम तक ही वापस पहुँचना होता था। पहले पहल

हम अपने काम के बीच थोड़ा सुस्ताने वहाँ पहुँचते थे। फिर धीरे-धीरे रेस्त्राँ हमारी आदत में आ गया।

जाड़ों की दोपहर में जैसे लाल-पीले और बैंगनी हॉलीहॉक, डहेलिया और गुलमोहर हमारा आमन्त्रण सा करते और हम अनायास रेस्त्राँ में पहुँच जाते। जाड़ों की गुलाबी धूप चारों ओर बिखरी रहती और कभी-कभी अचानक फूस की छत में से प्रवेश कर हमें धीरे से गुदगुदा जाती।

पास के कालेज से कई युवा जोड़े खूबसूरत दोपहर में बाहर निकल आते और एक-दूसरे को प्यार से सहलाती निग़ाहों से देखते हुए, घंटों रेस्त्राँ में बैठते बतियाते। रेस्त्राँ की टेबलों पर, पेड़ों की झुरमुट के पीछे, लॉन में सीढ़ियों पर बैठे या फूलों और क्यारियों के आसपास लेटे अधलेटे वे खुद फूलों की तरह नज़र आते थे।

अनन्त वहाँ सबसे पहले पहुँचता। फिर नीति और सबसे आख़िर में मैं। मेरे पहुँचने तक वह सिगरेट जला चुका होता था। गुल्लू चुपचाप पानी रख जाता और फिर ऐसे टेबल के आसपास घूमता जैसे वह वहाँ है ही नहीं। मेरे पहुँचते ही तिकड़ी पूरी हो जाती थी। गुल्लू प्यार से पूछता—चाय पिलाऊँ? अक्सर हम हाँ कहते पर कभी-कभी नीति कहती—'मैं कॉफी पिऊँगी'। फिर हम तीनों कॉफी पर सेटल हो जाते। सेंडविच और कॉफी के पहुँचने के बाद अनन्त इत्मीनान से अपना आख्यान शुरू करता—

'कालेज में पढ़ाने वाले इन बुड़बक आलोचकों को न जाने कब अक्ल आयेगी। कुछ भी बात करो, ससुरे रीतिकाल से शुरू करेंगे और छायावाद पर लाकर ख़त्म करेंगे। उनके हिसाब से छायावाद के बाद हिन्दी साहित्य में कुछ हुआ ही नहीं। फिर कालेज की आदत पड़ी हुई है, पूरा एक घंटा बोलने के बाद ही रुकेंगे। कितनी बार कहा कि भैया मॉडर्न हो जाओ। नया कुछ सोचो, पढ़ो, लिखो पर इन्हें लड़कियों को पीएच.डी. कराने से ही फुरसत नहीं। अगर ये लिखना पूरी तरह से बन्द कर दें तो हिन्दी साहित्य का बड़ा कल्याण होगा...।'

नीति मनोविज्ञान पढ़ाती थी और अक्सर अपने विभागाध्यक्ष से परेशान रहती थी जो इस बात पर ज़ोर देता था कि प्रायोगिक कक्षाएँ लंच के बाद लगायी जायें और वे देर शाम तक चलें। उसे अक्सर शाम तक कालेज में रुकना पड़ता था। वह शुरुआत कुछ इस तरह करती—

'यार आज फिर बुढ़ऊ ने ड्यूटी लगा दी। मुझे परेशान करने में उसे मज़ा आता है। मुझे फिर शाम को छः बजे तक कालेज में रुकना पड़ेगा। शाम को घर पहुँचते-पहुँचते थक कर चूर हो जाती हूँ। फिर कहाँ का घूमना या पढ़ना लिखना...।'

मैं कालेजों की राजनीति के बाहर था। कला या साहित्य में मेरी रुचि नाटक के माध्यम से थी। मैं किसी नयी किताब या शहर में खेले गये नाटक के बारे में बात करता। बहस धीरे-धीरे संस्कृति की चर्चा में बदल जाती। रेस्त्राँ शहर के प्रमुख रंग भवन से जुड़ा हुआ था। अक्सर शहर के युवा कलाकार और निर्देशक, जो वहाँ उठते बैठते थे, बहस में शामिल हो जाते। वे किसी नये नाटक की अच्छाइयों और खामियों के बारे में पूरी शिद्दत से बहस करते। कभी प्रकाश व्यवस्था की आलोचना करते, कभी मंच सज्जा की तारीफ़। कभी अपने बीच से अचानक बम्बई चले गये किसी कलाकार की सफलता की ईर्ष्या भरी प्रशंसा करते और कभी किसी शीर्ष पर बैठे नाट्य निर्देशक की स्वार्थी और लोभी प्रवृत्ति की आलोचना।

फिर न जाने कब पतझड़ का मौसम आ जाता। सड़कें और पेड़-पौधे उदास हो जाते। लड़के-लड़कियाँ परीक्षा की तैयारियों में लग जाते और रेस्त्राँ में आना कम कर देते। नाटकों का मौसम भी शहर में हलचल मचा कर ख़त्म हो जाता। धीरे-धीरे गर्मियों की सुनसान दोपहर आ पहुँचती। क्यारियों में गुलाब के बदले मोगरे की खुशबू छा जाती। चाँदनी और जूही अपनी सफ़ेद पवित्रता के साथ सरसराने लगतीं। हरसिंगार पहले ही अपनी छटा दिखाकर ग़ायब हो चुका होता। इक्का-दुक्का लोग ही दोपहर में रेस्त्राँ पहुँचते। पर हम फिर भी वहाँ जाते थे।

इस बार गुल्लू बिना पूछे दो थम्स अप और एक ऑरेंज की बोतल रख जाता। हम चुस्कियाँ लेते और छुट्टियों में बाहर जाने के प्लान बनाते।

छुट्टियों का एक महीना बाहर गुज़ारकर जब हम वापस शहर में पहुँचते तो रेस्त्राँ बदल चुका होता था। आसपास की पहाड़ियों पर बादल घिरे होते और पहाड़ियाँ पेड़ों के हरियाने से खुश नज़र आतीं। शीशम, शिरीष और अशोक लहरा के बादलों का स्वागत करते। लिली मुस्कुरा के खिल जाती। रेस्त्राँ से बारिश देखना एक अद्भुत

दृश्य होता। लगता जैसे आप ठीक बादलों के बीच बैठे हैं—सूखे और साफ़-सुथरे। आपके चारों ओर पेड़ नाच रहे हैं। पहाड़ियाँ गुनगुना रही हैं और बारिश की बौछारें बड़े प्यार से धरती को नहला रही हैं।

गुल्लू न जाने कब गरमगरम पकौड़े की प्लेट रख जाता। हम खाते और बारिश देखते हुए तय करते कि अब दफ़्तर नहीं जायेंगे। इस तरह न जाने कितनी दोपहरें हमने उस रेस्त्राँ में गुज़ारी थीं। ठंड की खुशनुमा दोपहर, गर्मियों की सुनसान दोपहर और बारिश की उल्लसित दोपहर हमारे जीवन का इस क़दर हिस्सा बन चुकी थीं, कि अगर अब किसी कारण वह रेस्त्राँ शहर में न रहता, तो शायद हम भी शहर छोड़ देते।

इस बीच हम तीनों के बीच वह चौथा शामिल हुआ था—सुकान्त।

वह शहर में नया-नया आया था। वह उन मूर्खों की तरह नहीं था जो किसी नये शहर में पहुँच कर हक़बका जाते हैं, महीनों दो कमरे का अच्छा मकान ढूँढ़ने में लगाते हैं और सालों तक एक भी दोस्त नहीं बना पाते। और फिर शहर जब उन्हें काटने दौड़ता है या अकेला कर देता है तो घबरा जाते हैं, शिक़ायतें करते हैं और फिर घर में घुस जाते हैं। और इस तरह, और अकेले होते जाते हैं।

सुकान्त पहले से ही तैयार होकर आया था। दिल्ली छोड़ने से पहले उसने पता कर लिया था कि हमारे शहर के महत्त्वपूर्ण आदमी कौन-कौन हैं। कौन है जो उसे सीधे शहर की गतिविधि केन्द्र में शामिल करा सकेगा। कौन है जिससे उसे बचना है और कौन है जिसके साथ उसे चलना है।

उसने आते ही अनन्त से दोस्ती की। अनन्त शहर के ही नहीं देश के तेज़तर्रार युवा कवियों में गिना जाता था और हर समय विवादों के घेरे में रहता था। सुकान्त जैसे ही उसके साथ दिखा, शहर में अपने आप उसकी चर्चा होने लगी। कई विवाद अनायास ही उसके साथ जोड़ दिये गये। कई किंवदंतियाँ उसके नाम पर चलने लगीं। युवा कवियों ने अनन्त के साथ उसे देखकर ईर्ष्या की। बुजुर्ग साहित्यकारों ने कहा 'ये अनन्त का नया पट्ठा है, इससे सावधान रहना होगा' और फिर सावधानी के तौर पर, पहले से ही उसकी आलोचना शुरू कर दी।

फिर एक दिन शहर की साहित्यिक गोष्ठी में, जहाँ लोग छायावादी मुहावरों का प्रयोग करते हुए कविता पर और आंचलिकता की पिटी पिटाई बहस के बहाने कहानी पर बात कर रहे थे, सुकान्त बरस पड़ा। उसने वैश्विक चेतना और उत्तर-आधुनिक हथियारों के माध्यम से विश्लेषण पर ज़ोर दिया, उसने विधाओं की अन्तःक्रिया पर बल दिया। उसने विज्ञान और तकनीक के साहित्य पर पड़ने वाले प्रभावों का ज़िक्र किया और इस तरह उसने श्रोताओं को हतप्रभ कर दिया। धीरे-धीरे, गले की गहराई से निकले उसके शब्दों में बार-बार देरिदा, इगलटन, फूको और रेमंड विलियम्स जैसे लेखकों का नाम आया, जिनसे हमारे शहर के बुड़बक कवि-कथाकार परिचित नहीं थे और जिनकी स्थापनाओं की चमक ने उन्हें चकाचौंध कर दिया। उदाहरण के तौर पर सुकान्त ने शहर के एक दिग्गज मगर बुजुर्ग कवि की कविताओं को लिया और उन्हें पूरी तरह से ध्वस्त करते हुए शहर के साहित्य आकाश पर धूमकेतु की तरह प्रवेश किया। फिर वह आकाश से ग़ायब नहीं हुआ, वहाँ स्थापित हो गया।

अब युवा कवि उसके पास जाना चाहते थे। नाट्य समूह चाहते थे कि वह उनके नाटक देखे और समीक्षा लिख दे। बुजुर्ग उससे चिढ़ते और ईर्ष्या करते थे और उसके पीठ पीछे उसे दम्भी, प्रदर्शन प्रिय और अज्ञानी कहते थे। पर उसके सामने आते ही उसकी चमक के सामने धुँधले पड़ जाते थे और घिघियाने लगते थे।

सुकान्त बुद्धिमान था और इन सब भावनाओं को समझता था। मुझे लगता था कि वह शायद इन सबका मज़ा ले रहा है। वह जानबूझ कर विवाद खड़े करता और फिर महीनों चुप रहता। लोग उसके पक्ष में और उसके ख़िलाफ़ वक्तव्य देते, उसे परेशान करना चाहते पर वह हँसता रहता। लोग खुद परेशान हो जाते पर हमारे समूह में—यानी मेरे, नीति और अनन्त के साथ—वह बच्चों की सी सरलता से पेश आता। अपने घर-परिवार और व्यक्तिगत जीवन को वह एक खुलेपन के साथ पेश करता। औरों के लिए वह रहस्यमय था और हमारे लिए पारदर्शी। उसके क़िस्से उसे और पारदर्शी बनाते। वह करीब-करीब अनन्त के साथ ही, दोपहर में रेस्त्राँ पहुँचता, चाय या थम्स अप की चुस्कियों के साथ मुस्कुराता और कप या स्ट्रॉ को धीरे से अलग कर कहता—

'और क्या हाल हैं पार्टनर?...'

ये एक नये क़िस्से की शुरुआत होती थी।

ठंड की गुलाबी दोपहर में, जब सुकान्त कुर्सी पर तिरछा होकर बैठा था और उसकी दाढ़ी हवा में धीरे-धीरे फहरा रही थी, उसने अचानक मुझसे पूछा–

'उस लड़की को देखते हो?'

'हाँ क्यों?'

'मैं शर्त बद सकता हूँ कि वह बहुत ही असर्टिव और डॉमिनेट करने वाली लड़की है।'

'तुम उसे जानते हो?'

'हाँ और नहीं।'

'क्या मतलब?'

'मतलब ये कि मैं उसे जानता भी हूँ और नहीं भी जानता। मेरा उससे कोई व्यक्तिगत परिचय नहीं है, पर उसके चेहरे और हावभाव से मैं उसके बारे में सब कुछ बतला सकता हूँ।'

'सब कुछ?'

'हाँ लगभग सब कुछ!'

'जैसे?'

'जैसे ये कि वह बहुत तीखे स्वभाव की लड़की है, अपने आगे किसी की चलने नहीं देती। जहाँ भी रहेगी डॉमिनेट करेगी। थोड़ी स्वार्थी भी है और धन उसकी मूल चिन्ता होगी।'

'ये सब कुछ तुम कैसे कह सकते हो?'

'उसकी नाक देखकर। अगर किसी आदमी को पहचानना है तो सबसे पहले उसकी नाक देखो। मसलन इस लड़की की नाक। कैसी तीखी और लम्बी है और नीचे जाकर थोड़ी सी झुकी हुई। स्पष्ट है कि वह असर्ट करेगी। अगर उसकी नाक इतनी लम्बी न होकर सीधी होती, तो मैं कह सकता था कि वह तार्किक दिमाग़ वाली लड़की है, तर्क करेगी पर दूसरों की भी सुनेगी। अगर उसकी नाक पकौड़े की तरह होती, सामने से थोड़ी उठी हुई, तो मैं मानता कि वह आदर्शवादी है। पर फिलहाल ये स्पष्ट है कि वह डॉमिनेटिंग भी है और दृढ़निश्चयी भी।'

'नाक से ही निश्चय का भी पता लगता है?'

'नहीं उसके लिए होंठ देखना होंगे। उसके होंठ पतले-पतले हैं और दृढ़ता के साथ आपस में मिले हुए। उसमें गहरा डिटरमिनेशन है। आँखें बड़ी-बड़ी हैं और आँखों के कोने तीखे न होकर गोलाई लिए हुए। लड़की अच्छी कल्पना शक्ति रखती है। चतुर है पर काँइयाँ नहीं। माथा चौड़ा और उभार लिए हुए है जो बताता है कि उसकी याददाश्त अच्छी है ठोड़ी मजबूत है जो उसकी इच्छा शक्ति और ज़िद्दीपन का प्रतीक है।'

सुकान्त ने कॉफी का कप उठाया, उसमें से हल्की-हल्की भाप उठ रही थी। उसने इत्मीनान से एक सिगरेट जलाई और धुएँ के छल्ले बनाने लगा। फिर अचानक बोला, 'इमोशनल वेरी इमोशनल। वह अपने इमोशन को नियंत्रित नहीं कर सकती क्योंकि उसके चेहरे का शेप इलिप्टिकल है। पर वह चाहे तो...।'

तभी लड़की ने ज़ोर से अपना कप टेबल पर रखी प्लेट पर पटका। सुकान्त ने कहा, 'देखो मैंने कहा था न? अब वह लड़के से लड़ेगी और जब तक अपनी बात नहीं मनवा लेती उस पर दबाव डालती रहेगी।'

लड़की ने अब अपने हाथ छाती पर बाँध लिए थे, वह कुर्सी पर पीछे टिक कर बैठी थी। लड़के ने दोनों हाथ ठोड़ी पर टिका रखे थे और ध्यान से उसकी बात सुन रहा था।

'लड़की आदेश की मुद्रा में है और लड़का चिन्तन की। अगर वह जवाब देना नहीं चाहेगा तो अपनी हथेली से मुँह ढाँप लेगा।'

और वाकई उसने ठोड़ी पर से अपना हाथ हटाकर मुँह पर रख लिया। सुकान्त ने कहा, 'चलो अब बात ख़त्म हुई। लड़की ने अपना आदेश सुना दिया और लड़के ने फिलहाल अपना उत्तर स्थगित रखा। अब वे उठेंगे।'

वे दोनों वाकई उठे और जाने लगे। सुकान्त ने पीछे से देखकर कहा, 'लड़का भी ज़िद्दी है यार। लड़की को पा ही लेगा।'

'कैसे?'

'देखा नहीं तुमने, कैसे पैर घसीट कर चल रहा था?'

तभी नीति ने प्रवेश किया।

वह आयी और कुर्सी खींच कर बैठ गयी। मैंने पूछा, 'चाय पियोगी?'

'नहीं कॉफी।'

मैंने गुल्लू को हाथ से इशारा किया। वह कॉफी दे गया।

'तो क्या कहता है तुम्हारा बॉस?'

'वो बहुत बड़ा यू.के.पी. है।'

ये किसी को उल्लू का पट्ठा कहने का उसका स्टाइल था।

'अच्छा एक बात बताओ तुम्हारे बॉस की नाक कैसी है?'

'क्यों?'

'सुकान्त का कहना है कि नाक से आदमी पहचाना जा सकता है।'

'बेकार की बात है। कुछ फ्रॉड टाइप के लोग इस तरह की किताबें लिखते रहते हैं। चेहरे से आदमी की प्रवृत्तियों का आभास भर हो सकता है पर उसे पूरा पहचाना नहीं जा सकता।'

सुकान्त ने हस्तक्षेप करते हुए कहा, 'पहचाना जा सकता है। न सिर्फ़ चेहरे से बल्कि शरीर से, चाल ढाल से, बालों से और बातचीत करने के तरीके से भी, आदमी के बारे में सब कुछ बताया जा सकता है। यहाँ तक कि किसी के हाथ के लिखे अक्षर देखकर भी उसे पहचाना जा सकता है। उसके आपके सामने उपस्थित रहने की भी ज़रूरत नहीं।'

'अच्छा! मनोविज्ञान पढ़ाती मैं हूँ और आदमी को पहचानने का दावा आप कर रहे हैं!'

'सिर्फ़ मनोविज्ञान पढ़ाने से ही कोई मनोविज्ञानी नहीं हो जाता।'

'अच्छा तो ठीक है शरलक होम्स जी। ये रहा एक काग़ज़। इस पर किसी की हस्तलिपि है। ज़रा देखकर बतायें कि ये व्यक्ति कैसा है?'

नीति ने अपने बैग से एक काग़ज़ निकाला, उसका ऊपरी और निचला हिस्सा मोड़ा तथा उसे सुकान्त की ओर बढ़ा दिया। बीच में एक पूरा पैराग्राफ था। सुकान्त ने काग़ज़ ले लिया पर बिना उसकी ओर देखे कहा, 'ओ.के. मैं करीब पाँच मिनिट में तुम्हें बता दूँगा कि ये किस तरह का आदमी है, क्या करता है, उसकी रुचियाँ कैसी हैं, स्वभाव कैसा है और उसका व्यवहार कैसा होगा।'

कुछ देर तक वह उस पत्र को देखता रहा। फिर धीरे से सर उठाया और कहा, 'सबसे पहले तो मैं अपनी ग़लती स्वीकार कर लूँ। यह पत्र किसी आदमी का नहीं, किसी लड़की का है।'

नीति ने थोड़ा अचरज से कहा, 'ठीक।'

'हैंडराइटिंग बायीं ओर झुकी हुई है, ग़ैर-दोस्ताना है। लड़कों की हैंडराइटिंग सामान्यतया दाहिनी ओर झुकी होती है और दोस्ताना होती है।'

फिर कुछ देर वह गहराई से पत्र देखता रहा, उसने उसे नीचे रखा, उस पर कुछ निशान लगाये, एक बार रोशनी में ले जाकर देखा और फिर कहा, 'तय हो गया। लड़की, जिसका ये पत्र है, उत्तर भारत की है, और उत्तर भारत की ही क्या, असल में वह उत्तर प्रदेश की है। और फिर उत्तर प्रदेश की भी क्या, असल में वह लखनऊ की है और फिर लखनऊ की भी क्या, असल में वह तुम्हारे परिवार की ही है। क्या ये तुम्हारी छोटी बहन मृणाल का पत्र नहीं?'

नीति ने बहुत आश्चर्य के साथ कॉफी का कप नीचे रखा। उसने कहा, 'मैं नहीं जानती कि तुम्हें कैसे मालूम पड़ा पर तुम सही कह रहे हो। निश्चय ही हैंडराइटिंग देखकर तुम ये नहीं कह सकते कि लड़की लखनऊ की है...।'

'बता सकता हूँ। इस पत्र को ध्यान से देखो। ये अंग्रेज़ी में लिखा गया है पर इसके अक्षर आपस में गुँथे हुए नहीं हैं। लेखिका के विचार अभी बिखरे-बिखरे हैं, आपस में तारतम्य नहीं रखते। अक्षर सामान्य से कुछ बड़े हैं मतलब वह गहराई से नहीं सोचती और विचार प्रक्रिया सतही है। शायद उम्र अभी कम है। ये इस बात से भी सिद्ध होता है क्योंकि लाइनों में एक अजीब क़िस्म की हड़बड़ाहट है–'टी' का ऊपरी हिस्सा आगे की ओर भागता है 'एम' तथा 'एन' का अन्त ऊपर की ओर उठकर होता है। मतलब लेखिका आदर्शवादी है, जैसाकि अक्सर युवावस्था में लोग हुआ करते हैं।'

'इस सबसे ये कैसे सिद्ध होता है कि वह लखनऊ की है?'

'ज़रा धीरज रखिये। अभी मालूम पड़ता है। एक बार ये जान लेने के बाद कि पत्र किसी लड़की का है जो आयु में छोटी है, ये निष्कर्ष निकालना कठिन नहीं कि वह या तो तुम्हारी किसी छात्रा का है या फिर घर के किसी सदस्य का। सावधानी के तौर पर मैंने अक्षरों की बनावट को देखा। दक्षिण भारत के लोगों की हैंडराइटिंग में एक टिपिकल क़िस्म की गोलाई रहती है और पूरब यानी बंगाल, आसाम, उड़ीसा के लोगों में एक तरह का तिकोनापन। निश्चय ही

यह पत्र दक्षिण या पूरब से नहीं आया। तो फिर उत्तर या पश्चिम से होगा। अब मैंने भाषा पर गौर किया और देखा कि उसमें कुछ ऐसी जानकारियाँ थीं जो कि घर का कोई सदस्य ही दे सकता था। तुम्हारे सभी सम्बन्धी उत्तर भारत में रहते हैं अतः सिद्ध हुआ कि पत्र जिस लड़की का है वह घर की सदस्या है और उत्तर भारत में रहती है।'

'लेकिन अभी भी ये मालूम नहीं पड़ता कि वह लखनऊ में रहती है और मेरी बहन है।'

अब सुकान्त ने हँसते हुए कहा, 'तुमने गौर नहीं किया। मैं पत्र देखने के बहाने एक बार रोशनी में ले गया था। असल में मैं जानना चाह रहा था कि क्या नीचे किसी का नाम लिखा है? थोड़ी कोशिश से मैंने पढ़ लिया—मृणाल। उसके बाद सब कुछ सिंपल था।'

'यू चीट..।'

'चीट नहीं एक ब्रिलियंट एनालिस्ट, विश्लेषक।'

'हाँ विश्लेषण तो आपने किया पर निष्कर्ष हैंडराइटिंग और पूर्व जानकारी, दोनों के आधार पर निकाले गये थे। लोहा तो हम तब मानते जब बिल्कुल अनजान आदमी के बारे में आप वह सब बताते जो मृणाल के बारे में बताया।'

'अब आप मेरी प्रशंसा में कोताही बरत रही हैं। फिर भी मैं आपको एक मौक़ा और देने को तैयार हूँ। कोई अनजान आदमी पेश किया जाये।'

नीति ने रेस्त्राँ में चारों ओर नज़रें दौड़ाईं, जो एक कोने में जाकर टिक गयीं। उसने पीले सूट और हरी चुन्नी वाली एक सुन्दर सी लड़की को देखकर आवाज़ लगाई, 'सुरेखा....।'

सुरेखा हमारे टेबल पर आकर बैठ गयी। नीति ने परिचय कराते हुए कहा, 'सुरेखा ये हमारे दोस्त सुकान्त हैं। पहले दिल्ली में थे, पिछले कुछ दिनों से अपने शहर में हैं। कालेज में पढ़ाते हैं। कवि हैं। प्रतिभाशाली आलोचक हैं और इन्होंने आज अपना एक नया परिचय दिया है। ये अद्‌भुत विश्लेषक भी हैं। सुकान्त, सुरेखा मेरी छात्रा रही। बहुत ब्रिलियंट स्टूडेंट थी, आजकल पीएच.डी. कर रही है।'

सुकान्त सुरेखा को ध्यान से देख रहा था। वह ध्यान से देखने लायक लड़की थी भी। सुती हुई नाक, पतले होंठ और ग्रीक देवियों

की तरह गम्भीर पर खुशनुमा चेहरा। भरा हुआ बदन और सलीके के कपड़े, हल्की मुस्कुराहट और चेहरे पर एक तरह की बेबाकी। उसने हाथ बढ़ाते हुए कहा, 'नाइस टू मीट यू।'

सुरेखा ने भी बेबाकी से हाथ बढ़ाते हुए कहा, 'सेम हियर।'

अब नीति ने बात आगे बढ़ाई, 'सुरेखा अभी हम लोग मानव स्वभाव के विश्लेषण के बारे में बात कर रहे थे। सुकान्त का मानना है कि वह चेहरा देखकर या हैंडराइटिंग देखकर किसी के बारे में सबकुछ बता सकता है। तुम्हें क्या लगता है?'

'मनोविज्ञान की छात्रा होने के नाते मैं नहीं मानती कि कोई किसी के बारे में सबकुछ जान सकता है। आदमी के अन्तर्मन के इतने स्तर होते हैं, उसकी इतनी बातें-आदतें होती हैं, उसका घर-परिवार-समाज होता है। ये सभी आदमी को बनाते हैं। आप कैसे किसी के बारे में...।'

सुकान्त ने बात काटते हुए कहा, 'आप शर्त लगा लीजिए।'

'किस बात की?'

'आपसे बिना पूछे मैं आपकी जन्मतिथि और स्वभाव के बारे में सब कुछ बता दूँगा। अगर मैंने ऐसा कर दिया तो आप आज की शाम मेरे साथ गुज़ारेंगी।'

'और अगर आप ऐसा नहीं कर सके तो?'

'सवाल ही नहीं पैदा होता...।'

'अगर हो ही गया तो...।'

'तो फिर आप जो चाहें...।'

'आप भविष्य में किसी का विश्लेषण नहीं करेंगे।'

'शर्त मुश्किल है, पर ठीक है मंज़ूर...।'

'एक बार फिर सोच लीजिए आप शर्त हार भी...।'

अभी वह अपना वाक्य पूरा भी नहीं कर पायी थी कि सुकान्त ने कहा, 'यू आर ए लिब्रा, आप तुला राशि हैं, चार्मिंग और ग्रेसफुल। आपकी उपस्थिति मात्र से ही वातावरण खुशनुमा हो जाता है। भाषा पर अच्छा कमांड। बहुत विटी मगर दूसरों को चोट पहुँचाने वाली नहीं। न किसी के बहुत पास जाना, न बहुत दूर। प्रेम अगर करेंगी तो बहुत गहराई से, पर करने के पहले बहुत वक़्त लेंगी। जन्म तेईस सितम्बर से बाईस अक्टूबर के बीच। जहाँ तक मैं समझता हूँ अक्टूबर के पहले हाफ में...।'

'एक्सीलेंट, मेरा जन्म चार अक्टूबर का है...।'

'बहुत ही व्यवस्थित और सुरुचिपूर्ण। बस एक ही दिक़्क़त है निर्णय लेने में कठिनाई। अगर कपड़ों की दुकान में जायें तो रंग और कपड़ा चयन करने में घंटों लगा देंगी, परीक्षा के पहले गहरी क़शमक़श से गुज़रेंगी कि क्या पढ़ें क्या न पढ़ें, परिवार की सघन छाया से ज़रा भी हटें तो तुरन्त धूप में कुम्हला जायेंगी, कभी-कभी तो इस बात में भी दिक़्क़त होगी कि आज का दिन कैसे गुज़ारा जाये।'

सुरेखा आगे की ओर झुक आयी थी और सुकान्त धीरे-धीरे उसे चकित करता जा रहा था। फिर उसने धीरे से, पर अधिकारपूर्वक, उसका हाथ अपने हाथ में ले लिया।

'ज़रा अपना हाथ दिखाइये तो...।'

उसने कहा और सुरेखा का हाथ अपनी पूरी हथेली पर फैला कर, पहले सामने से, फिर घुमा-घुमाकर, फिर हथेली मिलाकर, फिर उँगलियाँ फँसाकर देखा और धीरे से छोड़ दिया। मुझे लगा जैसे वह हाथ देखना कम, पकड़ना ज़्यादा चाहता है।

हमारी टेबल के आसपास कुछ कलाकार और कुछ परिचित घिर आये थे। गुल्लू दो बार आकर पानी रख गया था। रेस्त्राँ में आने वाले लोग उत्सुकता से हमारी टेबल की ओर देख रहे थे। खासा उत्तेजना का वातावरण बन गया था।

सुकान्त गम्भीर था, उसने कहा, 'आपका हाथ सॉलिड है। न बहुत भारी और मज़बूत, न बहुत कमज़ोर और लिजलिजा। आप डॉमिनेट करने की प्रवृत्ति नहीं रखतीं। बहुत सन्तुलित और बैलेंस्ड टेंपरामेंट है आपका। हथेली पर पसीना नहीं। जल्दी नर्वस नहीं होतीं। उँगलियाँ पतली और सुडौल हैं। आपके कलाकार बनने की सम्भावना है।'

फिर अचानक उसका ध्यान किसी बात पर गया, उसने पूछा, 'क्या आप सितार बजाती हैं?'

'हाँ, क्या ये भी हाथ में लिखा है?'

अब सुकान्त ने हँसते हुए कहा, 'हस्तरेखा में तो नहीं, पर आपके हाथ पर साफ़ लिखा है। आपके सीधे हाथ की लीड फिंगर पर 'नक्की' पहनने का निशान है जो आप सितार बजाते समय पहनती होंगी।

उँगली का पहला पोर थोड़ा मोटा भी है, जो लगातार 'नक्की' पहनने वालों का हो जाता है। आइये अब आपकी हस्तरेखाओं और माउंट्स का अध्ययन किया जाये...।'

ये कहकर उसने सुरेखा का हाथ अपने दोनों हाथों में ले लिया। उसे थोड़ा फैलाया और देखना शुरू किया। वह मेरी और नीति की उपस्थिति को भूल सा गया था।

'जीवन रेखा और मस्तिष्क रेखा दोनों साफ़ और पतली हैं पर अलग-अलग। आप इंडिपेंडेंट दिमाग़ की हैं और आत्मविश्वासी भी। मस्तिष्क रेखा लम्बी और थोड़ी नीचे को झुकी हुई। संवेदनशील, क्वाइट सेंसिटिव। जुपिटर काफ़ी उभार लिए हुए है। आप नेचुरल लीडर हैं। और ये है वीनस, प्यार का पर्वत...।'

तभी थोड़ी दूर से अचानक एक आवाज़ आयी–

'वो, वह रहा, वहाँ, उस टेबल पर।'

मैंने देखा अनन्त एक लड़की को लिए हमारी टेबल की तरफ़ चला आ रहा था। हमारी टेबल के आसपास के घेरे को चीरकर जब वे हम तक पहुँचे तो मैंने पहचाना, शुभ्रा थी। मेरी पुरानी दोस्त, जो हमारे शहर से करीब दो साल पहले चली गयी थी और दिल्ली विश्वविद्यालय में पढ़ा रही थी। उसे अचानक देखकर अच्छा लगा।

'हाय शुभ्रा, तुम कब आयीं, ख़बर तक नहीं की...।'

'हाय नीति, हाय सुकान्तो, तुम्हें ढूँढ़ते-ढूँढ़ते तो यार चप्पलें घिस गयीं। अगर अनन्त नहीं मिलते तो मैं पता भी नहीं कर पाती कि तुम कहाँ हो...।'

'अरे शुभ्रा, तुमने मुझे ख़बर क्यों नहीं की? कैसी हो, कब आयीं, कहाँ आयी हो..।'

'छोड़ो सब, बेकार बातें मत करो। तुमने मुझे पता ही कब दिया था जो तुम्हें ख़बर करती? बस इतना मालूम था कि तुम आजकल यहाँ हो। ख़ैर एक सेमीनार में आयी थी। सुबह ख़त्म हो गया। अब फ्री हूँ और लोगों की तलाश में भटक रही हूँ।'

सुरेखा का हाथ अब तक सुकान्त के हाथ में था। शुभ्रा ने उसे देखकर कहा, 'ओ हो, तो हाथ देखा जा रहा है।'

सुकान्त ने अचकचाते हुए हाथ छोड़ दिया और शुभ्रा से कहा, 'बस यूँ ही।'

फिर सुरेखा से बोला, 'सॉरी सुरेखा, फिर कभी।'

और उठने का उपक्रम करने लगा।

'अच्छा शुभ्रा हैप्पी टू सी यू हियर, पर फिलहाल मुझे चलना होगा। तीन बजे से क्लास है। शाम पाँच बजे कॉफी हाउस में मिलूँगा। टिल देन, बाय, बाय एवरीबडी।'

उसने सब पर एक सरसरी निग़ाह डाली और तेज़ी से निकल गया।

शुभ्रा ने बैठते हुए कहा, 'भई मैं और अनन्त एक-एक कप बढ़िया कॉफी पियेंगे।' फिर उसने सुरेखा की ओर हाथ बढ़ाते हुए कहा–

'नाइस मीटिंग यू सुरेखा।'

'सुरेखा वैसे तुम दिखती तो समझदार हो पर फिर भी तुम्हें एक नेक सलाह दे देती हूँ।'

'क्या?...। सुकान्त से ज़रा बचकर...।' नीति ने पूछा, 'क्यों, मुझे तो वह अच्छा आदमी लगता है...।'

शुभ्रा की आँखों में हल्की सी चमक आयी। लगा जैसे वह सुकान्त के बारे में बहुत कुछ जानती है। बात उसके होंठों पर आयी और लौट गयी। उसने हँसते हुए कहा–

'तुमने उसका निचला होंठ नहीं देखा? कैसा मोटा और नीचे को लटकता हुआ सा है?'

नीति और सुरेखा के चेहरे पर कुछ दिखा। उसे मुस्कुराहट कहा जा सकता था।

(नया पथ, 1998)

एक विचित्र प्रेमकथा

मैंने दरवाज़ा धीरे से खटखटाया।

अन्दर से कोई जवाब नहीं आया।

इस बार मैंने हल्के से धक्का दिया।

दरवाज़ा बन्द नहीं था, धक्का देते ही खुल गया। दरवाज़ा खुलते ही मैं बुरी तरह चौंक गया।

मेरे बचपन का दोस्त मधुकर, जिसने आज शाम मुझे खाने पर बुलाया था, एक आराम कुर्सी पर निढाल पड़ा था। सामने रखी छोटी टेबल पर उसने अपने दोनों पैर फैला रखे थे। उसके बायें हाथ में शराब से भरा गिलास था और दाहिने हाथ में एक रिवॉल्वर, जिसे उसने अपनी छाती पर टिका रखा था। उसकी मनपसन्द ब्राजीलियन वाइन की बोतल कुर्सी के बायीं ओर खुली पड़ी थी। आँखें चौपट खुली थीं और वह छत की ओर ताक रहा था।

मुझे देखकर उसने अपने पैर टेबल से नीचे उतारे, हाथ का गिलास एक झटके से टेबल पर रखा और चीख कर बोला—सुधीर, आई विल किल हर। मैं उसे और उसके उस बास्टर्ड...। पति, दोनों को मार डालूँगा।

मुझे बिल्कुल समझ नहीं आया कि वो कह क्या रहा है?

किसे? किसे मारना चाहता है वो? और क्यों? फिर ये क्या फ़िल्मी नाटक है? मेरे ख़याल में तो मधुकर किसी को मारना तो दूर, हाथ तक नहीं लगा सकता था।

मैं उसे स्कूल के ज़माने से जानता था। वह अकेले रहने वालों में से था। शान्त, सौम्य और मितभाषी। खेल के मैदान, सांस्कृतिक कार्यक्रमों और प्रतियोगिताओं में वह दिखता ज़रूर था पर सिर्फ़ दर्शक के रूप में। मैंने कभी, किसी काम में उसे हिस्सा बँटाते हुए

नहीं देखा। घर से स्कूल और स्कूल से घर, यही उसकी दिनचर्या थी। बीच की छुट्टी में वह स्कूल की चहारदीवारी पर बैठा रहता और पैर हिलाते हुए या मूँगफली खाते हुए वक़्त गुज़ार देता। जहाँ अधिकतर बच्चे स्कूल में चहकते फिरते थे, मधुकर साल-दर-साल, वैसा ही चुप्पा बना रहा।

आगे चलकर उसे वायलिन बजाने का शौक हो गया था। अपने घर की खिड़की पर उसे घंटों रियाज़ करते हुए देखा जा सकता था। मैं कभी-कभी अपनी साइकिल उसके घर के सामने रोक लेता, मुझे देखकर वह खुश होता, अन्दर ले जाता और ताज़ा सीखा हुआ कोई राग सुनाता।

थोड़ी घनिष्ठता बढ़ने पर मैंने जाना कि मधुकर बहुत सुखी नहीं था। अपने परिवार से दूर, रिश्ते की बुआ के घर उसे रहना पड़ रहा था। छोटी-छोटी बातों को लेकर उनसे लगातार झड़प होती रहती थी। किताबों और छोटे-छोटे खर्चों का प्रबन्ध भी बड़ी मुश्क़िल से हो पाता था। वह लगातार इसी उधेड़बुन में रहता था कि महीने का खर्च कैसे चलाया जाये। फिर वह छोटे बच्चों को पढ़ाने लगा था। जिससे उसे थोड़ी बहुत आमदनी हो जाया करती थी।

कालेज में हमारे रास्ते अलग-अलग हो गये। मैं विज्ञान में चला गया और वह वाणिज्य में। फिर भी कभी-कभी देर रात गये, संगीत की महफिल से लौटते हुए या बाज़ार में यूँ ही भटकते हुए, वह मिल जाता था। हम लोग देर रात तक नुक्कड़ की दुकान पर खड़े रहते, चाय पीते और एक-दूसरे का हालचाल पूछते। वह अपने बारे में बहुत कम बात करता और ज़्यादातर संगीत और संगीतकारों के बारे में बतियाता रहता।

नौकरी ने मुझे उससे और दूर कर दिया। मैं अपने शहर से बाहर चला गया। कोई दस-बारह साल तक मुझे उसकी कोई ख़बर नहीं मिली। इस बार जब बहुत दिनों बाद मैं तबादले पर, अपने शहर लौटा, तो एक दिन मन्दिर वाले रास्ते पर, एक ठिगने, कुछ-कुछ मोटे और थोड़े से गंजे आदमी ने अचानक मेरा हाथ पकड़कर कहा था—'अरे सुधीर, तुम शहर में कब आये?'

मैं उसे पहचान नहीं पाया था।

'मुझे नहीं पहचाना? मैं मधुकर।'

मेरे दिमाग़ के परदे पर स्कूल और कालेज के कुछ साल तेज़ गति से चलने वाली फ़िल्म की तरह घूम गये।

'अरे मधुकर! मोटे हो गये हो भई, और कुछ गंजे भी।'

'बाल तो तुम्हारे भी सफ़ेद हो चले, आख़िर दस-बारह साल भी तो हो गये हमें मिले।'

'ख़ैर सुनाओ, कहाँ हो, क्या कर रहे हो? संगीत का रियाज़ चलता है या नहीं?'

'चलता है, पर बहुत कम। सरकारी नौकरी में वक़्त ही कहाँ है? तुम क्या कर रहे हो?'

'बैंक में अफ़सर हूँ।'

'कभी शाम को वक़्त निकालो और घर आओ।'

'ज़रूर।'

धीरे-धीरे हमारी मुलाक़ातें बढ़ने लगी थीं। कभी उसकी बालकनी में कभी मेरे घर की छत पर, हम लोग देर रात तक बैठते और गपियाते। नये-पुराने सैकड़ों क़िस्से, घटनाएँ थीं। अनुभव थे। उसने बताया कि कालेज से निकलने के बाद उसे तीन-चार साल तक नौकरी नहीं मिली, वह जीवन से निराश होकर आत्महत्या के कगार पर पहुँच गया था। तभी अचानक उसकी मुलाक़ात स्वामी परमानन्द जी से हो गयी थी, स्वामी जी शहर के पास ही ध्यान, योग और संगीत सिखाने का आश्रम चलाते थे। शुरू-शुरू में उसे बहुत शान्ति परमानन्द आश्रम में मिली। पर धीरे-धीरे उसका मन वहाँ से भी उचटने लगा। उसने देख लिया कि ध्यान, योग और संगीत पर बात करने से पहले स्वामी जी ने अपनी भौतिक समस्याओं का हल ढूँढ़ लिया है। उसके सामने जीवन-यापन की समस्या अभी भी ज्यों-की-त्यों बनी हुई थी। घर-परिवार वाले उससे तंग आ चुके थे और नौकरी मिलने की उम्र निकली जा रही थी।

ऐसे में पिता ने ही थोड़ी दौड़-धूप करके एक सरकारी कॉर्पोरेशन में उसकी नौकरी लगवा दी। कॉर्पोरेशन नया था। जल्दी ही उसका विस्तार हुआ और मधुकर ने अच्छी तरक्की की। अब वह अकाउंट्स ऑफिसर था।

अब वह पहले वाला मधुकर नहीं रह गया था। एक अजीब तरह की आत्म-मुग्धता उसमें आ गयी थी, जैसी जीवन में कुछ देर से

सफलता प्राप्त करने वालों में अक्सर आ जाती है। वह अपने कपड़ों को लेकर सचेत रहता और चाहता कि लोग उनकी तारीफ़ करें। शहर के होटलों के नाम उसकी ज़ुबान पर चढ़े रहते और अक्सर, प्रभाव जमाने के लिए वह वहाँ जाने का अनुभव सुनाया करता। मुझे उसकी हस्तलिपि बड़ी बचकानी-सी लगती पर वह उसे अत्यधिक सुन्दर मानता। इस बीच उसे दर्शन और साहित्य पर अधकचरे भाषण देने की आदत पड़ गयी थी, जो मेरे लिए बड़े उबाऊ साबित होते। कुल मिलाकर एक बड़ा अपरिपक्व-सा आत्ममोह उसके भीतर घर कर गया था जो शायद उसके लगातार अकेले रहने का ही परिणाम था।

एक दिन मैंने उससे पूछा था, 'तुमने शादी क्यों नहीं की मधुकर?'

'कोई मिला नहीं।'

'सच कह रहे हो?'

'नहीं।'

'तो फिर सच बताने में कोई हर्ज़?'

'चलो, बता देते हैं। एक है...।'

'तो देर क्यों? शादी कर डालो।'

'देखेंगे।'

उसने कहा और बात ख़त्म कर दी थी।

फिर एक दिन अचानक उसने पूछा था, 'सुधीर, तुम सोमवार की शाम मेरे यहाँ आ सकते हो?'

'आ जाऊँगा। क्यों, कोई ख़ास बात?'

'नहीं, कोई ख़ास बात नहीं, आना, साथ खाना खायेंगे।'

मैं एक अच्छी शाम गुज़ारने की आशा से उसके घर पहुँचा था। थोड़ी-सी वाइन, हाथ का बना खाना, सड़क पर दूर तक सैर या कोई अच्छी-सी फ़िल्म। मेरे दिमाग़ में शाम की यही परिकल्पना थी।

पर यहाँ तो पूरा फ़िल्मी दृश्य उपस्थित था। मेरा दोस्त मधुकर, उसके एक हाथ में शराब का गिलास और दूसरे में रिवॉल्वर। सब कुछ मेरी समझ से बाहर था।

मैंने दरवाज़ा बन्द करते हुए मधुकर से कहा, 'ये क्या नाटक है मधुकर?'

वह चीखकर बोला, 'ये नाटक नहीं है। आई रियली वांट टू किल हर। उसे और उसके बास्टर्ड...।'

वह अचानक उठा और दरवाज़ा खोलकर बाहर जाने लगा। मुझे लगा कि मामला असल में गम्भीर है। मैंने आगे बढ़कर उसका हाथ थाम लिया।

'ये क्या पागलपन है मधुकर? तुम किसे मारने जा रहे हो और क्या उसे मारने के बाद तुम बच जाओगे? क्या तुम्हें भी पुलिस पकड़ नहीं लेगी?'

'आई डोंट केयर। उसे मारने के बाद मेरा क्या होगा, इसकी चिन्ता मुझे नहीं। पर मैं उसे अभी, इसी समय ख़त्म करना चाहता हूँ।'

'आख़िर किसे?'

'राधा और उसके पति को।'

'राधा कौन?'

मेरे इस सवाल पर वह अचानक मुड़ा और मेरे कन्धे से लगकर, सुबक-सुबक कर रोने लगा।

'वही, सुधीर वही जिसके बारे में मैंने तुम्हें बताया था। आई लव हर। मैं उससे प्यार करता हूँ सुधीर, पर वह आज, इसी समय, उस हरामी सुरेश से शादी कर रही है, मेरा जी करता है जाऊँ और जाकर दोनों को गोली से उड़ा दूँ। साला क़िस्सा ही ख़त्म हो।'

अपनी उम्र के किसी आदमी को इस तरह रोते हुए मैंने पहली बार देखा था। उसके आँसुओं से मेरी कमीज़ का एक हिस्सा भीग रहा था और उसकी इस हरकत से मुझे अजीब कोफ़्त हो रही थी। उसके रोने से मेरे मन में बिल्कुल करुणा नहीं उपजी। उल्टे मुझे लगा कि आजकल वह शायद कुछ ज्यादा ही रोमांटिक फ़िल्में देख रहा था और यह बेकार का नाटक उसने शायद ऐसी ही किसी फ़िल्म के प्रभाव में आकर किया है।

मैंने अपने कन्धे से उसे अलग करते हुए कहा, 'क्या पागलों जैसी बातें करते हो? अगर वह तुमसे प्रेम नहीं करती, किसी और से करती है, उससे शादी कर रही है, तो उसे गोली मार दोगे? वही इस दुनिया में अकेली लड़की है? एक उसके पीछे तुम अपनी ज़िन्दगी बरबाद कर लोगे?'

'हाँ कर लूँगा। मेरे लिए दुनिया की वही अकेली लड़की थी, वही है, उसके बिना मैं जीवित नहीं रह सकता।'

'तो ठीक है, भाड़ में जाओ। जाओ, जाकर उसे गोली मार दो।'

इस बार वह बाहर नहीं गया। मुड़ा और एक बार फिर कुर्सी पर निढाल हो गया। मैंने कुछ बेफिक्री से शेल्फ पर से गिलास उठाया, उसमें थोड़ी सी वाइन डाली और वहीं फ़र्श पर दीवार से टिककर बैठ गया। मुझे समझ में आ गया था कि अब मुझे वही करना पड़ेगा जो मैं करना नहीं चाहता था। एक मित्र के नितान्त व्यक्तिगत दुख में साझेदारी ही उस शाम की नियति थी।

अचानक उसने आँखें खोलीं और मुझसे कहा, 'सुधीर मैं तुम्हें उसके बारे में कुछ बताना चाहता हूँ।'

'पर मैं सुनना नहीं चाहता।'

'सुधीर, प्लीज़...।'

'ओ.के., गो अहेड।'

मधुकर जैसे फिर मधुकर नहीं रह गया, जैसे किसी फ़िल्मी हीरो की आत्मा ने उसमें प्रवेश कर लिया। उसने उसी हीरो के अन्दाज़ में शराब का पूरा गिलास, एक झटके में खाली किया और उसे धड़ से टेबल पर रख दिया। फिर बोला (मैंने ऐसी भाषा बोलते हुए, उसे पहले कभी नहीं सुना था। उसकी आवाज़ कहीं दूर, बहुत गहरे से आ रही थी)–

'वह अक्टूबर के महीने की एक सुहानी सुबह थी। हवा में हल्की-सी ठंडक थी। नरम धूप चारों ओर बिखरी थी। पहाड़ी वाले उस सुन्दर से बंगले में गुलाब की क्यारियाँ महक रही थीं। ज़मीन पर हरसिंगार झर चुके थे और लॉन में करीने से कटी हरी मुलायम दूब चमक रही थी। मिसेज दुबे, हमारे कार्पोरेशन की मैनेजर, उसी बंगले में रहती थीं। मैं किसी काम से उनके घर गया था। उनसे बातचीत करके निकल ही रहा था कि वो आयी थी–राधा। हल्के पीले रंग के सूट और गहरे हरे रंग की चुन्नी में। उसने एक नज़र मेरी ओर देखा भर था और मुझे लगा था, कि यही है। बस यही, जिसकी मुझे तलाश थी। मिसेज़ दुबे ने परिचय कराया था–'राधा, माई सिस्टर।' मैंने एक कमज़ोर 'हलो' किया था और बाहर निकल आया था।'

मैंने ऊबते हुए कहा था, 'यह किसी भी फ़िल्म का पहला सीन हो सकता है।'

'ये फ़िल्म नहीं, मेरा सच है सुधीर। मुझे उससे पहली नज़र में ही प्यार हो गया था। मुझे लगा था कि हम जन्म-जन्मान्तर के साथी

हैं। हमारे शरीर बदलते रहे हैं पर आत्मा वही है। हम इस जन्म में भी अवश्य मिलेंगे। सरसराते हुए पेड़ मुझे अपना स्वागत करते से लगे थे, फूलों ने मुस्कुराते हुए मेरा अभिनन्दन किया था, मुझे लगा था कि मैं आकाश में उड़ जाऊँ, पृथ्वी भर में फैल जाऊँ, उन्मुक्त होकर बहूँ—नदी की तरह। मैं अचानक दौड़ने लगा था और लगभग दौड़ते हुए घर तक गया था।'

मेरे मन में एक थोड़े से मोटे, थुल-थुल आदमी की कल्पना आयी थी जो अकारण सड़क पर दौड़ रहा है, जिसकी आँखें आकाश की ओर हैं, सिर्फ़ जिसके कान किसी विराट ब्रह्मनाद को सुन पा रहे हैं, जिसके दिमाग़ में आसपास के आते-जाते लोगों, घर-मकानों, बाग-बगीचों, सड़कों-वाहनों का कोई चित्र नहीं बन रहा, सिवाय पीले कुर्ते और हरी चुन्नी के।

अपनी हँसी मधुकर से छिपाने के लिए मैं उठा और बाहर बालकनी में जाकर खड़ा हो गया।

मधुकर ने बोतल उठाई और अपना गिलास फिर से भर लिया। वह अपनी कथा जारी रखने के लिए दोबारा तैयार हो चुका था। वह भी उठा और मेरे साथ बालकनी में आकर खड़ा हो गया।

'मैं जब भी मिसेज़ दुबे के घर गया, राधा मुझे वहाँ मिली। लॉन में झूले पर झूलते हुए, वरांडे में पुस्तक पढ़ते हुए या सिर्फ़ टहलते हुए। वह मुझे देखती और मुस्कुरा देती। उसकी मुस्कुराहट में एक आमन्त्रण-सा रहता था, पर मेरी कभी उससे बात करने की हिम्मत नहीं पड़ी। बस 'हेलो' या 'कैसी हैं' तक ही मैं सीमित रहा। वह मुझे बहुत ऊँची, बहुत दूर की चीज़ लगती थी। एक साधक की तरह मैं दिल ही दिल में उसकी पूजा करने लगा। अपने इष्ट की तरह मैंने उसे अपने दिल के मन्दिर में बिठा लिया।'

पुरानी फ़िल्मों के कई डायलॉग मेरे कानों में गूँजने लगे। मेरी तीव्र इच्छा हुई कि राधा वहाँ हो और मैं उससे पूछूँ कि वह इस रिश्ते के बारे में क्या सोचती थी। मधुकर ने कहना जारी रखा—

'मैं इसी तरह उसकी पूजा करता रहता अगर एक दिन दीदी ने ही आगे बढ़कर न कहा होता कि मधुकर, राधा को कहीं बाहर घुमा लाओ। मेरा दिल बल्लियों उछलने लगा। मैंने झिझकते हुए पूछा था—'कहाँ चलेंगी' और उसने उन्मुक्त मन से कहा था—'कहीं

भी।' बहुत सोचने के बाद मैं उसे अपने फेवरिट संगीत के कार्यक्रम में ले गया था, पर वहाँ उसका दिल नहीं लगा। थोड़ी देर में ही उसने कहा था–'चलो बाहर चलें।' फिर हम लोग स्कूटर पर यूँ ही भटकते रहे थे। उसने दो-तीन जगह रुककर आइसक्रीम खायी थी, फ़िल्म देखी थी, तब कहीं जाकर उसका मूड ठीक हुआ था। एक-दो बार की आउटिंग में मैं समझ गया कि उसे यूँ ही इधर-उधर घूमना, आइसक्रीम खाना, फ़िल्म देखना, कपड़े खरीदना वगैरह पसन्द था। सुधीर, मैंने उसके हर शौक पूरे किये।'

मुझे लगा राधा ने इसे ख़ूब उल्लू बनाया।

'एक बार उसे अचानक दिल्ली जाना पड़ा। मैं उसे स्टेशन तक छोड़ने गया। बारिश के दिन थे। जब मैं उसे छोड़कर स्टेशन से बाहर निकला तो लगा मेघ मेरे क्षणिक सुख के ऊपर काली चादर बिछा चुके हैं। लेकिन फिर जब वे गरज कर बरसे तो लगा कि वे भी मेरे दुख में मेरा साथ दे रहे हैं। बारिश बाहर भी थी और भीतर भी। वेदना के आँसुओं ने मेरे मन का आँगन गीला कर दिया था।'

यह 'घटाओं तुम्हें साथ देना पड़ेगा' वाले गीत का मधुकरीय संस्करण था।

'मैंने उसकी डायरी में अपना पता लिख दिया था। रोज़ आशा करता था कि उसका पत्र आयेगा। रोज़ सुबह जाकर पोस्टमैन दादा से पूछता था कि 'पत्र आया?' और रोज़ वही 'नहीं' सुनकर लौट आता था। विरह की आँधी ने मेरा दिल पूरी तरह से उजाड़ दिया था सुधीर। और आख़िर जब वह लौटकर मेरे सामने आयी, तो मैं उससे कुछ बोल न पाया था। उसी ने हँसते हुए कहा था–'क्या मौन साध रखा है' और मैंने झिझकते हुए उत्तर दिया था–'नहीं, नहीं' '...तो चलो, घूमने निकलें' और हम लोग एक लम्बा चक्कर मारने निकल गये थे।'

कहते-कहते अचानक मधुकर उठा और बाथरूम में घुस गया। उसे लौटने में काफ़ी देर लगी। मैं डरा कि कहीं लम्बा चक्कर मारने तो नहीं निकल गया। फिर याद आया कि इस साले ने आज दारू बहुत पी ली है, अब पैंट की जिप खोलते या बन्द करते नहीं बन रही होगी। मैं फिर कमरे में लौटकर फ़र्श पर पसर गया।

इस बार वह काफ़ी देर तक चुप रहा। शायद तय कर रहा था कि और कितनी बात मुझे बतायी जाये।

मुझे अब तक जमकर भूख लग आयी थी। मधुकर की बातें मुझे अधिक-से-अधिक उबाऊ लगती जा रही थीं। एक हल्की-सी क्रोध मिश्रित खीझ मुझ पर तारी होती जा रही थी। मैंने घड़ी देखी। बारह बजने में कुछ ही समय बाकी था। अचानक उसने फिर बोलना शुरू कर दिया–

'दीदी भी तो मुझ पर भरोसा करती थीं। अगर न करतीं तो क्यों राधा को नैनीताल पहुँचाने के लिए मुझसे कहतीं। सुधीर, नैनीताल जाते समय मैंने लखनऊ से नैनीताल के लिए पूरी टैक्सी, सिर्फ़ इसलिए की कि राधा ने मुझसे एक बार कह दिया था कि थकान लग रही है। रास्ते भर वह पीछे की सीट पर सोती रही और मैं उसकी देखभाल करता रहा। नैनीताल में उसे हल्का-सा बुखार हो गया था। लौटते समय मैंने उसे अपना इम्पोर्टेड कम्बल तक दे दिया। और जानते हो इस सबका बदला उसने मुझे क्या दिया? नैनीताल से लौटकर उसने मुझसे मुँह फेर लिया। ये बास्टर्ड सुरेश...।'

सुरेश का नाम आते ही उसने हाथ का गिलास उठाया और पूरा हलक में उड़ेल लिया। फिर फ़िल्मी विलेन की स्टाइल में, कोहनी से हथेली तक रगड़ते हुए उसने अपना मुँह पोंछा और धड़ से गिलास टेबल पर रख दिया, गिलास टूटते-टूटते बचा। अब वह फिर ग़ुस्से में आ गया।

'है क्या इस सुरेश के बच्चे में? क्या वह मेरी तरह सेंसिटिव है? क्या वह संगीत समझता है? क्या उसने कभी साहित्य पढ़ा है? क्या वह लड़कियों की कोमल भावनाओं को समझकर उनका आदर कर सकता है? नहीं। वह तो बस जोकरों जैसे कपड़े पहन सकता है, हाथ उठा-उठा कर गाने गा सकता है, शादियों में कमर मटका सकता है, शोहदों की तरह मोटर साइकिल भगा सकता है और घंटों बकवास कर सकता है। राधा ने न जाने उसमें क्या देखा?'

ग़ुस्सा उतरने पर अचानक वह फिर सुबक-सुबक कर रोने लगा। उठा और मेरे पास आकर फ़र्श पर बैठ गया। उसने मेरे कन्धे पर सिर रख लिया और कहा–'सुधीर यू टेल मी, मेरी क्या ग़लती थी? मैंने उसे प्यार किया। घुमाया-फिराया, उपहार दिये, फिर भी उसने मुझे पसन्द क्यों नहीं किया?'

मैंने इस बार ध्यान से देखा। एक मैला-सा पैंट और कुर्ता पहने

था वह। आँखें शराब के कारण या बार-बार रोने के कारण लाल सुर्ख हो रही थीं। चेहरे पर एक अजीब कातरता का भाव था। दारू की बोतल सामने खुली पड़ी थी। कुर्सी की दाहिनी ओर रिवॉल्वर पड़ा था। सामने की दीवार पर उसकी वॉयलिन टँगी थी और उस पर चढ़ी धूल बता रही थी कि उसे वर्षों से छुआ तक नहीं गया है। दूसरी दीवार पर उदास रंगों वाला एक पोस्टर था, जिसमें पतझड़ के मौसम में सैकड़ों पेड़ नंगे खड़े थे, जिनके बीच उदासी गूँजती-सी सुनाई देती थी।

अचानक उसकी आँखें मेरी आँखों से टकराईं। न जाने क्यों मुझे लगा कि वह जानता था, जबसे उसने अपने इस विचित्र प्रेम की शुरुआत की थी, वहाँ से लेकर आज तक की प्रत्येक घटना को वह पहले से जानता था। एक कहानी थी जो उसने पहले से बुन रखी थी। वह उसे असल ज़िन्दगी में दुहरा भर रहा था।

उस पूरी शाम में पहली बार मेरा दिल उसके प्रति एक अजीब प्रेम और करुणा से भर आया। अपने उस दोस्त मधुकर के लिए, जो पहले से बुनी-बुनाई कहानियों में कभी हस्तक्षेप नहीं कर पाया, मेरा दिल पसीज उठा।

मैंने गहराई से उसकी आँखों में झाँकते हुए पूछा, 'तुमने कभी उसका चुम्बन लिया?'

'नहीं, कभी नहीं।'

'यही तुम्हारी ग़लती थी।' मैंने कहा।

फिर धीरे से उसे उठाया, बिस्तर पर लिटाया, कम्बल उढ़ाया और बाहर निकल आया।

(नई दुनिया, 1991)

बीच प्रेम में गाँधी

सौमित्र जब कमरे में आया तो माधवी सो चुकी थी। कमरे में नीले बल्ब का हल्का-सा प्रकाश फैला हुआ था। माधवी ने पतली-सी सुन्दर रज़ाई सीने तक खींच रखी थी और उसके चेहरे पर एक गहरी शान्ति की आभा थी।

सौमित्र अपनी जगह पर लेट गया। फिर उसने धीरे से करवट ली और अपना हाथ माधवी के उन्नत वक्ष पर रख दिया।

वह अक्सर शुरुआत इसी तरह करता था। यह शायद भारतीय सांस्कृतिक परम्परा के कारण हो, या फिर फ्रायड द्वारा खोजी गयी किसी ग्रन्थि के कारण, कि उसे माधवी की देह में सबसे सुन्दर चीज़ उसके सुडौल वक्ष ही लगते थे। वे शादी के इतने सालों बाद भी वैसे के वैसे थे और जैसा कि कई महिलाओं के साथ होता है, न तो फैले थे और न भद्दे ढंग से बेडौल हुए थे।

अब वह धीरे-धीरे उनसे खेलेगा। फिर माधवी के चेहरे के हल्के से कई चुम्बन लेगा। माधवी जाग जायेगी और उसकी तरफ़ करवट लेकर उसे प्रगाढ़ आलिंगन में बाँध लेगी। फिर बहुत देर तक वे इसी मुद्रा में रहेंगे। एक-दूसरे को सहलाते हुए, चूमते हुए, प्यार करते हुए।

प्रेम की पूरी प्रक्रिया में चुम्बन और आलिंगन उसे सबसे अच्छे लगते थे। सहज, सुन्दर और मानवीय। लेकिन जिसे असल चीज़ कहा जाता है, वह उसे आमतौर पर एक बड़ी भद्दी प्रक्रिया लगती थी। वैसा करते समय मनुष्य एकदम जानवरों की तरह दिखता होगा, ऐसा उसका मानना था। पर कैसी विडम्बना थी कि सोच में इतने बदलाव आने के बावजूद इस प्रक्रिया को सभी को अपनाना पड़ता था। सौमित्र को भी।

उसने धीरे-धीरे माधवी के वक्ष को सहलाना शुरू किया। माधवी

ने अचानक उसका हाथ उठाया और सीने से अलग कर दूसरी ओर करवट ले ली।

सौमित्र थोड़ा अचकचा गया। उसने इस बार माधवी की कमर में घेरा बनाया और उसे पास लाने की कोशिश करने लगा।

माधवी ने एक बार फिर उसका हाथ अलग करते हुए कहा—

'सोने दो भाई।'

सौमित्र का उत्साह ठंडा पड़ गया। अब वह सीधा लेटकर सोने की कोशिश करने लगा। पर नींद का कहीं अता-पता नहीं था। उसने दूसरी ओर करवट ली कि नींद शायद उस तरफ़ हो, पर नींद वहाँ भी नहीं थी। अचानक एक विचार उसके मन में आया—

'क्या माधवी आजकल अक्सर ऐसा नहीं करने लगी है?'

उसने इस विचार को दूसरी ओर झटकने की कोशिश की। पर विचार मन से गया नहीं। हाँ, ऐसा ही तो था। पहले सीने पर सौमित्र का हाथ पाते ही वह जाग जाती थी या जागते रहकर ही उसकी प्रतीक्षा करती थी। कितने प्रेम से वह उसके चुम्बन वापस करती थी, कैसे उत्साह से उसे अपने आलिंगन में भरती थी। कैसे उसके शरीर की भीनी-भीनी सुगन्ध सौमित्र के मन में फैलती जाती थी। पर अब?

अब अक्सर वह दूसरी ओर करवट कर लेती है। पिछली तीन-चार बार ऐसा ही हुआ था। शायद यह एक पैटर्न ही बनता जा रहा था। तो क्या, तो क्या...

क्या मुझमें आकर्षण नहीं रहा? सौमित्र ने सोचा। पिछले तीन-चार वर्षों में उसके बाल अचानक सफ़ेद हुए थे और मूँछें भी। सामने माथे की ओर से गंजापन झाँकने लगा था। शरीर का वज़न भी कुछ बढ़ा था। पर उसने कभी इन बातों की चिन्ता नहीं की। उसका मानना था कि प्रेम में दिल और दिमाग़ ज़्यादा महत्त्वपूर्ण हैं और उसे अपनी संवेदनशीलता और बुद्धिमत्ता पर पूरा भरोसा था।

पर ये भी तो हो सकता है कि माधवी के लिए शरीर ज़्यादा महत्त्वपूर्ण हो? और अब उसे मेरे शरीर में ज़्यादा आकर्षण न दिखता हो, सौमित्र ने सोचा। उसने एक सात वर्षीय ग्रन्थि के बारे में सुन रखा था जिसके अनुसार करीब सात सालों में आम स्त्री अपने पति से बोर हो जाया करती है और कहीं और सहारा खोजती है। कहीं माधवी भी मुझसे बोर तो नहीं हो गयी?

सौमित्र का दिल गहरी निराशा से बैठने लगा। वाकई ऐसा ही

था। अब न तो वह सुन्दर रह गया था, न आकर्षक। अगर माधवी की रुचि उसमें कम होती जा रही थी, तो इसमें उसका कोई दोष न था।

उसके मन में एक अजीब विचार आया। अच्छा हो अगर उसे कोई बड़ी बीमारी हो जाये। जैसी टी.बी. या किडनी की ख़राबी या कैंसर...तब शायद दो-तीन साल लोग उसकी फ़िक्र करेंगे और माधवी भी चिन्ता करेगी। उसने जैसे कि स्वप्न में देखा, माधवी उसके सिरहाने बैठी है, उसे दवा दे रही है, उसके स्वास्थ्य की चिन्ता कर रही है, किसी कोने में छिपकर दो आँसू बहा रही है, और उसके लिए फ़िक्रमन्द है। उसके लिए डॉक्टरों से मिल रही है और रिश्तेदारों की चिन्ताओं का धैर्यपूर्वक समाधान कर रही है।

पर यह सब सोचने के बाद उसे लगा कि ये जो कुछ भी होगा, प्रेम नहीं होगा। दया या करुणा होगी और उसकी मूल चिन्ता थी कि माधवी उससे प्रेम करे।

नहीं, इस तरह से प्रेम बढ़ाने के बारे में सोचना मूर्खता है। मॉरबिडिटी है।

तो फिर अगर माधवी ने उसे पसन्द करना कम कर दिया है और शायद किसी और को पसन्द करना शुरू कर दिया है, तो क्या यह बेहतर न होगा कि उससे साफ़-साफ़ बात कर ली जाये, और फिर उसे इस बात की स्वतन्त्रता दी जाये। सौमित्र प्रगतिशील विचारों का आदमी था और अक्सर बातचीत में गर्व से इस बात का ज़िक्र करता था कि अगर शादी के बीच में पति-पत्नी में ऊब पैदा होती है तो उन्हें दूसरी जगह सहारा खोजने का अधिकार है, और अगर उसकी पत्नी ने ऐसा किया, तो वह उसे नहीं रोकेगा। पर इस वक़्त वह इस तरह की किसी स्वतन्त्रता की कल्पना नहीं कर पाया। वह माधवी से बहुत प्यार करता था और अगर उसने किसी दूसरे व्यक्ति को उसके स्थान पर रखा, तो उसे बहुत चोट पहुँचेगी।

उसका मन एक दार्शनिक उदासी से भर गया। ठीक है अगर माधवी उससे दूरी बनाना चाहती है तो वह भी उससे दूरी रखेगा। उसका भी तो कोई आत्मसम्मान है? वह घर में रहेगा, पर न तो माधवी से प्यार करने की कोशिश करेगा और न ही अपनी ओर से कोई शुरुआत करेगा। हाँ अगर उसने कभी रुचि दिखाई तो...

नहीं, यह भी नहीं। माधवी को अपनी कठोरता का कुछ तो फल मिलना ही चाहिए। यह नहीं हो सकता कि अगर चाहे तो मुझसे

प्यार कर ले और चाहे तो कहीं और सहारा खोज ले। नहीं, अगर उसने मुझमें रुचि भी दिखायी तब भी मैं उससे प्यार नहीं करूँगा...

पर क्या इतनी ही कठोरता काफ़ी है? क्या उसे कुछ और कठोर नहीं होना चाहिए? उसके तमाम विश्वास, तमाम प्यार के बदले में माधवी के इस व्यवहार के लिए सिर्फ़ इतनी कठोरता काफ़ी नहीं। वह अपने आप को दुख पहुँचायेगा और उसे भी दुख देगा। वह उससे कई महीनों तक प्यार नहीं करेगा और फिर एक दिन, जब वह बाहर गयी होगी, आत्महत्या कर लेगा। उसने एक और चित्र देखा। माधवी बाहर से लौटी है और बिस्तर पर उसकी मृत देह पड़ी है। माधवी पहले तो कुछ समझ नहीं पाती। फिर उसे आवाज़ लगाती है। उसके साथ जो अन्याय उसने किये थे उन्हें सोच-सोच कर वह गहरे पश्चात्ताप में डूब जाती है। उदास होती जाती है, उदास होती जाती है...

अचानक उसकी तन्द्रा टूटी। ये बहुत ही टुच्चा और घटिया विचार है, उसे लगा आत्महत्या क्यों? वह हर समय आत्महत्या के ख़िलाफ़ रहा है। उसे माधवी की उपेक्षा का दुख एक सहृदय और धैर्यवान आदमी की तरह झेलना चाहिए। अगर वह अपने आपको मार लेता है तो इससे क्या सिर्फ़ माधवी को दुख होगा? उसके ध्रुव तारे से बेटे और रोशनी-सी बिटिया का क्या होगा? क्या उन्हें अगाध कष्ट नहीं होगा? दुख नहीं उठाना पड़ेगा।

तब उसे लगा कि वह इस दुख से बचने के लिए कुछ वर्षों के लिए घर छोड़ दे। उसे राजा भर्तृहरि की याद आयी। सब कुछ था उनके पास, राज-पाट गाड़ी-घोड़े सभी कुछ। बस रानी के प्रेम के सिवा। कैसे उन्होंने एक दिन सब छोड़कर संन्यास ग्रहण किया होगा। कितनी हिम्मत से वे झोली लेकर भीख माँगने निकले होंगे, और कितनी पीड़ा के साथ वे खड़े हुए होंगे जाकर रानी के द्वार पर? कितना बड़ा दुख, कितनी गहन निराशा, कैसी महान उदासी...

पर घर छोड़ने से भी बेहतर क्या यह नहीं होगा कि जिस कारण से उसे यह कष्ट उठाना पड़ रहा है, जिस कारण माधवी उसे नीचा दिखा पा रही है, वह उस कारण को ही छोड़ दे? यानी प्रेम करने की इच्छा का ही त्याग कर दे?

अचानक उसे गाँधी की याद आयी। सबसे सही आदमी गाँधी जी ही थे, उसने सोचा, अगर वह प्रेम और सेक्स की इच्छा का ही परित्याग कर दे, तो जाने कितने कष्टों से बच जायेगा। न उसे माधवी

की उपेक्षा की चिन्ता होगी, न ही उसके किसी दूसरे पुरुष से प्रेम करने पर कष्ट होगा। क्योंकि तब वह प्रतियोगिता में ही नहीं होगा। गाँधी जी लगभग उसकी उम्र के ही रहे होंगे। जब उन्होंने सेक्स का परित्याग किया, उसके बाद कितना समय, कितना ध्यान वे अपने मुख्य लक्ष्य की ओर लगा पाये, यह सब जानते हैं, यही सबसे ठीक है, उसने सोचा।

त्याग और तप का एक उजाला-सा उसके दिल में फैलने लगा। वह कठिन निश्चय लेने की ओर अग्रसर होने लगा।

तभी माधवी ने उसकी ओर करवट ली और अलसायी आवाज़ में कहा, 'सो गये क्या?'

वह जाग रहा था, पर उसने कोई जवाब नहीं दिया।

माधवी ने फिर कहा, 'नाराज़ हो गये? सुनो, आजकल हम दिन भर काम के कारण बहुत थक जाते हैं।'

फिर वह उठी, उसने सौमित्र के माथे पर एक भरपूर चुम्बन लिया और उसे अपने चिर-परिचित आलिंगन में बाँध लिया।

गाँधी जी पता नहीं कहाँ चले गये।

((हंस, 1993), भारत भवन के कथादेश (2003) समारोह में मंचित, राष्ट्रीय नाट्य विद्यालय के राष्ट्रीय नाट्य समारोह (2005) में मंचित)

मुश्किल

जाड़ों की एक गुलाबी सुबह।

रत्ना ने रज़ाई से मुँह निकाला। पर्दे की पतली सी फाँक में से झाँकती किरणों ने उसे बता दिया—समय सात बजे से ऊपर हो चुका था।

रज़ाई सुखद गरमाहट से भरक रही थी। अरुण उससे सट कर लेटा था और उसने अपने हाथों से उसकी कमर को बाँध रखा था। उसकी उठती गिरती साँसें रत्ना को अपनी पीठ पर महसूस हो रही थीं। रत्ना ने सोचा—आज छुट्टी क्यों नहीं है?

उसने फिर आँखें बन्द कर लीं। बाहर से खटर-पटर की आवाज़ें आनी शुरू हो गयी थीं। घर में जगार हो चुकी थी।

रत्ना का मीठा आलस धीरे-धीरे कम होने लगा।

आठ बजे नीति को स्कूल भेजना था। उसे तैयार करने के लिए पूरा एक घंटा चाहिए। पहले तो वह बिस्तर से बाहर ही नहीं निकलती, फिर अगर उठ जाये तो मम्मी की शॉल ओढ़कर टी.वी. के सामने बैठ जाती है। जैसे-तैसे उसे टी.वी. से दूर हटाओ तो उसे पानी ठंडा लगने लगता है। तरह-तरह के नखरे दिखाते हुए वह आधा घंटे में मुँह-हाथ धो पाती है। फिर उसे अपनी ड्रेस पसन्द नहीं आती। कभी वह मैली होती है, कभी उस पर प्रेस ठीक नहीं होती, कभी वह ढीली होती है, कभी टाइट। नाश्ते के लिए वह दस बार ना-नुकर करेगी पर स्कूल के डिब्बे में रखने के लिए उसे सुन्दर दिखने वाली चीज़ें चाहिए।

आठ बजते न बजते वह एक बार डाँट ज़रूर खाती है, एक-दो बार रोती है फिर अनमने मन से, कन्धे पर भारी-भरकम बस्ता लादकर स्कूल जाने को तैयार हो जाती है। तभी बगल वाले दीपू और दिव्या आवाज़ लगाते हैं और उसकी पूरी चिड़चिड़ाहट तुरन्त काफूर

हो जाती है। वह दौड़कर गेट के बाहर खड़ी हो जाती है और पापा से जल्दी स्कूल छोड़ने की ज़िद करने लगती है। तब अरुण तीनों को स्कूटर पर बिठाते हैं और स्कूल छोड़ने जाते हैं।

रत्ना ने चौंककर देखा, अरुण का हाथ अब भी उसकी कमर को घेरे में लिए हुए था और वह मज़े से नींद ले रहा था। उसने धीरे से उसका हाथ हटाया और उठने का उपक्रम करने लगी। पर आज उसने एक अजीब बात देखी।

नीति पहले से उठकर बिस्तर के सिरहाने बैठी थी।

सात सवा सात का वक़्त था और रत्ना को उठने की जल्दी थी।

पर मुश्किल ये थी कि उसके और अरुण के शरीर पर एक भी वस्त्र नहीं था।

रत्ना ने धीरे से रज़ाई से बाहर निकलने की कोशिश की, पर नीति चाक-चौबन्द बिल्कुल सिरहाने पर ही बैठी थी।

उसे थोड़ी शर्म सी लगी, ये ठीक था कि नीति उसकी बेटी थी और अभी पाँच साल की ही थी, पर फिर भी, ऐसी हालत में उसे देखकर उससे अचानक कुछ पूछ बैठे तो? फिर बाहर जाकर पड़ोसियों को कुछ बक झक कर दे तो? नहीं-नहीं एकदम इस तरह निकलना ठीक नहीं होगा।

उसने आसपास नजरें दौड़ाईं, कपड़े कोने में टेबल पर रखे थे, वहाँ जाये बिना काम नहीं चलने वाला था। उसने नीति को फुसलाने की कोशिश की—'नीति बेटे, आज तुम बहुत जल्दी सोकर उठ गयीं? अभी वक़्त है, थोड़ी देर और सो जाओ, हम तुम्हें उठा लेंगे।'

'मम्मी-मम्मी, सूरज तो निकल आया, देखो चमक अन्दर आ रही है।'

'वो तो ऐसे ही है बेटा, हमने घड़ी देखी है, अभी साढ़े छः बजे हैं, तुम आधा घंटा और सो लो।'

'नहीं माँ चलो न घूमने चलते हैं।'

'मान जाओ बेटा, अभी जल्दी है, ओढ़ लो, और सो जाओ। हम तुम्हें उठा लेंगे।'

'नहीं माँ...।'

'सो जाओ...।'

'नहीं... ।'

रत्ना समझ गयी, अब ये ज़िद पर आ गयी है, इसे समझाना मुश्किल है। उसने धीरे से अरुण को टहोका लगाया।

अरुण ने जमुहाते हुए कहा, 'क्या बात है भई, ये सुबह-सुबह क्यों परेशान कर रही हो?'

'देखो न ये नीति इतनी सुबह से उठकर बैठ गयी है।'

'तो क्या हुआ? ठीक तो है। उसे सुबह उठना ही चाहिए।'

'क्या ठीक है? कुछ समझते तो हो नहीं... ।'

अरुण ने रत्ना की ओर देखा। फिर अपनी ओर, और फिर नीति की ओर। बात वाकई समझने की थी।

उन्होंने नीति को पुचकारते हुए कहा, 'आओ नीति बेटे, हमारे पास आ जाओ।'

पर इस बुलावे के साथ ही उनके दिल में खटका सा हुआ।

कहीं नीति उनके पास आकर, छाती पर हाथ रखकर और जाँघों पर पैर रखकर, चिपक कर लेटने की ज़िद करने लगी तो? ऐसा वह अक्सर करती है उसका हाथ यहाँ वहाँ भी जा सकता है, नहीं उसे उनके पास नहीं आना चाहिए।

अच्छा हुआ नीति ने उनके बुलावे को खुद अमान्य कर दिया। उसने कहा, 'पापा उठिये न चलिए थोड़ी देर बाहर घूमेंगे।'

अरुण का मन हुआ कि वह उठे और कपड़े पहन कर बाहर निकल जाये, आख़िर अपनी छोटी सी बिटिया से शर्म कैसी? उन्होंने मनोविज्ञान की कई विदेशी किताबों में पढ़ रखा था कि बच्चे अगर कभी माता-पिता को इस तरह देख भी लें, तो इसमें कोई हर्ज नहीं, इससे उन्हें सामान्य बनने में मदद मिलती है। पर जाने क्यों, इस समय उन्हें उस मनोवैज्ञानिक पर बहुत विश्वास नहीं हुआ।

अब उन्होंने नीति को बातों में लगाने की कोशिश की—'नीति बेटे, देखो तो दादी क्या कर रही हैं?'

'पूजा कर रही हैं।'

'तुम्हें कैसे मालूम?'

'घंटी की आवाज़ आ तो रही है।'

अरुण का ये वार खाली गया। अब उन्होंने पूछा, 'आज तुम टी.वी. देखने नहीं गयीं?'

'नहीं पापा हम आजकल टी.वी. देखकर बड़ा बोर होते हैं।'

बच्चे बड़ों की भाषा कितनी जल्दी पकड़ते हैं, अरुण ने सोचा।

अब उन्होंने आख़िरी कोशिश की।

'तुमने सू सू कर ली?'

'हाँ पापा।'

उसे लगा इस बात पर पापा शाबाशी देंगे पर उन्होंने कुछ नहीं कहा।

अब अरुण ने रत्ना की ओर देखा और इशारे से पूछा, 'क्या करें?'

उसने इशारे से ही जवाब दिया, 'इसे खिसकाओ भई। बड़ी देर हो चुकी है।'

अरुण ने अब ज़रा ग़ुस्से से कहा, 'नीति बेटे, चलो बाहर जाओ।'

'क्यों पापा?'

'हम कह रहे हैं न, चलो जाओ।'

'पापा, आप भी चलिए न।'

'देखो ज़िद नहीं करते, तुम जाओ, हम आते हैं।'

'पा...पा, चलिए न।'

अरुण ने अचानक आवाज़ तेज़ करते हुए कहा, 'हमने कहा न, तुम जाओ, सुनती क्यों नहीं?'

इस बार नीति ने धीरे से तकिया हटाया, पैरों में चप्पलें डालीं, पापा की ओर देखा और बाहर निकल गयी।

रत्ना ने जल्दी से रज़ाई हटाई और वहीं कोने में पड़े कपड़े पहनने लगी।

अचानक दरवाज़े के पीछे से एक चंचल मुखड़े ने झाँककर कहा, 'मम्मी, शेम शेम...।'

और भाग खड़ा हुआ।

रत्ना ने जैसे-तैसे मैक्सी पहनी और पीछे भागते हुए कहा, 'ठहर शैतान...।'

(भारत भवन के कथादेश (2003) समारोह में मंचित,
राष्ट्रीय नाट्य विद्यालय के राष्ट्रीय नाट्य समारोह (2005) में मंचित)

उनके हिस्से का प्रेम

मैं डॉक्टर हरिमोहन का पेन बोल रहा हूँ।

आप पूछ सकते हैं कि मैं क्यों बोल रहा हूँ? जब दुनिया में हर आदमी बोलने की कोशिश में लगा हो और एक अजीब काँव-काँव पूरे जगत में फैली हो तो क्या मैं चुप नहीं रह सकता हूँ? फिर मैं मूलतः पेन हूँ, मेरा काम लिखना है, बोलना नहीं, तो उसके जवाब में मैं यही कहूँगा हुजूर, कि बस, ये मेरा कहने का स्टाइल है। असल में तो मैं लिख ही रहा हूँ, पर अगर मैं कहूँ कि मैं डॉक्टर हरिमोहन का पेन लिख रहा हूँ, तो कितना अटपटा लगेगा? इसीलिए अर्ज़ किया कि मैं, डॉक्टर हरिमोहन का पेन बोल रहा हूँ।

हाँ आपका यह प्रश्न जायज़ है कि मैं बोल क्या रहा हूँ। तो कुछ बातें तो आपको आगे चलकर मालूम पड़ ही जायेंगी। पर मेरे बोलने का तात्कालिक कारण एक गोष्ठी है। जिसमें पाँच चीज़ों ने हिस्सा लिया था। मैं खुद, डॉक्टर हरिमोहन की टेबल, उनकी डायरी, उनके कमरे में लगी दीवार का आईना और टेबल के सामने वाली कुर्सी। वैसे तो हम पाँचों, डॉक्टर के बारे में बीच-बीच में बातचीत करते ही रहते हैं, पर गोष्ठी में निर्णय लिया गया कि अब उसके बारे में बोला जाये।

फिर प्रश्न उठा कि अगर बोलना ही है, तो कौन बोले? टेबल ने कहा कि मैं उलट तो सकता हूँ, पर उससे सिर्फ़ वही चीज़ें दिखेंगी जो डॉक्टर ने टेबल के नीचे की थीं। डायरी ने कहा मैं खुल तो सकती हूँ पर इससे सिर्फ़ मेरे कुछ पृष्ठ ही सामने आयेंगे, बाहर की कई बातें छूट जायेंगी। कुर्सी ने कहा मैं सिर्फ़ पैरों के बारे में जानती हूँ और मैं कितना भी हिलूँ, ऊपर का दृश्य बयान नहीं कर पाऊँगी। आईने ने कहा कि मेरा मूल चरित्र दृश्य दिखा देना है, उनके बारे में बोलना नहीं, मैं तुम्हारी सहायता भर कर सकता हूँ। फिर आम

सहमति से यही तय हुआ कि मैं ही यह ज़िम्मेदारी अपने ऊपर लूँ। एक तो मैं डॉक्टर के साथ सात-आठ सालों से हूँ। दूसरे हर समय उसके सीने से लगा रहता हूँ और उसके दिल की धड़कन पहचानता हूँ। तीसरे वो जहाँ-जहाँ भी जाता है, मैं उसके साथ रहता हूँ इसलिए मैंने ही सबसे ज़्यादा देखा और सुना भी है।

सो ये ज़िम्मेदारी मैंने अपने ऊपर ले ली। शीशे भाई, टेबल जी, कुर्सी जी और डायरी जी ने वादा किया कि वे जहाँ तक बन पड़ेगा, मेरी सहायता करेंगे और उन्होंने की भी। उन्होंने मुझे कई जानकारियाँ दीं जो मैं आपको बाद में बताऊँगा।

आइये पहले मैं आपको डॉक्टर हरिमोहन के इस शहर में आने के पहले की कुछ बातें बताऊँ।

डॉक्टर हरिमोहन मेडिकल डॉक्टर नहीं है। वो अर्थशास्त्र में पीएच.डी. है, वह भी दिल्ली विश्वविद्यालय का। उसके पिता वहीं दिल्ली की एक प्रख्यात समाज विज्ञानी संस्था में काम करते थे और खुद एक बड़े वैज्ञानिक थे।

हरिमोहन के मन में एक उत्कट इच्छा थी। पिता की तरह उसका भी एक अलग प्रभामंडल होना चाहिए। उसने तय किया कि वह अर्थशास्त्र का विद्वान बनेगा। एम.ए. में उसने दिल्ली विश्वविद्यालय में टॉप किया और तत्काल पीएच.डी. के लिए रजिस्ट्रेशन करा लिया। वह दिल्ली विश्वविद्यालय का सबसे कम उम्र का विद्यार्थी था जिसे पीएच.डी. अवार्ड हुई।

हरिमोहन सुदर्शन था, बुद्धिमान था और उसके पूरे व्यक्तित्व में एक आकर्षक गम्भीरता थी। लड़कियों के लिए वह एक चुम्बक की तरह था। वे उसके पास खिंची चली आती थीं। पर हरिमोहन खुद कभी एक सीमा से आगे नहीं बढ़ा। जैसे वह अर्थशास्त्र का विद्वान बनने के लिए ही पैदा हुआ था और जैसे उसका मूल लक्ष्य अर्थशास्त्र में पीएच.डी. करना ही था। उसने अपना ध्यान इस लक्ष्य की ओर से कभी हटने नहीं दिया।

लेकिन जिस दिन उसे पीएच.डी. नोटिफिकेशन मिला, वह सीधे सुजाता के घर गया। उसे कन्धों से उठाया और पूरे कमरे में फिरकनी-सा घुमा डाला। फिर ज़मीन पर उतारकर कहा–'सुजाता, मुझसे शादी करोगी?'

मैं उस समय हरिमोहन की जेब में ही था। मैंने देखा सुजाता भौचक रह गयी थी। यह हरिमोहन से उसकी सिर्फ़ तीसरी मुलाक़ात थी। पहली डॉक्टर वर्मा के घर हुई थी जो उसके और हरिमोहन दोनों के गाइड थे। दूसरी हरिमोहन के निमन्त्रण पर शहर के मशहूर पार्क में हुई थी और तीसरी, ये आज हो रही थी।

सुजाता ने एक क्षण सोचा और कहा था—'हाँ।'

इस घटना के बाद मेरे दिल में हरिमोहन के लिए इज़्ज़त और बढ़ गयी थी। वह न सिर्फ़ सुदर्शन और बुद्धिमान था पर उसमें हिम्मत भी थी।

हरिमोहन को नौकरी मिलने में कोई दिक़्क़त नहीं आयी। वह अपने विषय का ज्ञाता था। जब बोलता तो लोग मन्त्रमुग्ध हो उसे सुनते थे। उसमें काम के प्रति एक अजीब लगन थी। वह सोलह-सोलह घंटे तक लगातार काम करता रह सकता था। वह ईमानदार था और दुनिया के प्रति गम्भीर। वह अपने प्रति विश्वास-सा जगाता था।

उसने जल्दी ही सुजाता से शादी कर ली और फिर उन्हें एक बिटिया हुई जो खुशबू की तरह थी। इसलिए उन्होंने उसका नाम रोज़ रखा।

दो-तीन साल दिल्ली में काम करने के बाद उसे देश के सबसे बड़े बैंक में आर्थिक सलाहकार की नौकरी मिल गयी। उसे हमारे इस शहर के क्षेत्रीय कार्यालय का प्रबन्धक बनाया गया।

मैं हरिमोहन के साथ ही इस शहर में आया था। घटनाओं की जिस शृंखला के बारे में मैं आपको बता रहा हूँ, वे इस शहर में आने के साथ-साथ शुरू हो गयी थीं।

पहले दिन जब हरिमोहन अपने स्टाफ के साथ एक-एक कर परिचय प्राप्त कर रहे थे तभी वह कमरे में आयी थी।

'सर, मैं डोरोथी...।'

हरिमोहन ने सिर उठाकर देखा। एक साँवली मगर सुडौल लड़की, जिसकी बड़ी-बड़ी आँखें और सुती हुई नाक थी, बड़े परिष्कृत अन्दाज़ में उनके सामने खड़ी थी। उसने हल्के नीले रंग की साड़ी पहन रखी थी और हाथ में आदतन पैड और पेंसिल पकड़ रखे थे। डोरोथी में एक अद्भुत साँवला सौन्दर्य था, केरल की खूबसूरत लड़कियों की तरह का सौन्दर्य।

उस वक़्त भी मैं हरिमोहन की जेब में था। मैंने सुना—उसके दिल की धड़कन अचानक बढ़ गयी थी। मुझे आश्चर्य हुआ था क्योंकि यह हरिमोहन के स्वभाव के विपरीत था। उसने हल्के से मुस्कुराते हुए कहा था, 'सिट डाउन डोरोथी, यू आर द स्टेनो?'

'यस सर।'

'ओ.के. देन, लेट अस ट्राइ युअर स्किल...।'

उस दिन हरिमोहन ने उसे कई पत्र डिक्टेट कराये थे। कई ज़रूरी और कई ग़ैरज़रूरी। जब वह बाहर गयी तो हरिमोहन ने सिर कुर्सी पर टिका लिया था और बैठा रहा था काफ़ी देर तक चुपचाप।

इसके बाद यह सिलसिला-सा बन गया।

सुबह आकर हरिमोहन जल्दी-जल्दी अपनी डाक पढ़ता। जिन लोगों से बात करनी होती उन्हें फ़ोन पर निबटाता। ऑफिस के लोगों को तत्काल एकमुश्त निर्देश देता और फिर डोरोथी को बुला लेता। उसे डिक्टेशन देता। फिर टाइप किये हुए ड्राफ्ट को बदलता। फिर दोबारा डिक्टेशन देता। उसमें फिर सुधार करता और इस तरह अधिक से अधिक समय डोरोथी के साथ गुज़ारता।

करीब छः महीने तक सिलसिला यूँ ही चलता रहा। अब हरिमोहन डोरोथी को कभी-कभी बिना काम के भी बुला लिया करता था और उससे हल्का-फुल्का मज़ाक़ कर लेता था।

डोरोथी को एक-दो बार ऐसा भ्रम हुआ था कि जब वह शाम को घर जाने के लिए बस स्टैंड पहुँचती तो हरिमोहन भी अपनी गाड़ी लेकर उस रेस्त्राँ में पहुँच जाते हैं, जिसके सामने उसकी बस खड़ी होती है। हालाँकि रेस्त्राँ के शीशे काले थे और बाहर से अन्दर नहीं देखा जा सकता था, पर डोरोथी को लगता था कि डॉक्टर उसे विदा करने के लिए ही रेस्त्राँ में आते हैं और अन्दर बैठकर उसे देखते रहते हैं।

एक दिन डोरोथी ने मज़ाक़ करते हुए कहा था, 'सर आजकल आपकी वाइफ यहाँ नहीं हैं क्या?'

'क्यों?'

'आप रोज़ शाम को रेस्त्राँ में चाय पीने जाते हैं?'

'रेस्त्राँ में चाय पीने नहीं जाता।'

'तो फिर क्यों जाते हैं?'

'यह तुम्हें क्यों बतायें।'

सुनकर डोरोथी का चेहरा लाल हो गया था। डॉक्टर ने इसे शुभ संकेत माना था।

इसके बाद घटना चक्र तेज़ी से चला।

मैंने ऊपर जिस घटना का ज़िक्र किया है उसके दो-तीन महीने बाद हरिमोहन टूर पर गया। उसे ऑफिस से अचानक निकलना पड़ा था इसलिए शायद वह मुझे भूल गया था। मैं टेबल पर पड़ा था। उस दिन डायरी जी भी टेबल पर छूट गयी थीं।

शाम के समय ऑफिस बन्द होने के बाद डायरी जी मेरे पास खिसक आयीं। पूछा—'पेन भाई क्या हाल हैं?'

'ठीक हूँ।'

'आजकल अपनी मुलाक़ात नहीं हो पाती। क्योंकि हरिमोहन ने मुझ पर लिखने के लिए हरी रोशनाई के पेन का इस्तेमाल करना शुरू कर दिया है।'

'अच्छा? वैसे तो कोई बात नहीं, हरी रोशनाई वाले हों या काली स्याही वाले, सभी अपने ही भाई बन्द हैं, पर आपसे मुलाक़ात नहीं हो रही, ये दुख की बात है।'

'पेन भाई आपको मालूम है हरिमोहन आजकल क्या लिख रहा है?'

'नहीं।'

'कविताएँ।'

'अच्छा?'

'हाँ, ये देखिये..।'

डायरी जी खुलीं और मैंने देखा कि हरिमोहन ने उनके पृष्ठों पर ढेर सारी कविताएँ लिख रखी थीं। इन कविताओं में बार-बार डोरोथी का ज़िक्र था। तीसरे पन्ने पर लिखा था—

'डोरोथी, डोरोथी, डोरोथी, तुमने मुझे पागल बना दिया है डोरोथी, मैं क्या करूँ, मैं क्या करूँ।'

उसके बाद के एक पृष्ठ पर था—

'आज मुझे समझ में आया कि डोरोथी अचानक मेरे इतने करीब कैसे आ गयी है। असल में वह मेरी बचपन की दोस्त ऋतु की तरह है। उसी की तरह की आँखें, उसी की तरह का चेहरा, उसी का अन्दाज़, डोरोथी बिल्कुल ऋतु ही है, और उसी की तरह की

झनझनाहट पैदा करती है।'

आगे चलकर एक जगह था—'अब बर्दाश्त नहीं होता। क्या मैं प्रस्ताव करूँ? क्या वह स्वीकार कर लेगी? अगर नहीं, तो ऑफिस में कितनी बदनामी होगी। मैं तो कहीं का न रह जाऊँगा। और सुजाता, उसे कितनी चोट पहुँचेगी? ओह, किससे बात करूँ, मैं क्या करूँ?'

अभी मैं डायरी जी से बात कर रहा था कि किसी ने बीच में कहा, 'वह इस क्या करूँ-क्या करूँ से आगे निकल गया है।'

मैंने देखा कुर्सी जी थीं, जो थोड़ा हिलकर आगे जाने की कोशिश कर रही थीं पर बीच में टेबल जी अड़े हुए थे। कुर्सी जी ने कहा, 'उसने पहले ही दोस्ती के पैर बढ़ा दिये हैं।'

मैंने चौंकते हुए कहा, 'दोस्ती के पैर?'

'जी हाँ। वह दोस्ती के हाथ नहीं बढ़ा सकता था। इसमें ख़तरा था। इसीलिए उसने दोस्ती के पैर बढ़ाना शुरू कर दिया। डोरोथी मुझ पर ही बैठती थी। वह डिक्टेशन लेते समय अपने पैर मेरे पायों में लिपटा लेती थी। एक दिन मैंने देखा कि दो और पैर उसकी ओर बढ़े आ रहे हैं। उन पैरों में जूते नहीं थे, सिर्फ़ मोजे थे। उन्होंने डोरोथी को हिचकते हुए छुआ। डोरोथी ने अपने पैर हटा लिए। यह खेल कई दिनों तक चलता रहा। रोज़ दो पैर डोरोथी की तरफ़ बढ़ते और रोज़ वह अपने पैर हटा लेती।'

'फिर?'

'फिर क्या, एक दिन डोरोथी ने अपने पैर नहीं हटाये...'

कहकर कुर्सी जी फिक से हँस पड़ीं। तभी मैंने दीवार से खट्-खट् की आवाज़ सुनी। हमने देखा आईने जी हिल-हिल कर अपनी ओर हमारा ध्यान आकर्षित कर रहे थे। मैंने पूछा, 'क्या बात है आईने जी?'

'मैं यह कहना चाह रहा था कि कुर्सी जी की जानकारी भी पुरानी पड़ गयी है।'

'कैसे?'

'आप ज़रा उठकर आइये और मेरे भीतर क़ैद दृश्य को देखिये...'

'आईने जी आप तो जानते ही हैं मैं उठकर वहाँ तक नहीं आ सकता। आप ही इस दृश्य का वर्णन कर दीजिए।'

'तो ठीक है सुनिये। ये दृश्य करीब दो हफ्ते पहले के रविवार का है। इसमें डोरोथी इस कमरे में एक कोने में खड़ी है और...'

हम सबने उत्सुकता से पूछा, 'और...?'

'और हरिमोहन उसका गहरा चुम्बन ले रहे हैं।'

'ओह...!'

'जी।'

तभी कमरे में से हो-हो करके हँसी की आवाज़ आने लगी। पहले तो मुझे समझ में नहीं आया। फिर अचानक डायरी जी ज़ोर-ज़ोर से हिलने लगीं। मैंने चौंककर देखा। ये हमारे टेबल जी थे जो ज़ोर-ज़ोर से हँस रहे थे। मैंने पूछा, 'ज़रा रुकिये टेबल जी! आप क्यों हँस रहे हैं?'

'हँसने की तो बात ही है।'

'क्या बात है ज़रा हमें भी तो बताइये।'

'ये अभी आज ही की घटना है। हरिमोहन ने टूर पर जाने के पहले डोरोथी को बुलाया और कहा डोरोथी मैं टूर पर जा रहा हूँ। डोरोथी उदास हो गयी और पूछा आप किसी और को नहीं भेज सकते? हरिमोहन ने कहा, नहीं डोरोथी, मेरा जाना ज़रूरी है। फिर डोरोथी ने अचानक अपना हाथ मेरे नीचे से बढ़ाया और हरिमोहन के घुटने छू लिए। हरिमोहन विह्वल हो उठा। वह मेरे नीचे घुस गया। उसने डोरोथी का हाथ चूम लिया और आगे बढ़ ही रहा था कि...'

हम लोगों ने साँस रोक ली।

'कि अचानक बहादुर चाय लेकर आ गया। उसने देखा हरिमोहन सीट पर नहीं थे। पर डोरोथी कुर्सी पर बैठी थी। उसे आश्चर्य हुआ। डोरोथी ने अपना हाथ खींच लिया। दरवाज़ा खुलने की आवाज़ सुनकर हरिमोहन भी मेरे नीचे से बाहर आया। बाहर निकलते हुए उसने बहादुर से क्या कहा पता है?'

'क्या?'

'पेन नीचे गिर गया था, निकाल रहा था, जबकि पेन जी उसके जेब में थे।'

टेबल जी फिर अपनी विकट हँसी हँसने लगे। मैंने उन्हें रोकते हुए कहा, 'टेबल जी आप ज़रा धीरे हँसिये, आप इतनी ज़ोर-ज़ोर से हिल रहे हैं कि मैं और डायरी जी नीचे गिर पड़ेंगे।'

डायरी जी ने हँसते हुए कहा, 'फिर ये ऐसी कोई हँसने वाली बात भी नहीं है।'

टेबल जी ने पूछा, 'क्यों?'

'क्या ये सब सही हो रहा है?'

'क्यों नहीं? हरिमोहन और डोरोथी एक-दूसरे को प्यार करते हैं। और अगर वे ऐसा करते हैं तो जो हो रहा है, उसका उन्हें हक़ है।'

'और सुजाता?'

हम सबने डायरी जी की तरफ़ देखा। सुजाता के प्रति उनकी चिन्ता जायज़ थी। हाँ सुजाता के हाल जानना ज़रूरी था। उस दिन हम सबने तय किया कि मैं हरिमोहन के साथ उसके घर जाऊँ और सुजाता के हाल-चाल जान कर आऊँ।

जिस दिन हरिमोहन टूर से लौटा मैं उसकी जेब में बैठकर उसके घर चला गया। आदमी अक्सर सबसे ज़्यादा मुक्त अपने बेडरूम में ही होता है। सो मैं उस दिन हरिमोहन के बेडरूम तक गया और कमीज़ के साथ-साथ खूँटी पर लटक गया।

हरिमोहन रात का खाना खाकर बिस्तर पर आ गया और सुजाता भी। सुजाता ने साड़ी उतारी हल्के कपड़े पहने और हरिमोहन के साथ लेट गयी। हरिमोहन करीब दस मिनट तक एक पुस्तक के पन्ने पलटता रहा। फिर अचानक उसने पुस्तक बन्द की और सुजाता को अपने प्रगाढ़ आलिंगन में बाँध लिया। सुजाता जैसे इसके लिए तैयार न थी। हरिमोहन के प्रेम में उस दिन उद्दाम आवेग था। ज्वार उतरने के बाद वह काफ़ी देर तक सुजाता को चूमता रहा, सहलाता रहा बार-बार उसके बालों और चेहरे से खेलता रहा और कुछ देर बाद उसने सुजाता से दोबारा प्यार किया।

सुजाता थक-सी गयी थी पर प्रसन्न थी। उसने धीरे से कहा, 'क्या बात है आजकल मेरे प्रति तुम्हारा प्यार उमड़ा चला जा रहा है।'

'हाँ, आजकल मैं अच्छे मूड में हूँ।'

'क्यों?'

'बस यूँ ही, लगता है सारी दुनिया अपनी है। सब लोग अपने हैं। मैं दुनिया की हर चीज़ से प्यार करूँ। फैल जाऊँ सारे विश्व में।'

'अच्छा तो आजकल कविता भी कर रहे हो।'

फिर दोनों हँसने लगे थे और काफ़ी देर तक बातें करते रहे थे। मुझे लगा हरिमोहन के डोरोथी के प्रति प्रेम के कारण सुजाता के प्रति उसका प्रेम कम नहीं हुआ था। बल्कि शायद बढ़ ही गया था। पिछले एक-दो वर्षों में उनके सम्बन्धों में जो एक तरह की ठंडक आ

गयी थी वह टूटी थी। हरिमोहन ज़्यादा गरमाहट से भर गया था।

अगले दिन मैं फिर अपने मित्रों से मिला। डायरी जी, टेबल जी, कुर्सी जी और आईने साहब उत्सुकता से मेरी प्रतीक्षा कर रहे थे। मैंने कहा, 'सब कुछ ठीक-ठाक लगता है।'

डायरी जी ने पूछा, 'सुजाता कैसी है?'

'खुश दिख रही थी। बल्कि पहले से ज़्यादा प्रसन्न।'

'आप ठीक-ठीक कह रहे हैं?'

'जी हाँ बिल्कुल।'

पर डायरी जी कन्विंस नहीं हुई थी। और यह सब कहते समय मेरे दिल में भी एक बेचैनी-सी थी। एक खटका-सा था। शायद मैंने हरिमोहन के बेडरूम में और भी कुछ देखा था। यह खटका क्यों था यह मुझे अगले दिन ही समझ में आ गया।

उस दिन हरिमोहन ने दोपहर के खाने के बाद डायरी जी को निकाला और उस पर एक कविता लिखी।

फिर उसने डोरोथी को बुला लिया।

वह डोरोथी को अपने टूर के हालचाल सुनाने लगा। कैसे उसने डोरोथी को मिस किया, कैसे वह लगातार उसे याद आती रही और कैसे वह दो दिन पहले ही टूर से लौट आया, यह वह डोरोथी को अपने रोचक अन्दाज़ में सुनाता रहा। डोरोथी के चेहरे पर हल्की सी मुसकुराहट थी और वह गहरी रुचि के साथ हरिमोहन की बातें सुन रही थी।

तभी अचानक दरवाज़ा खुला और घुँघराले बालों वाला चाँद-सा एक बच्चा कमरे में आ गया।

'मम्मी।'

डोरोथी ने उसे उठाया, किस किया और कहा, 'सर, ही इज़ माई सन, शिरीष।'

'ओह हल्लो! हाऊ आर यू!'

उसी समय दरवाज़ा फिर खुला और उसमें से एक साँवले नवयुवक ने झाँका, डोरोथी ने उसे देखकर कहा, 'जस्ट अ मिनट जेम्स!'

फिर हरिमोहन से बोली, 'सर, मैं, अभी आयी।'

और बाहर चली गयी।

मैंने चौंक कर डायरी जी से कहा, 'डोरोथी की भी शादी हो चुकी है?'

उन्होंने गम्भीरता से कहा, 'हाँ।'

और तभी मुझे समझ में आया कि उस दिन हरिमोहन के बेडरूम में वह क्या था जिसे देखकर मुझे खटका हुआ था। वह था रोज़ का चेहरा। खुशबू-सी प्यारी हरिमोहन की बिटिया रोज़ का चेहरा। हरिमोहन और सुजाता को खुश देखकर भी मुझे रोज़ की तरफ़ से चिन्ता हुई थी। और आज वैसी ही चिन्ता डोरोथी और जेम्स के साथ शिरीष को देखकर हुई।

पाठक भाई, मैं इस कहानी का अन्त नहीं कर सकता। इसका अन्त वही कर सकते हैं जिन्होंने इसे शुरू किया है। पर मैं अपनी चिन्ता तो व्यक्त कर ही सकता हूँ। मेरी चिन्ता यह है कि जब भी और जैसे भी अन्त हो इस प्रेम कहानी का, उसका असर रोज़ और शिरीष के हिस्से के प्रेम पर नहीं पड़ना चाहिए। उन्हें उनका पूरा हिस्सा मिलना ही चाहिए। मेरा और मेरे मित्रों का मानना है कि यह आपकी सहायता के बिना सम्भव नहीं।

वादा कीजिए, आप हस्तक्षेप करेंगे न?

(भारत भवन के कथादेश (2003) समारोह में मंचित,
राष्ट्रीय नाट्य विद्यालय के राष्ट्रीय नाट्य समारोह (2005) में मंचित)

मुहूर्त

एशियन इलेक्ट्रिक कम्पनी के वरिष्ठ प्रबन्धक विश्वनाथन ने ठीक सवा आठ बजे अपने केबिन का दरवाज़ा खोला, ब्रीफकेस टेबल पर रखा और सीधे, एक कोने में लगे भगवान बालाजी और भगवान विश्वकर्मा के चित्रों की ओर क़दम बढ़ाये। चित्रों के पास पहुँचकर विश्वनाथन ने सिर नवाया, पास रखे अगरबत्ती के पैकेट में से अगरबत्ती निकाली, जलायी और एक बार फ़ोटो के चारों ओर घुमाकर उसे वहीं तख़्ते पर लगा दिया। केबिन अगरबत्ती की मीठी सुगन्ध से महकने लगा। विश्वनाथन ने एक बार फिर सिर झुकाकर भगवान को नमस्कार किया और आगे बढ़कर दीवार के पास वाली खिड़की खोल दी।

हवा के झोंके ने हल्का-सा थपथपा कर उसे आश्वस्त किया। विश्वनाथन ने अपनी कुहनियाँ खिड़की की मुँडेर पर टिका लीं और नीचे की ओर झाँकने लगा।

आठ बीस वाला सायरन बज चुका था। अफ़सर अपना ब्रीफकेस लटकाये, मज़दूर अपना टिफिन झुलाते हुए और असेंबली लाइन की लड़कियाँ हाथों में हाथ डाले गपियाते, फैक्टरी में प्रवेश कर रहे थे। सिक्युरिटी वाले कभी-कभी लोगों के पहचान-पत्र देख लिया करते थे और किसी बड़े अफ़सर की कार आने पर चुस्ती से, बड़ा दरवाज़ा चौपट खोल दिया करते थे।

लोग किसी यंत्रमानव की तरह अपने शेड के सामने पहुँचते, वहाँ दरवाज़े पर लगी पंच घड़ी में अपना कार्ड डालकर समय पंच करते और फिर अपने शेड में घुस जाते थे। विश्वनाथन को मालूम था कि यह सारी जल्दी साढ़े आठ बजे से पहले कार्ड पंच करने की है। उसके बाद अपने काम करने की जगह पहुँचकर थोड़ी गप्प हाँकी जायेगी, टी.वी. पर कल प्रसारित हुए मैच या किसी प्रोग्राम

की चर्चा की जायेगी, अख़बार की किसी ताज़ा ख़बर पर छींटाकशी होगी और फिर साढ़े नौ बजे आने वाली चाय का इन्तज़ार शुरू हो जायेगा। असल काम तो फैक्टरी में दस बजे के बाद शुरू होता है। विश्वनाथन मुड़ा और अपने टेबल पर जाकर बैठ गया। घूमने वाली कुर्सी पर उसने आधा चक्कर मारा, अपनी ऊपर की जेब से विल्स का पैकेट निकाला और सिगरेट सुलगा ली। एक बार सरसरी निग़ाह से उसने केबिन के शीशे के पार देखा। उसके विभाग के इंजीनियर आना शुरू हो गये थे। धीरे-धीरे वे अपने टेबलों पर बैठेंगे और अपने काम में लग जायेंगे।

विश्वनाथन ने ईश्वर को धन्यवाद दिया कि वरिष्ठ प्रबन्धक बनाते समय उसे शॉप फ्लोर पर नहीं भेजा गया। वहाँ मौक़े-बे-मौक़े मज़दूरों से उलझना पड़ता और उत्पादन बढ़ाने के लिए ऊपर वालों का दबाव अलग से सहना पड़ता। यहाँ रिसर्च में अच्छा है। उसके साथ काम करने वाले सभी इंजीनियर हैं, पढ़े-लिखे हैं, बात समझते हैं और ज़्यादा परेशान नहीं करते। एक बार काम बता दिया तो छुट्टी। धीरे-धीरे पूरा हो ही जाता है।

विश्वनाथन ने कुर्सी पीछे की ओर झुका ली। सुबह उसकी पत्नी शारदा ने नरम-नरम इडलियों का शानदार नाश्ता उसे कराया था। और फिर उसके बाद साउथ से लायी गयी बढ़िया कॉफी का आधा गिलास उसने धीरे-धीरे अपने कंठ से नीचे उतारा था। एक अजीब-सी तृप्ति उसे नाश्ता करके हुई थी और उसका सुखद एहसास अभी भी विश्वनाथन के मन में बाकी था।

विश्वनाथन ने कुर्सी सीधी कर ली। शीशे के पार उसका साम्राज्य बिखरा पड़ा था, करीब तीस इंजीनियर उसके नीचे काम करते थे। वह उन्हें कभी भी बुला सकता था, आदेश दे सकता था, काम बता सकता था। करोड़ों के आधुनिक उपकरण उसके डिपार्टमेंट में थे। फैक्टरी का प्रत्येक विभाग उस पर निर्भर करता था। महत्त्वपूर्ण निर्णय उससे पूछ कर लिए जाते थे। एक छोटा-मोटा साम्राज्य ही तो था उसके पास। एक अजीब सुख से विश्वनाथन का मन भर गया। उसने आँखें बन्द कर लीं और सिगरेट के हल्के-हल्के कश लगाने लगा।

चिड़िया की तरह चहचहाती टेलीफ़ोन की घंटी ने उसकी तन्द्रा भंग की। वह जानता था कि फ़ोन ग्रुप कैप्टन अहलूवालिया का होगा।

उसने फ़ोन उठाया और धीमी मगर ठोस आवाज़ में कहा, 'गुड मॉर्निंग सर।'

फिर कुछ देर वह फ़ोन पकड़े खड़ा रहा। उधर से बात समाप्त होने पर बोला–'यस सर'।

हाथ की सिगरेट ऐश-ट्रे में मसलकर बुझाई, डायरी उठाई और केबिन का दरवाज़ा खोलकर बाहर निकल गया।

अहलूवालिया एयरफोर्स का रिटायर्ड ग्रुप कैप्टन था। सेवानिवृत्ति के बाद मन्त्रालय में अपनी जान-पहचान और रसूख के कारण फैक्टरी की शानदार सिविल पोस्टिंग पा गया था। अपनी मूँछें उमेठ कर रखता था और मातहतों से सख़्ती से पेश आता था। आख़िर एयरफोर्स के आदमी की छवि भी तो बनाये रखनी थी।

विश्वनाथन जब उसके कमरे में घुसा तो अहलूवालिया अपने विशाल कक्ष में टेबल पर झुका कुछ लिख रहा था। विश्वनाथन कुछ देर खड़ा रहा। अहलूवालिया को किसी का उससे बिना पूछे कुर्सी पर बैठ जाना अच्छा नहीं लगता था। थोड़ी देर बाद उसने सिर उठाया, विश्वनाथन को इशारे से बैठने के लिए कहा और खुद पीछे कुर्सी पर टिक गया।

कुछ देर चुप रहकर उसने वातावरण में गम्भीरता पैदा की। फिर छाती से आती हुई खरखराती आवाज़ में बोला, 'यू सी विश्वनाथन, वी आर इन ट्रबल'।

यह उसकी आदत थी। अपनी कठिनाई को 'हमारी' कठिनाई कहकर वह उसे दूसरों के ऊपर थोप देता था। विश्वनाथन कुछ नहीं बोला। अहलूवालिया ने कहना जारी रखा–'एयर हैड-क्वार्टर से फ़ोन आया था। उन्हें राडार इसी महीने चाहिए।'

'लेकिन सर अभी तो हमारी डिज़ाइन ही पूरी...।'

'आई डोंट वांट ऐनी लेकिन-वेकिन। मैंने उन्हें प्रॉमिस कर दिया है। राडार इसी महीने अम्बाला एयरफोर्स स्टेशन पहुँच जाना चाहिए।'

'लेकिन सर अभी तो...।'

'विश्वनाथन, ये हमारी प्रेस्टिज का सवाल है। पहली बार हमारी फैक्टरी को इतना बड़ा काम मिला है। उन्होंने कहा है तो हमें इसी महीने राडार देना होगा। अपने इंजीनियर्स से कहो, चाहे दिन-रात काम करना पड़े पर राडार इसी महीने फील्ड में जायेगा।'

'ओ.के. सर।'

विश्वनाथन उठा और बाहर निकल आया।

अपने केबिन में घुसने से पहले उसने बाहर टहलते सूरजभान को बुलाया और कहा, 'सबको ख़बर करो। मैं दस बजे मीटिंग लूँगा।' और जाकर अपनी कुर्सी पर बैठ गया।

इस राडार का काम पिछले अठारह महीनों से चल रहा था। फ्रांसीसी तकनीक थी। पहले तो महीनों फ्रेंच डाक्यूमेंट्स को समझने, उनका अनुवाद करने में ही निकल गये। पर धीरे-धीरे इंजीनियरों ने अपनी-अपनी इकाइयों को समझ लिया था। एक बार फैक्टरी में उन्हें बना भी लिया गया था। लेकिन अब भी टेस्टिंग बाकी थी। सिस्टम को पूरी तरह से काम करा कर देखना बाकी था। और सिस्टम ने एक बार फैक्टरी में काम कर भी लिया तो फील्ड का क्या भरोसा? फील्ड बहुत अलग बात है।

विश्वनाथन के दिलो-दिमाग़ से सुबह का सुखद एहसास हवा हो गया। उसका स्थान एक अजीब-सी बेचैनी ने ले लिया। उसने राडार की सभी इकाइयों की स्थिति को अपने दिमाग़ में उलट-पुलट कर देखना शुरू किया। ट्रांसमीटर अब तक स्थिर नहीं हुआ था, चलते-चलते रुक जाता था। ऐंटेना के महत्त्वपूर्ण पुर्जे कुछ दिनों पहले जल गये थे। हालाँकि उन्हें ठीक कर दिया गया था, पर ये पता नहीं चल पाया था कि वे जले क्यों थे? रेडियो सिग्नल बीच-बीच में ग़ायब हो जाता था। राडार कभी चलता था, कभी नहीं। निश्चित ही वह फील्ड में जाने लायक नहीं था।

विश्वनाथन ने तय किया कि अपने इंजीनियरों के सामने वह ये सब बातें नहीं स्वीकारेगा। अगर राडार को फील्ड में जाना है तो वह जायेगा ही।

दस बजने के पाँच मिनिट पहले ही विश्वनाथन मीटिंग रूम में अपनी तयशुदा कुर्सी पर जाकर बैठ गया।

मित्रा सबसे पहले आने वालों में से था। फिर सप्रे, बैनर्जी, कपूर, शर्मा...। एक-एक करके सभी इंजीनियर आये और विशाल मीटिंग-टेबल के चारों ओर बैठ गये।

विश्वनाथन ने बिना भूमिका बाँधे बात शुरू की—'फ्रेंड्स, हमारा

डी डे आ गया है।'

सब चुप थे।

'राडार इसी महीने फील्ड में जायेगा।'

मित्रा ने अचम्भित होते हुए कहा, 'पर सर ट्रांसमीटर अभी स्थिर नहीं हुआ है।'

सप्रे ने झुँझलाते हुए कहा, 'और अभी तो यह भी पता नहीं चल पाया है कि ऐंटेना जली क्यों थी?'

कपूर ने कहा, 'सर रेडियो सिग्नल बीच-बीच में ग़ायब हो जाता है। फिर बिजली की लाइन के प्रभाव का अध्ययन भी अभी किया जाना है।'

शर्मा ने कहा, 'ऑपरेटिंग मैन्युअल पूरा करने के लिए मुझे तीन महीने चाहिए।'

विश्वनाथन ने धीरे-धीरे कहा, 'मुझे ये सब मालूम है। मैंने ये जानने के लिए आप सबको यहाँ नहीं बुलाया है। मैं सिर्फ़ इतना बताना चाहता हूँ कि एयर हैड-क्वार्टर्स ने आदेश दिया है और हमें राडार इसी महीने अम्बाला भेजना होगा। ग्रुप कैप्टन अहलूवालिया हैस प्रामिज़्ड टू दैम। अब ये हमारी कम्पनी की प्रेस्टिज का सवाल है। गॉड विलिंग, सब ठीक हो जायेगा।'

मित्रा, जो जल्दी मैदान नहीं छोड़ता था, बोला—'ये जितनी भी रामस्याएँ सामने आयी हैं वे सभी तकनीकी हैं, फिर इनकी संख्या भी बहुत है। अगर गॉड विलिंग भी हुआ तो भी उन्हें सुलझाने में समय तो लगेगा।'

विश्वनाथन ने सुना-अनसुना करते हुए कहा, 'अपनी-अपनी इकाइयों को ठीक करना आप लोगों की व्यक्तिगत ज़िम्मेदारी है। मैं कल सुबह राडार के फैक्टरी से बाहर निकलने की तारीख़ आपको बता दूँगा। नाउ मूव ऑन। अगर फैक्टरी में देर तक रुकना पड़े, तो रुकिए, रात में काम करना पड़े तो करिये, आपकी यूनिट ठीक होनी चाहिए।'

और वह अपनी कुर्सी से उठ गया।

मित्रा ने सप्रे से कहा, 'इसे तो कुछ करना-धरना है नहीं। यह कुछ भी कह सकता है।'

सप्रे ने कनखियों से उसे देखा और बाहर निकल गया।

राडार डिज़ाइन विभाग में उस दिन अजीब गरमी और तनाव फैल गया था।

अगले दिन, अपने केबिन में घुसने के बाद विश्वनाथन कुछ अधिक देर तक भगवान बालाजी के फ़ोटो के सामने खड़ा रहा। उसने कुछ अधिक श्रद्धा से भगवान विश्वकर्मा को सिर नवाया। फ़ोटो के सामने वाले तख़्ते पर दो के बजाय चार अगरबत्तियाँ लगाईं, फिर जाकर कुर्सी पर बैठ गया। कुर्सी पर बैठते ही उसने सूरजभान से कहा, 'मित्रा और सप्रे को बुलाओ।'

मित्रा और सप्रे, विश्वनाथन के बाद विभाग के सीनियर लोगों में से थे। विश्वनाथन समय-समय पर उनसे सलाह करता रहा था। उनके आते ही विश्वनाथन ने कहा, 'मैंने डेट तय कर दी है।'

'कौन सी?'

'बाईस, सुबह दस बजे।'

'लेकिन सर, आज दस तारीख़ तो हो ही गयी है। सिर्फ़ दस-बारह दिनों में इतनी सारी समस्याएँ...।'

'बाईस के बाद कोई मुहूर्त नहीं है।'

'जी?'

'यस, नो मुहूर्तम्, ऑफ्टर ट्वेंटी सेकंड। अगर राडार को इस महीने जाना है तो वह बाईस को ही जा सकता है।'

'सर मुहूर्तम् को छोड़िये, यहाँ से अम्बाला पहुँचने में ज़्यादा-से-ज़्यादा दो दिन लगेंगे। अगर हम अट्ठाईस को भी निकले तो तीस तक पहुँच जायेंगे। पर इससे फैक्टरी में काम करने का एक और हफ्ता हमें मिल जायेगा। इस वक़्त वह ज़्यादा ज़रूरी है।'

'मुहूर्तम् इज़ मुहूर्तम्, उसे बदला नहीं जा सकता।'

'लेकिन सर...।'

'नो।'

विश्वनाथन ने चर्चा समाप्त कर दी।

मित्रा ने बाहर निकलते हुए कहा, 'क्या बकवास है यार? हम दुनिया की सबसे आधुनिक तकनीक पर आधारित राडार बना रहे हैं, विज्ञान के सबसे आधुनिक क्षेत्र में हैं, देश के बड़े वैज्ञानिक संस्थान में काम कर रहे हैं और तकनीकी ग़लती ढूँढ़ने के बजाय मुहूर्त की

तलाश कर रहे हैं। क्या हुआ अगर एयर एच.क्यू. ने आदेश दे दिया? उनसे कहा जा सकता है कि हम अभी तैयार नहीं हैं, हमें कुछ दिन और लगेंगे। इससे हो सकता है कि अहलूवालिया की प्रेस्टिज थोड़ी कम हो जाये, पर हम सबकी इज़्ज़त तो बची रहेगी। राडार की जो हालत है, ऐसे में उसे जबर्दस्ती बाहर धकेलना मूर्खता है, क्राइम है।'

सप्रे ने हँसते हुए कहा, 'सबसे ज़रूरी है मुहूर्तम्'।

मित्रा अब भी ग़ुस्से में था—'भाड़ में गया मुहूर्तम् यार, हम लोग दिन-रात लगे हैं, काम कर रहे हैं, भरोसा है कि अगर महीना भर और मिल जाये तो इसे पूरी तरह ठीक कर ही लेंगे। लेकिन हमारी क्षमता पर विश्वास नहीं किया जा रहा, मुहूर्त पर विश्वास किया जा रहा है। पता नहीं लोग अपने महत्त्वपूर्ण निर्णय इस तरह कैसे कर लेते हैं? बीस साल से इंजीनियरिंग में हैं, वरिष्ठ प्रबन्धक हैं, पर आदमी की बनाई चीज़ पर, सिस्टम पर, उसकी क्षमता पर भरोसा नहीं कर सकते। खुद पर भरोसा नहीं, मुहूर्त ढूँढ़ रहे हैं...।'

सप्रे अब गम्भीर हो गया—'देखो मित्रा, हमारे यहाँ जीवन के प्रति, नौकरी के प्रति, काम के प्रति असुरक्षा इतनी अधिक है कि आम आदमी सुरक्षित महसूस करने के लिए कोई-न-कोई टेका ढूँढ़ना ज़रूरी समझता है। वह अपनी कठिनाइयों, परेशानियों को किसी अदृश्य शक्ति के ऊपर डाल देना चाहता है। धर्म, विश्वास, अन्ध-विश्वास ये बड़े आसान टेके हैं। ज्ञान-विज्ञान पर टिकना कठिन काम है, उसमें संघर्ष करना पड़ता है, ज़्यादा लड़ना पड़ता है।'

'लेकिन विश्वनाथन तो पढ़ा-लिखा है। वह क्यों अन्धविश्वास के टेके लगाये..।'

'पढ़ा-लिखा है, पर चेतन नहीं है।'

सप्रे ने कहा और अपने टेबल की ओर बढ़ लिया। मित्रा भी झुँझलाते हुए अपने काम में लगा।

जैसे-जैसे बाईस तारीख़ नज़दीक आ रही थी, राडार डिज़ाइन विभाग में तनाव बढ़ता जा रहा था। सब अपनी-अपनी यूनिट की देखभाल में लगे थे और चाहते थे कि कम-से-कम उनकी यूनिट पर राडार को फेल करने का आरोप न लगे।

सिर्फ़ विश्वनाथन शान्त था। उसे भरोसा था कि उसने सही मुहूर्त ढूँढ़ लिया है।

बाईस की सुबह, फैक्टरी मेन गेट की अन्दर वाली सड़क पर नज़ारा देखने लायक था। वैसे तो एक अजीब गहमा-गहमी पूरी फैक्टरी में फैली थी, पर मेन गेट के आसपास रौनक कुछ ज़्यादा ही थी। राडार के सभी हिस्सों को शैल्टर्स में बन्द करके गाड़ियों पर लाद दिया गया था। सबसे आगे ट्रांसमीटर था, फिर ऐंटेना और रिसीवर तथा आख़िर में एयर कंडीशनर, डीज़ल जनरेटर और अन्य सरंजाम था। पाँच-छह गाड़ियों में दरवाज़े के पास खड़ा हमारा राडार काफ़ी प्रभावशाली लग रहा था, वैसा ही जैसा पिछली गणतंत्र दिवस की परेड में लगा था। पर अबकी बार परेड नहीं होनी थी। उसे असल में काम करना था। एयरफोर्स वाले उसकी पूरी ट्रायल लिए बिना उसे थोड़े ही स्वीकार करने वाले थे।

ठीक पौने दस बजे विश्वनाथन, अहलूवालिया और फैक्टरी का जनरल मैनेजर सेठी, सम्बन्धित कर्मचारियों के साथ आकर राडार के सामने खड़े हो गये। असेंबली लाइन की लड़कियाँ थाली में रोली, चावल, दीपक, फूल इत्यादि सजा लायीं। विश्वनाथन ने हर शेल्टर के ऊपर रोली-चावल लगाया, आरती उतारी और फूल चढ़ाये। सब बड़े कौतुक से उसे देख रहे थे। ठीक दस बजे उसने पहली गाड़ी को इशारा किया और उसे गेट के बाहर कर दिया। गाड़ी के गेट से बाहर होते ही उसने फुर्ती से पास के पत्थर पर एक नारियल फोड़ा और मन्त्रोच्चार करने लगा।

अब तक सभी लोग बड़ी गम्भीरता से विश्वनाथन को देख रहे थे। पर नारियल के फूटते ही वातावरण हल्का हो गया। मित्रा ने उसे पाने के लिए हाथ बढ़ाया, पर विश्वनाथन ने कड़ी निग़ाह और हाथ के इशारे से उसे रोक दिया। नारियल तोड़कर उसने चिड़ियों और कौओं की तरफ़ डाल दिया। मित्रा अपना-सा मुँह लिए फिर दोस्तों के बीच आकर खड़ा हो गया।

नारियल टूटते ही बाकी गाड़ियाँ भी एक-एक करके फैक्टरी गेट से बाहर निकलने लगीं। इंजीनियरों ने साथ चलने वाली बस में जगह ली।

राडार सही मुहूर्त पर अम्बाला एयरफोर्स स्टेशन की ओर चल पड़ा।

एयरफोर्स स्टेशन का माहौल पूरा प्रोफ़ेशनल था।

साफ़-सुथरी चमकदार सड़कें, चौराहों पर पीले और काले रंग में

लिखे रास्तों के नाम, रास्तों के आसपास करीने से लगे पेड़, कभी-कभी सरसराती गाड़ियाँ और आमतौर पर चुप्पी, पूरे माहौल को अजीब गम्भीरता-सी प्रदान कर रहे थे।

हॉस्टल में पहुँचते ही हमें कंट्रोल में ले लिया गया।

इंजीनियरों को कमरे अलॉट कर दिये गये, ऑफिसर्स मेस में खाने का समय बता दिया गया, राडार लगाने की जगह दे दी गयी और ट्रायल्स का समय तय कर दिया गया।

माहौल में गज़ब की चुस्ती थी।

बिल्कुल सुबह पायलट अपने-अपने यूनिफार्म में, हेलमेट लगाये, हवाई अड्डे की तरफ़ निकल जाते। जगुआर और दूसरे फाइटर प्लेन दोपहर तक आसमान पर छाये रहते। पायलट अपनी-अपनी सॉर्टी पर निकलते और लौटने पर उसी की बातें करते। हम लोगों का वहाँ पहुँचना उनके लिए बहुत महत्त्वपूर्ण नहीं था। हम उनके लिए बाहर के आदमी थे—सिविलियन।

ट्रायल के दिन हमारी हालत सुबह से ख़राब थी। सबको अपनी-अपनी कमियाँ मालूम थीं। तय था कि राडार ठीक से चल नहीं पायेगा। ट्रायल का पहला सत्र सुबह नौ बजे से बारह बजे का था। उसमें सुबह की उड़ानों को, जो निश्चित आकाश में होने वाली थीं, राडार पर प्राप्त करना था।

एयरफोर्स की ओर से एक विंग कमांडर सारा कार्यक्रम निर्देशित कर रहा था। उसने निश्चित समय पर उड़ानें प्रारम्भ करा दीं। हम लोगों ने डरते-डरते ट्रांसमीटर चालू किया। आश्चर्य! उसने तत्काल पूरी शक्ति प्राप्त कर ली। सप्रे ने ऐंटेना शुरू की, और वह बिना किसी रुकावट के घूमते हुए क्षितिज को कवर करने लगी। और तो और रेडियो सिग्नल भी बिना किसी रुकावट के साफ़-साफ़ मिलने लगे। स्क्रीन पर प्रत्येक उड़ान के कोण सही-सही प्राप्त होने लगे।

विंग कमांडर कोई एक घंटे तक अलग-अलग दृष्टिकोणों से राडार की जाँच करता रहा। राडार लगातार और सही-सही चल रहा था। विंग कमांडर ने स्क्रीन पर से अपनी नज़रें उठाईं और हम लोगों की ओर देखकर कहा—

'आई डोंट बिलीव इट...। ये तो विदेशी राडार से भी अच्छा काम कर रहा है। यंग मैन, आप सबको बधाई।' विश्वनाथन हमारा ग्रुप

लीडर था। वह फूला नहीं समा रहा था। राडार को अम्बाला लाने की स्कीम का वह अपने आपको प्रवर्तक मानता था और मित्रा को अपना प्रमुख विरोधी। उसने मित्रा के पास जाकर धीरे से कहा–

'सी, आई टोल्ड यू? अगर मुहूर्त सही हो तो कोई काम गड़बड़ हो ही नहीं सकता।'

पहला सत्र पूरा ठीक-ठीक गुज़र गया। हम सबने सन्तोष की साँस ली।

हम सभी अपने-अपने यूनिट बन्द कर ही रहे थे कि विश्वनाथन ने विंग कमांडर के पास जाकर कहा, 'सर राडार बढ़िया चल रहा है, आप चाहें तो कल ही जैमिंग एक्सरसाइज कर सकते हैं।'

जैमिंग एक्सरसाइज राडार के लिए सबसे कठिन काम था। उसमें हमारे अपने विमान, शत्रुओं की तरह व्यवहार करने वाले थे और अपनी ओर से सिग्नल भेजकर राडार को जैम करने का प्रयत्न करने वाले थे। उसमें सभी इकाइयाँ अपनी पूरी क्षमता से काम करें तभी उड़ानों को पकड़ा जा सकता था।

विश्वनाथन की बात सुनते ही हम लोगों की बेचैनी बढ़ गयी। पर तब तक विंग कमांडर अपना मन बना चुका था, 'ठीक है, मैं कल अपनी टीम को लेकर आ जाऊँगा।'

उसने कहा और बेस स्टेशन की तरफ़ चला गया।

मित्रा बहुत अपसेट था। उसने कहा, 'सर जैमिंग एक्सरसाइज़ तो हफ़्ते भर बाद होनी थी, आपने कल क्यों तय कर दी?'

विश्वनाथन ने मुस्कुराते हुए कहा, 'डोंट वरी एवरीथिंग विल बी ऑल राइट।'

दूसरे दिन एयरफोर्स की पूरी टीम उपस्थित थी। तय हुआ था कि अगर आज भी राडार ने ठीक काम किया, तो उसे आज ही स्वीकार कर लिया जायेगा।

ट्रायल समय पर शुरू हुई। ट्रांसमीटर सही-सही चालू हो गया। ऐंटेना ने सिग्नल भेजना और ग्रहण करना प्रारम्भ कर दिया। स्क्रीन पर टारगेट चमकने लगे। विश्वनाथन एयरफोर्स की टीम के साथ खड़ा था और बीच-बीच में कहता जा रहा था, 'सी, हाऊ एक्यूरेट..।'

'कितना बढ़िया रिसेप्शन है..।'

'हर टारगेट साफ़-साफ़ पकड़ में आ रहा है..।'

तभी विंग कमांडर ने वॉकी टॉकी उठाई और बेस स्टेशन से कहा, 'स्टार्ट जैमिंग... ।'

बेस स्टेशन से उड़ानों तक आदेश प्रसारित होने में कुछ समय लगा फिर धीरे-धीरे करके टारगेट स्क्रीन से ग़ायब होने लगे। विंग कमांडर ने प्रश्नवाचक निग़ाहों से विश्वनाथन की ओर देखा, विश्वनाथन अब भी आश्वस्त था। उसने कहा—

'अभी ठीक हो जायेगा सर।'

पर स्क्रीन पर धुँधलका-सा छा गया था। टारगेट कहीं नज़र नहीं आ रहे थे।

अब विश्वनाथन ने मित्रा से कहा, 'पावर बढ़ाओ और फ्रीक्वेंसी बदलने की कोशिश करो।'

मित्रा ने एक बार उसकी ओर देखा, फिर पावर बढ़ा दी। उसके बाद वह फ्रीक्वेंसी बदलने की कोशिश करने लगा।

अचानक एक ज़ोरदार खटाक् की आवाज़ के साथ ट्रांसमीटर बन्द हो गया। विश्वनाथन कुछ कहता उसके पहले स्क्रीन पर कर्सर घूमना बन्द हो गया। विश्वनाथन बाहर भागा। ऐंटेना रुकी पड़ी थी और सप्रे उस पर झुका कुछ करने की कोशिश कर रहा था। विश्वनाथन अन्दर आये उसके पहले शेल्टर्स की बत्ती गुल हो गयी, पूरा अँधेरा छा गया।

विंग कमांडर ने चिल्लाते हुए कहा—'व्हाट द हैल, विश्वनाथन... ।'

पर सुनने के लिए विश्वनाथन वहाँ नहीं था। वह हर शेल्टर में जाकर आदेश देने की कोशिश कर रहा था, हालाँकि उसके आदेश से फिलहाल कुछ होना जाना नहीं था। मित्रा ने धीरे से कहा—

'सर, आप लोग बाहर आ जायें, लगता है कोई बड़ा ब्रेक डाउन हो गया है। अब राडार ठीक होने के बाद ही ट्रायल हो पायेगी।'

विंग कमांडर अपनी टीम के साथ रिसीवर शेल्टर से बाहर आया और बिना किसी से मुख़ातिब हुए सीधे बेस स्टेशन की तरफ़ चला गया।

मित्रा चाहता था कि विश्वनाथन उसके साथ जाये और उसे तकनीकी कठिनाई समझाने की कोशिश करे। पर विश्वनाथन वहाँ नहीं था। मित्रा ने उसे ढूँढ़ने की कोशिश की। वह ट्रांसमीटर के पीछे लगभग छिपा हुआ खड़ा था और एकटक ऐंटेना की तरफ़ देख रहा

था। उसका शरीर भले ही वहाँ हो, पर उसका दिमाग़ किसी और दुनिया में था।

मित्रा ने उसे देखकर कहा, 'सर...'

विश्वनाथन शायद सुन नहीं पाया। मित्रा ने फिर कहा, 'सर...'

इस बार उसने चौंक कर सिर घुमाया और मित्रा को देखकर कहा, 'ओह मित्रा तुम! लगता है मुहूर्त निकालने में मुझसे कुछ भूल हो गयी।'

मित्रा ने एक बार पूरी ताकत से घूर कर उसे देखा।

फिर मुड़ा और अपने शेल्टर में घुस गया। उसे मालूम था कि अगले दस-पन्द्रह दिन उसे बहुत काम करना पड़ेगा।

(नई दुनिया, 1990)

सूर्यास्त

हम लोग जिस पहाड़ी ढलान से नीचे उतर रहे थे, उसे रास्ता कहना ठीक नहीं होगा।

एक पगडंडी-सी थी जो लोगों के आने-जाने से बन गयी थी। पर्यटकों की सुविधा के लिए उस पर बजरी वगैरह डालकर फिसलन थोड़ी कम कर दी गयी थी, लेकिन फिर भी, उस पर काफ़ी सम्हल-सम्हल कर चलना पड़ रहा था।

पगडंडी के दोनों ओर लगे पेड़ों की डालियाँ जैसे झुककर हमें छू लेना चाहती थीं और हम, कभी उनके स्पर्श से सिहरते हुए, कभी उनसे बचकर निकलते हुए, नीचे कहीं गहराइयों में छिपे झरने की तरफ़ बढ़ते चले जा रहे थे। वातावरण में गीली मिट्टी, हरे पेड़ों और जंगली फूलों की अजीब मिली-जुली गन्ध बसी हुई थी, जिसका स्वाद हमारे लिए बिल्कुल नया था।

हम अपने भीड़-भाड़ वाले शहर से लगभग भागकर वहाँ आये थे—औपचारिक रिश्तों, औपचारिक बातों और औपचारिक लड़ाइयों से बचकर, कुछ समय बिल्कुल अपनी तरह से गुज़ारने के लिए। वहाँ ऑफिस नहीं था, रोज़ दिखने वाले परिचित चेहरे नहीं थे, जानी-पहचानी सड़कें और इमारतें नहीं थीं। वहाँ खूब समय था हमारे पास, घूमने के लिए ढेर सारी जगहें थीं और थी प्रकृति, अपने अनगिनत रंगों के साथ, हमें भीतर तक तरोताज़ा कर सकने के लिए।

पिछले तीन दिन से हम काफ़ी खुश थे—हम, यानी मैं, मेरी पत्नी कीर्ति, बेटा रजत और बिटिया शुभ्रा। ठहरने की जगह भी हमें अच्छी-खासी मिल गयी थी। बाज़ार से दूर एकान्त गेस्टहाउस में, जिसके चारों ओर खूबसूरत बगीचा और लॉन था और जिसके बीचोंबीच अंग्रेज़ों के ज़माने की ऊँची छत वाली कैण्टीन थी, जिसमें

सस्ते दामों पर ठीक-ठाक खाना मिल जाता था।

बच्चे सुबह उठते और लॉन में खेलने, घूमने या झूला झूलने निकल जाते। मैं और कीर्ति आराम से सोकर उठते और कैण्टीन में एक गरम चाय का प्याला धीरे-धीरे ख़त्म करने के बाद टहलने निकल जाते। सुबह की हल्की ठण्डक से भरा हवा का स्पर्श मन में एक अजीब-सी सिहरन पैदा कर देता और न जाने कौन-कौन सी यादें ताज़ा हो जातीं। हम लोग दूर तक घूमने जाते और ढेर सारी बातें करते। आराम से लौटते, कैण्टीन में नाश्ता करते और आकर लॉन पर हल्की धूप में पसर जाते, नन्हेलाल का इन्तज़ार करते हुए।

नन्हेलाल उस पहाड़ी पर्यटन-स्थल पर पर्यटकों को सैर कराने वाली जीप का ड्राइवर था। दुबला-पतला डेढ़-हड्डी का आदमी। काली पैंट, चमकदार लाल शर्ट और तिरछी कैप में वह दूर से ही नज़र आ जाता। हरे और पीले रंग से पुती उसकी जीप भी दूर से ही चमक जाती और बच्चे शोर मचाने लगते, नन्हेलाल आ गया, नन्हेलाल आ गया।

वह आता और मुस्कुराते हुए कहता, 'तो चलें साब?'

पिछले दिन गेस्टहाउस के मैनेजर ने उससे पहचान कराते हुए कहा था, 'इस इलाके का सबसे अच्छा ड्राइवर है, साब। पूरी तरह सेफ। चप्पा-चप्पा जानता है और दाम भी रीज़नेबल। आप तो इसी की जीप ले लीजिए।'

अपने दो-तीन दिन के प्रवास में हमें उससे कोई शिकायत नहीं हुई थी। वह ड्राइवर भी था और गाइड भी। ठीक दस बजे जीप लेकर पहुँच जाता और दिन भर का प्लान पेश कर देता।

'हाँ साब, तो आज चलते हैं—जटा शंकर, गुप्त महादेव, अप्सरा विहार और पांडव गुफाएँ, आप चाहें तो पार्क भी दिखा देंगे, दोपहर का खाना आप मधुबन में खा लीजिएगा। दो बजेगा, कुछ नाश्ता-वाश्ता साथ रख लीजिए।'

हम लोग बैठते और वो अपना टेप चालू कर देता—'जानते हैं साब, पांडव गुफाओं में पांडव आकर रहे थे, अपने वनवास के समय। और जब महादेव जी भस्मासुर से बचकर भागे थे यहीं, गुप्त महादेव में आकर छिपे रहे थे, फिर महादेव गुफा के सामने उन्होंने स्त्री का रूप धरकर भस्मासुर का वध किया था। जाने कहाँ-कहाँ से लोग, पैदल चलकर उनके दर्शन करने आते हैं।'

शुभ्रा चकित होकर पूछती, 'महादेव जी अभी भी वहीं रहते हैं क्या?'

और वह हँसते हुए कहता, 'वही दिखाने तो आपको ले चल रहे हैं।'

शाम होते-न-होते नन्हेलाल हमें अगले दिन के लिए लुभाना शुरू कर देता—'वो दूर...जो चोटी आपको दिख रही है न, वही चौरागढ़ है, शिवजी की बहुत बड़ी प्रतिमा है वहाँ पर। शिवरात्रि के दिन हज़ारों लोग त्रिशूल चढ़ाने जाते हैं, कोई-कोई आदमी तो साब, सौ किलो का त्रिशूल लेकर चढ़ाई चढ़ते हैं। रास्ते में भी आपको त्रिशूल-ही-त्रिशूल गड़े दिखेंगे।'

फिर गम्भीर मुद्रा बनाकर कहता, 'पर सोच लीजिए, चढ़ाई कठिन है और करीब सात किलोमीटर चलना भी पड़ता है।'

हम लोग सोच-विचार में पड़ जाते, तभी वह अपना अन्तिम अस्त्र चलाता—'वैसे बाबूजी, घूमना तो बंगाली लोग जानते हैं, कोई स्पॉट नहीं छोड़ते, पन्द्रह-पन्द्रह दिन तक घूमते हैं।'

कीर्ति अक्सर उसके झाँसे में आ जाती और कहती, 'ऐसी क्या बात है, हम भी चलेंगे।'

वह हल्की-सी मुस्कुराहट बिखेरते हुए कहता, 'तो ठीक है, मैं कल सुबह हाज़िर हो जाऊँगा।'

नन्हेलाल पूरा प्रोफेशनल ड्राइवर था। चढ़ाइयों, गोलाइयों और घुमावदार रास्तों को पार करने में उसे कोई दिक़्क़त न होती। सैकड़ों फ़ीट गहरी खाई से कोई दो फ़ीट पहले जीप रोककर कहता, 'देखिए जी, घाटी का नज़ारा'—और कुछ देर तक हमारी साँस ऊपर-की-ऊपर और नीचे-की-नीचे रह जाती। खड़ी चढ़ाइयों पर जाने कौन-कौन सी तरकीबों से वह अपनी जीप चढ़ा लेता और सीधे ढलानों पर कच्ची सड़कों के बावजूद बड़ी सफाई से गाड़ी उतार ले जाता। सँकरी-सी जगह में गाड़ी मोड़कर हमें अचम्भित कर देता और असम्भव-सी दिखने वाली ऊबड़-खाबड़ सड़कें, आसानी से पार कर जाता।

उस दिन भी पहाड़ी के ऊपरी सिरे पर जीप से उतरते हुए उसने कहा था, 'बस इस पगडंडी से सीधे नीचे उतर जाइये, पन्द्रह मिनिट में झरना आ जायेगा।'

फिर रजत की ओर देखकर हँसते हुए कहा था, 'देखना ज़रा शेर-वेर से बचकर जाना।'

हम लोग पन्द्रह मिनट से कुछ ज़्यादा ही चल चुके थे, पर झरने का कहीं अता-पता नहीं था।

कीर्ति ने, जो मेरे कन्धे का सहारा लेते हुए चल रही थी, हाँफते हुए पूछा, 'कहाँ है भई तुम्हारा झरना? नन्हेलाल तो कह रहा था पन्द्रह मिनट में आ जायेगा।'

'चली आओ, मिल ही जायेगा, ये लोग तो जान-बूझकर कम समय बताते हैं, जिससे हमारे जैसे बाबू लोगों का उत्साह ठण्डा न पड़े।'

इसी बीच रजत ने, जो हम लोगों से आगे-आगे चल रहा था, खुशी से उछलते हुए कहा, 'पापा, वह रहा।'

हमने उसकी उठी हुई उँगली की तरफ़ देखा।

आसपास के घने पेड़ों के झुरमुट को चीरती हुई, एक पतली-सी रजत रेखा कोई सौ फीट की ऊँचाई से गिर रही थी। नीचे से झरने का संगीत साफ़ सुनाई देने लगा था। स्पष्ट था कि हम पास आ गये हैं।

पगडंडी जैसे अचानक ख़त्म हुई थी और नीचे काफ़ी बड़ी चौरस जगह निकल आयी थी, जिसका अन्दाज़ा ऊपर से लगाना मुश्क़िल था। ऊपर से दिखने वाली प्रपात की क्षीण धारा नीचे आकर एक चौड़े कुण्ड में परिवर्तित हो गयी थी, जहाँ से चट्टानों के बीच बहते हुए, वह अनेक छोटे-छोटे प्रपात बना रही थी। कई पर्यटक प्रपात से निकलने वाली इन धाराओं में पैर लटकाये बैठे थे। कई उनके बीच उभरी चट्टानों पर लेटे हुए थे या बैठकर खा-पी रहे थे। किसी स्कूल की लड़कियाँ शायद पिकनिक मनाने वहाँ आयी हुई थीं और थोड़ा आगे जाकर दो-दो चार-चार के समूहों में खेल रही थीं, नहा रही थीं, धमा-चौकड़ी मचा रही थीं। प्रकृति ने एक अजीब आनन्द लोगों में भर दिया था।

हमने पानी से घिरी एक खाली चट्टान पर अड्डा जमाया और पानी में पैर डालकर बैठ गये। रजत और शुभ्रा ने अपने-अपने कपड़े उतारे और पानी में उछल-कूद मचाने लगे। वे उथले पानी में भाग रहे थे और एक-दूसरे पर छींटे उछाल रहे थे।

तभी अचानक एक आवाज़ आयी—'चलो कूदो, जाओ पानी में, जाते क्यों नहीं?'

मैंने मुड़कर देखा। थोड़ी दूर पर एक और परिवार बैठा था। पिता लगभग जबरदस्ती अपने दोनों बच्चों को पानी में कूदने को

प्रेरित कर रहा था। बच्चे शायद पानी से डरते थे और कूदने को तैयार नहीं थे। आसपास अधिकतर बच्चे पानी में खेल रहे थे, शायद इसी से पिता को लगा था कि उसके बच्चों को भी इसी तरह पानी में खेलना चाहिए। माँ हल्का सा, प्रतिवाद करने की कोशिश कर रही थी। पिता ने उसे झिड़कते हुए कहा, 'तुम्हीं ने बच्चों को डरपोक बना रखा है। सब खेल रहे हैं, पर ये पानी में उतरते ही नहीं।' फिर उसने एक बार और कोशिश की, पर इस बार बच्चों ने रोना शुरू कर दिया। पिता ने झुँझलाहट में उन्हें एक-दो हाथ जड़ दिये। वे चीख-चीखकर रोने लगे।

मुझे बड़ा अजीब-सा लगा था। कीर्ति ने धीरे से मेरे कान में कहा था–'वही हैं, कैण्टीन वाले।'

मुझे सुबह कैण्टीन में उनका आगमन याद आ गया।

हम लोग अपनी कोने वाली टेबल पर बैठे, सुबह का नाश्ता, कुछ हल्की-फुल्की गप्प के साथ निबटा रहे थे कि अचानक कैण्टीन में कोलाहल-सा होने लगा था।

दो छोटे-छोटे बच्चे पैरों में चूँ-चूँ करने वाले जूते पहने अचानक हॉल में चले आये थे और इधर-उधर दौड़ते हुए, खासा हल्ला मचाने लगे थे। उनके पीछे-पीछे चैक्स की शर्ट पहने, मोटी मूँछों वाला एक रुआबदार आदमी और इत्र से महकती, भरे-भरे शरीर वाली एक महिला भी आयी थी।

महिला ने बच्चों को अंग्रेज़ी में डाँटते हुए कहा था, 'टीनू, कम हियर, सिट-डाउन, सोनू बेटे, आप कितना शोर मचा रहे हैं, कम हियर।'

लेकिन टीनू और सोनू यथावत् शोर मचाते रहे थे। मोटी मूँछों वाले ने वेटर को अच्छा नाश्ता, जल्दी लगाने की हिदायत दी थी और नाश्ता आने पर उसकी ख़राब क्वालिटी के लिए मैनेजर को फटकारा था।

भरे-भरे शरीर वाली महिला ने भी नाक-भौं चढ़ाई थीं, मगर वे बोलीं कुछ नहीं थीं। मुझे लगा था कि ब्रेड-ऑमलेट खाते समय, चाय बनाते समय या छुरी-काँटों और कप-प्लेटों को पति तथा बच्चों की ओर खिसकाते समय, वे ज़रूरत से ज़्यादा आवाज़ कर रही थीं।

कीर्ति ने धीरे से कह भी दिया था, 'हल्ला कितना कर रहे हैं।'

और मैंने हँसते हुए जवाब दिया था, 'सब तुम्हारी तरह थोड़े ही होते हैं, सॉफ्ट एण्ड स्वीट।'

उसने टेबल के नीचे से मेरा पैर दबाते हुए कहा था, 'शट अप।'

उन्होंने जल्दी-जल्दी नाश्ता किया था और बाहर निकल गये थे। उनके जाने पर कैण्टीन में एक बार फिर सुखद शान्ति छा गयी थी। जब हम लोग बाहर आये, तो वे बड़ी उद्विग्नता से गेट पर टहल रहे थे, शायद उनकी तय की हुई जीप नहीं आयी थी।

उनका और मेरा, दो ही परिवार वहाँ थे। अतः मैंने सौजन्यवश आगे बढ़कर परिचय दिया था, 'मैं नरेश, राजधानी में रहता हूँ।'

उन्होंने अपना भारी हाथ मिलाते हुए कहा था, 'खन्ना, इलेक्ट्रिसिटी बोर्ड में इंजीनियर हूँ।'

बातचीत एक बार फिर टूट गयी थी। मैं, बच्चों के साथ खेलने लगा था और वे यथावत् टहलने लगे थे। कुछ देर बाद उनकी जीप आ गयी और वे चले गये थे।

झरने पर बच्चों के साथ उनका व्यवहार मुझे अटपटा-सा लगा। हम लोगों ने ऐसा प्रदर्शित किया, जैसे उन्हें देखा न हो और रजत-शुभ्रा को लेकर आगे बढ़ गये। झरने ने जैसे हमें बाँध लिया था। चट्टानों से टकराता उसका स्वच्छ जल, गिरने के स्थान से दूर-दूर तक उड़ती फुहारें, मुख्य धारा पर बने छोटे-छोटे अनेक प्रपात और पेड़ों के बीच से झाँकती सूरज की स्वर्णिम किरणें, सब मिलकर एक ऐसे चुम्बकीय आकर्षण की सृष्टि कर रहे थे, जिससे निकल पाना मुश्किल था।

हम वहाँ बैठे ही रहते, अगर कीर्ति ने याद दिलाते हुए कहा न होता–'पाँच बजने वाले हैं, चलो ऊपर चलें, नन्हेलाल पाँच बजे आ जायेगा। आज सूर्यास्त भी तो देखना है।'

रजत और शुभ्रा के विरोध के बावजूद हम ऊपर जीप पहुँचने के स्थान पर आ गये।

आज नन्हेलाल को आने में कुछ देर हो गयी। हम लोग पत्थर पर बैठकर सुस्ताने लगे और रजत पास ही एक आदिवासी लड़की से चिरौंजी अचार खरीदने के लिए भाव-ताव करने लगा। तभी खन्ना परिवार आते दिखा।

वे करीब-करीब भागते हुए आये और आते ही मुझसे पूछा, 'भाई साहब हमारी जीप तो नहीं आयी?'

'अभी तो नहीं आयी, पर आती होगी।'

'अजी आप इन्हें नहीं जानते, ये जीप वाले बड़े बदमाश होते

हैं, एक साथ कई-कई सवारियों को फँसा लेते हैं। इसको यहाँ छोड़ा, उसको वहाँ पटका, फिर इनकी बला से। आपने स्पॉट देखा या नहीं, इसकी इन्हें कोई चिन्ता नहीं। इन्हें तो बस पैसे चाहिए।'

'देखिए सवारी के सैर करते समय जीप तो खाली ही खड़ी रहती है, अगर ऐसे में ड्राइवर ने एक चक्कर और मार लिया तो इसमें सवारी का क्या नुकसान?'

'अजी छोड़िए, सवारी को चूना लगाने के अलावा इन्हें और कोई काम नहीं। अब कल की ही बात है, हमारे ड्राइवर ने जी, पहले छह जगह दिखाने का वादा किया फिर पाँच ही दिखाकर वापस जाने लगा, हमने तो जी उसे पकड़ लिया, कहा हम तो अप्सरा विहार देखकर ही वापस जायेंगे। पहले तो वह टालमटोल करता रहा, लेकिन आख़िर को उसे हमें अप्सरा विहार ले जाना ही पड़ा। क्यों रीना?'

उन्होंने एक विजयी मुस्कान से पत्नी की ओर देखा, जिसने हल्के से सिर हिलाकर सहमति प्रकट की।

मैंने आगे बहस में कोई अर्थ न देखते हुए रजत के लाये चिरौंजी अचारों की तरफ़ ध्यान दिया।

नन्हेलाल कोई साढ़े पाँच बजे पहुँच गया, आते ही बोला, 'चलिए सूर्यास्त देखना है।'

हम लोग जीप में चढ़ ही रहे थे कि खन्ना ने कहा, 'नरेश जी, हम लोगों की जीप तो आयी नहीं, हम आपके साथ ही आ जायें?'

'आ जाइए, काफ़ी जगह है।'

नन्हेलाल ने उनके बैठते ही गति बढ़ा दी। ऊँची-ऊँची पहाड़ियों, गोल चक्करदार रास्तों और सीधी खड़ी चढ़ाई का सिलसिला शुरू हो गया। कभी मैं पहाड़ियों के सौन्दर्य पर अभिभूत होता, कभी वादी का दृश्य देख रोमांचित हो जाता और कभी पहाड़ों के पीछे चल रहे धूप-छाँव के खेल से चकित हो उठता।

हम सभी अचानक चुप हो गये थे। प्रकृति का ऐसा आदिम सौन्दर्य हमने पहले कभी न देखा था। चारों ओर एक सहज नीरवता छायी हुई थी और हमारी अपनी जीप की आवाज़ के अलावा कोई और आवाज़ सुनाई नहीं देती थी। रास्ते के बायीं ओर लगे साइन बोर्ड जैसे बातचीत-सी करते थे; 'सावधानी में ही सुरक्षा है'—'दुर्घटना से देर भली'—'फोर व्हील गियर लगाइए' जैसे सुझाव देते हुए वे उस

वीरान रास्ते में मानवीय पथ प्रदर्शक से नज़र आ रहे थे।

खन्ना बीच-बीच में टोकते जा रहे थे—'देखना भाई'—'पहुँचा देना'—'कहीं सूर्यास्त न निकल जाये'—'कल फिर न आना पड़े', आदि।

नन्हेलाल ने उनको कोई जवाब नहीं दिया।

सूर्यास्त के समय से ठीक दस मिनट पहले उसने जीप धूपगढ़ पहुँचा दी।

धूपगढ़ हमारे प्रदेश का सबसे ऊँचा शिखर था। ऊपर चोटी पर थोड़ी-सी समतल जगह थी, जिस पर एक खूबसूरत डाक बंगला बना हुआ था। कई सैलानी वहाँ पहले से ही पहुँच चुके थे और अलग-अलग जगहों पर खड़े होकर सूर्यास्त होने की प्रतीक्षा कर रहे थे। खन्ना परिवार ने जल्दी-जल्दी उतरकर सबसे आगे खड़े लोगों के बीच जगह बना ली। हमने पीछे ही एक अपेक्षाकृत शान्त स्थान चुना।

धूपगढ़ आते समय मन में भय पैदा करने वाले पहाड़ों की ऊँची-ऊँची चोटियाँ अब बौनी नज़र आ रही थीं। वादी की अतल गहराइयाँ हरे-भरे जंगल से दूर-दूर तक अटी पड़ी थीं। मीलों दूर स्वर्णरेखा-सी नदी गोल घूमती हुई बह रही थी। क्षितिज से कुछ ही ऊपर सूरज विशाल धधकती हुई लाल गेंद की तरह लटका हुआ था। बादल तरह-तरह के आकार बनाते हुए पूरे आकाश में बिखरे थे और कभी-कभी सूरज को अपनी ओट में छिपाने की कोशिश करने लगते थे, लेकिन सूरज उनसे बिना हार माने, लाल और स्वर्ण रंगों की अद्भुत छटाएँ बादलों के पीछे से बिखेर देता था। हरे-नीले, स्वर्ण-रजत, लाल-काले रंगों के इन्द्रधनुष पल-पल में बनते थे, बिगड़ते थे। आकाश नये रंग दिखा रहा था, धरती नये रंग ओढ़ रही थी।

तभी मेरे बहुत निकट से आवाज़ आयी—'ये भी कोई सूर्यास्त है, ऐसा तो हमारे शहर में रोज़ होता है।'

मैंने देखा, खन्ना परिवार जल्दी-जल्दी क़दम बढ़ाते हुए जीप की तरफ़ दौड़ा चला जा रहा था।

(जनसत्ता, 1993)

ताला

'दुनिया ग़रीब इसलिए है क्योंकि दुनिया के 20 लाख गाँवों की क़िस्मत पर ताले पड़े हुए हैं।'

–शूमाकर

वेस्टर्न कोलफील्ड्स के जनरल मैनेजर डॉ. डी.एन. चतुर्वेदी ने जिनका पूरा नाम देवकीनन्दन चतुर्वेदी था और जिसे अगर इसी तरह लिखा जाता तो कतई जी.एम. नुमा नहीं लगता, जिस दिन घर में घोषणा की कि वे अपनी बेटी अपर्णा की शादी अपने गाँव से करेंगे, उस दिन से घर भर में तनाव फैल गया।

देवकीनन्दन की पत्नी शारदा ने, जो अब लगभग पचपन साल की हो चली थीं और जिन्हें अब रोज़मर्रा के काम निबटाने में भी दिक़्क़त महसूस होती थी, उन्हें अकेला देख कर कहा–

'आपने भी गाँव से शादी करने का अच्छा तय कर लिया। पता भी है, वहाँ कितनी मुश्किलें होंगी? एक तो शादी भरी गर्मी में होने वाली है, दिन भर धूप की तपन और उमस के कारण आदमी वैसे भी किसी काम का नहीं रहेगा। फिर गाँव में लाइट भी नहीं कि कोई पंखे या कूलर चला ले। गाँव में छोटे से छोटा सामान भी नहीं मिलता। हर काम के लिए शहर भागो। पहले कम से कम सब्जी और दूध की किल्लत नहीं थी। पर अब वो भी शहर से लाना पड़ते हैं। फिर बारात कहाँ ठहराओगे? उसके रहने खाने की व्यवस्था कहाँ करोगे? जब इन्तज़ाम में ही कमर टूट जायेगी तो बच्चों को शादी में क्या मज़ा आयेगा?'

देवकीनन्दन ने धीरज भरे स्वर में कहा, 'तुम चिन्ता न करो। मैं सब देख लूँगा।'

देवकीनन्दन के बड़े लड़के संजीव ने भुनभुनाते हुए कहा, 'पापा

क्या देख लेंगे? आख़िर में सब इन्तज़ाम मुझे ही करना होगा। ऐसा कैसे हो सकता है कि पापा धूप में भाग दौड़ करते रहें और मैं खड़ा देखता रहूँ? आख़िर मुझे ही पिसना होगा।'

छोटे लड़के राजीव ने, जो अपने शहरी दोस्तों की दोस्ती यारी को ही सबसे महत्त्वपूर्ण मानता था कहा, 'उस सड़े से गाँव में तो मैं अपने किसी दोस्त को बुला नहीं सकता। और अगर दोस्त नहीं पहुँचे तो शादी का मज़ा ही क्या? अपर्णा मैं तो तेरी शादी में आगौनी के दिन ही पहुँचूँगा।'

अपर्णा की शादी अपने पसन्द के लड़के से हो रही थी। अगर लड़का गाँव में आकर शादी करने को राज़ी था तो उसे भी कोई आपत्ति नहीं थी। उसे सिर्फ़ एक ही दिक़्क़त थी जिसे उसने पापा से कह दिया।

'पापा, गाँव वाले घर में कोई लैट्रिन बाथरूम नहीं है। कम से कम मैं तो बाहर नहीं जा सकती।'

देवकीनन्दन ने धीरज भरे गम्भीर स्वर में कहा था—'तेरी भी चिन्ता मुझे है। मैं इन्तज़ाम करवा दूँगा।'

फिर शादी की तारीख़ के करीब एक महीने पहले अपने विश्वस्त अयोध्याप्रसाद को लेकर और बाकी लोगों को शादी के एक हफ़्ते पहले गाँव पहुँचने का कहकर, वे अकेले गाँव चल पड़े।

गाँव का घर क्या था एक विशाल हवेली थी। वह बनी भी बड़ी अजीब तरह से थी। देवकीनन्दन बताते हैं कि उनके बाबा के बाबा ने जो आगरा छोड़कर गाँव में आ बसे थे, उसके बीच वाले हिस्से को बनवाया था, जिसमें बीच में एक विशाल दालान था और उसके चारों ओर गोल मेहराबों से घिरा बरामदा था, जिसके पास छोटी-छोटी कुठरियों से कमरे थे। कमरे दालान को तीन दिशाओं से घेरते थे। चौथी दिशा में रसोईघर था जो सिर्फ़ छप्पर छान कर बना दिया गया था, जिसके नीचे बड़े-बड़े मुँह वाले खुले चूल्हे थे और जिसके एक कोने में लकड़ियाँ और कोयले बेतरतीब पड़े थे। उस छप्पर के नीचे घर की आठ-दस महिलाएँ इकट्ठे बैठ कर खाना बना सकती थीं। धुआँ निकलने का कोई व्यवस्थित उपाय नहीं किया गया था इसी से चूल्हों से निकलने वाला धुआँ छप्पर से टकरा कर घर भर में फैलता था और आँखों में एक अजीब जलन पैदा करता था।

देवकीनन्दन के बाबा ने जो थोड़े नये ख़याल के आदमी थे और जिनके ज़माने में उनके परिवार पर लक्ष्मी जी की कृपा भी हुई थी, उस घर का दूसरा हिस्सा बनवाया, जो पहले हिस्से के बायें कोने से शुरू होकर उसके लम्बवत् चलता था। उसमें एक बैठकनुमा बड़ा कमरा था जिसे बैठका कहते थे और उससे जुड़े थे रेल के डिब्बों की तरह तीन और कमरे।

देवकीनन्दन के पिता तक आते-आते परिवार की माली हालत ख़राब हो गयी और परिवार का आकार बढ़ गया। चाचा ताऊ के मिलाकर करीब बीस सदस्य पूरे घर में हो गये थे। उनमें से ताऊ जी के बच्चों ने पहले हिस्से पर और चाचा के बच्चों ने दूसरे हिस्से पर कब्ज़ा जमा लिया। तब देवकीनन्दन के पिता ने उस घर का तीसरा हिस्सा बनवाया।

सबसे आश्चर्य की बात तो ये थी कि इस तीनों महानुभावों के मन में उस पूरी विशाल हवेली में ढंग के शौचालय या स्नानगृह बनवाने का विचार नहीं आया था। महिलाओं के लिए ऐसा ही कुछ कच्चा-पक्का इन्तज़ाम कर दिया गया था, पर पुरुषों के लिए तो वह भी नहीं था। घर के पिछवाड़े एक खड्ड और भरपूर झाड़ियाँ थीं जिनका उपयोग पुरुष सुबह सबेरे कर आते थे। फिर नहाने का काम कुएँ पर ही हो जाता था। अधिकतर लोगों को इस नित्य कर्म की इस क़दर आदत पड़ चुकी थी कि अगर उन्हें बन्द स्थान दिये जाते तो वे शायद उनमें नित्यकर्म कर ही नहीं पाते।

देवकीनन्दन का बचपन इसी घर में बीता था। उनकी स्मृति में बचपन के कई चित्र ताज़े रंगों की तरह अंकित थे।

गाँव को घेरकर मन्थर गति से बहती यमुना जी, गर्मियों में सुबह शाम कूद-कूद कर नहाना, अमराई में दोपहर का विश्राम और अपने बाग के कलमी आमों का नाश्ता कर घर लौटने पर माँ का बनाया बेल का शरबत, पिता के साथ खेत पर जाना और फसल कटने पर 'घेर' में लगे हुए फसल के ढेर पर उछल-कूद के दृश्य, रह-रह कर उनके दिमाग़ में आते थे और उन्हें बचपन की ताज़गी से भर जाते थे।

देवकीनन्दन को अपना गाँव पसन्द था। वे सोचते थे कि पढ़-लिख कर वे खुद गाँव में एक अच्छा-सा स्कूल खोलेंगे, कुछ छोटा-मोटा धन्धा शुरू करेंगे और पिता की खेती में मदद करेंगे।

पर एक दिन अचानक देवकीनन्दन के पिता की मृत्यु हो गयी, माँ पहले ही जा चुकी थीं। तब देवकीनन्दन अठारह साल के थे।

एक-दो महीने के भीतर ही देवकीनन्दन की समझ में आ गया कि गाँव को लेकर जो स्वप्न उन्होंने देखे थे वे पूरा होना तो दूर उनका गाँव में टिकना ही मुश्क़िल था। ज़मीन इतनी नहीं थी कि वह उनका और दोनों छोटे भाइयों की पढ़ाई-लिखाई का खर्च उठा पाती, और उनके रोटी-पानी का इन्तज़ाम भी कर देती। घर में बड़ा और कोई था नहीं जो उनकी मदद करता। पूरी पूँजी भी नहीं थी कि कोई छोटा-मोटा धन्धा शुरू कर लेते। सो एक दिन देवकीनन्दन ने घर के अपने वाले हिस्से में ताला डाला, ज़मीन अपने विश्वसनीय नौकर रामधन को सौंपी और दोनों छोटे भाइयों रामनरेश और प्रताप नारायण को लेकर आगरे चले आये।

हवेली के दूसरे दो हिस्सों यानी देवकीनन्दन के चाचा-ताऊ के परिवारों की कहानी भी लगभग इसी तरह की है। आगे पीछे उन्होंने भी गाँव छोड़कर कलकत्ता चले जाना बेहतर समझा और इस तरह पूरी हवेली में ताले पड़ गये।

देवकीनन्दन कुशाग्र बुद्धि थे। आगरे में उन्हें जमने में ज़्यादा वक़्त नहीं लगा। गणित और विज्ञान पढ़ने वाले छात्रों की उनके आसपास भीड़ रहा करती थी। वे सुबह-शाम ट्यूशनें करते और रात को अपनी पढ़ाई। दोनों छोटे भाइयों को उन्होंने कड़े नियन्त्रण में रखा। आगरे से बी.एससी. करने के बाद वे बनारस हिन्दू विश्वविद्यालय चले गये जहाँ से उन्होंने इंजीनियरिंग की डिग्री प्राप्त की। दोनों भाइयों ने भी उन्हें निराश नहीं किया। उन्होंने देवकीनन्दन की तरह ही प्रगति की। कई संस्थानों में महत्त्वपूर्ण पदों पर रहने और देश-विदेश के व्यापक भ्रमण के बाद देवकीनन्दन आज देश की इस बड़ी माइनिंग कम्पनी में जनरल मैनेजर थे।

अपने तमाम विश्वभ्रमण के बावजूद देवकीनन्दन गाँव को भुला नहीं पाये। वे साल में एक बार अवश्य गाँव जाते और कोशिश करते कि दोनों भाइयों रामनरेश और प्रतापनारायण के परिवार भी उस वक़्त वहाँ आ जायें। वे लोग मिल कर घर की सफाई करते। औरतें उसी छप्पर में खाना बनातीं। सब लोग मिलजुलकर खाना खाते और रात में हवेली के तीनों हिस्सों के बीच चबूतरे पर नीम के नीचे लेटकर बहुत देर तक गप्प हाँकते। दिन में जब धोती और बनियान

पहन कर तथा कन्धे पर गमछा डालकर वे लोग गाँव में निकलते तो घर की औरतें कहतीं, देखो ये लोग गाँव आकर कैसे बदल जाते हैं, पहचान में ही नहीं आते।

वे लोग वाकई पहचान में नहीं आते थे। अमराई में आम खाते हुए, कुएँ पर नहाते हुए, सुबह सबेरे खेत पर जाते हुए और देर रात तक ठहाके लगाते हुए उनकी उम्र अचानक कम हो जाती थी, जैसे वे अपने बचपन में लौट जाते थे।

गाँव से वापसी के बारे में तीनों में से कोई एक-दूसरे से कुछ नहीं कहता। वे कई-कई बार बैलगाड़ी में बैठकर बस पकड़ने के लिए सड़क तक जाते और फिर कोई न कोई बहाना बनाकर लौट आते। उनके वापस लौटने पर पुनः उनका स्वागत होता और वे एक-दो दिन और गाँव में रह जाते। फिर एक दिन अचानक उन्हें छोड़ने गया कोई नौकर आकर कहता, छोटे दद्दा को आज बस मिल गयी। फिर एक-दो दिन बाद मझले दद्दा यानी रामनरेश को भी बस मिल जाती। सबसे आख़िर में देवकीनन्दन अपनी पत्नी शारदा से कहते, चलो अब हम भी चलें। फिर वे अगले साल आने का तय करके शहर लौट जाते।

तीनों भाइयों की पत्नियाँ और बहुएँ बड़े शहरों से आयी थीं। शुरू-शुरू में वे गाँव में रहने की रोमांटिकता के कारण गाँव आ जाती थीं। पर जैसे-जैसे उनकी उम्र बढ़ी और बच्चे बड़े होने लगे उन्हें गाँव आना बोझ लगने लगा। वहाँ छोटे-छोटे कामों की भी दिक़्क़त थी। पूरे घर की सफाई खुद करनी पड़ती थी, बर्तन खुद माँजने पड़ते थे, गर्मियों की लम्बी दुपहरी बिना पंखे या कूलर के मुश्क़िल से कटती थी, टी.वी. की आदत पड़ गयी थी पर वह घर में नहीं था। दो-तीन दिन आपस में बातचीत कर लेने के बाद सब बातें भी ख़त्म हो जाती थीं और तब संवाद बनाये रखने का एक नकली सिलसिला शुरू होता था। बच्चों के करने के लिए भी कोई ख़ास काम गाँव में नहीं था। इस तरह वे लोग दो-चार दिन में ही ऊब जाते।

सबसे बड़ी बात तो ये थी कि उनका गाँव से उस तरह का कोई जुड़ाव नहीं था जैसा तीनों भाइयों का था। उनका बचपन शहर में बीता था और उनकी स्मृतियाँ भी शहर की थीं। लेकिन फिर भी तीनों भाइयों के गाँव के प्रति प्यार को देखते हुए वे उनके विरोध में कुछ कहने का साहस नहीं जुटा पाती थीं।

इस बार भी ऐसा ही हुआ। बहुओं ने दिल में भुनभुनाते हुए पर ऊपर से मुस्कुराते हुए कहा, 'चलो, एक शादी गाँव की ही करके देखी जाये।'

और गाँव जाने की तैयारी करने लगीं।

देवकीनन्दन ने गाँव पहुँचकर घर के तीनों हिस्सों के ताले खुलवा दिये। उन्होंने आदमी लगाकर पहले तीनों हिस्सों की खूब सफाई करवाई और फिर पूरे घर में सफ़ेदी करवा दी। घर चम-चम करने लगा। घर के बीचोंबीच, नीम के आसपास जो चबूतरा था, उसे उन्होंने चारों तरफ़ से भराव करा के पूरी तरह चौरस करा दिया और फिर उसकी रोज़ लिपाई होने लगी।

उन्हें अपर्णा की सबसे ज़्यादा चिन्ता थी, सो शहर से कारीगर बुलवाकर अपने हिस्से में उन्होंने दो पक्के और साफ़-सुथरे स्नानगृह बनवा दिये। वे पास के कस्बे जाकर हफ़्ते भर के लिए जनरेटर बुक कर आये कि भरी गर्मी में कम से कम शहर से आने वाले लोगों के लिए पंखे लगवाये जा सकें, खाने-पीने का पूरा सामान मँगवाकर उन्होंने अयोध्या प्रसाद की देख-रेख में भंडारगृह में सुरक्षित रखवा दिया जिससे आगरे से आने वाले हलवाई कोई शिक़ायत न कर सकें, कुएँ में पानी काफ़ी था फिर भी एहतियात के तौर पर उन्होंने आसपास के एक-दो परिवारों से बात कर ली जिससे वक़्त ज़रूरत उनसे पानी लिया जा सके।

दिनभर की दौड़धूप के बाद वे शाम को कुएँ पर स्नान करते और तरोताज़ा हो अपने कमरे में चले आते। अयोध्या प्रसाद चाय का गिलास रख जाता। वे अपने बचपन के ज़माने की सुन्दर सी सन्दूकची को सामने खींच लेते, जिस पर बैठकर वे स्कूल की पढ़ाई किया करते थे—और दोस्तों को इत्मीनान से पत्र लिखते।

ऐसा ही एक पत्र सुधीर को भी मिला था—

'प्रिय सुधीर

अपर्णा की शादी गाँव से कर रहे हैं, शहर की शादियाँ तो तुम करते ही रहते हो। इस बार गाँव आ जाओ मज़ा रहेगा, मुझे तुमसे मदद भी मिल जायेगी। देखना, बहाना मत बनाना।

तुम्हारा,
देवकीनन्दन'

सुधीर और देवकीनन्दन में एक अजब प्यार का रिश्ता था। सुधीर उनसे छोटा था पर वे उसकी प्रतिभा और जिज्ञासा की इज़्ज़त करते थे। इसी तरह सुधीर भी उनके विशाल अनुभव और समाज के प्रति उनके अनुराग के कारण उनका बहुत सम्मान करता था। उन्हें देखने पर पिता पुत्र कहा जा सकता था पर व्यवहार में वे दोस्त और भाई थे।

सुधीर उनका आग्रह टाल न सका। आगौनी के दो दिन पहले उसने अपना बैग उठाया और गाँव की ओर चल पड़ा।

जब सुधीर गाँव के पास वाली सड़क पर बस से उतरा तो शाम का झुटपुटा फैल चुका था। कुछ पुरानी क़िस्म के छोटी छतों वाले इक्के सवारियों को लादे पास के कस्बे से लौट रहे थे। सवारियाँ इक्केवान के बगल में थीं, उसकी पीठ पर थीं, पहियों के बम से लटकी हुई थीं और पायदान पर बैठी थीं। कहा जा सकता है कि वे घोड़े की पीठ और इक्केवान के सिर को छोड़कर और सब जगह बैठी थीं। इक्केवान खुद लगभग इक्के के बाहर हवा में लटका हुआ था। पर आश्चर्य था कि न तो इक्का उलार हो रहा था और न ही घोड़ा बैठ रहा था।

इक्का सुधीर की बगल से गुज़रा। इक्केवान ने हाँक लगाते हुए कहा, 'आ जाओ भैया, गाँव छोड़ देंगे।'

सुधीर ने इक्के की हालत देखकर कहा, 'पैदल ही ठीक है।'

फिर शाम की ठंडी हवा के साथ वह पैदल ही गाँव की ओर चल पड़ा।

फसल कट चुकी थी और जगह-जगह गेहूँ के ढेर नज़र आ रहे थे। पगडंडी के आसपास लगे आम के पेड़ कैरियों से लदे थे और डालियाँ इतने नीचे झुक आयी थीं कि उचक कर कैरी तोड़ी जा सकती थी।

गाँव बड़ा था। उसके शुरू में ही पतली ईंटों से बना एक बड़ा स्कूल था, जिसका पलस्तर उखड़ने के कारण ईंटें जगह-जगह से निकल आयी थीं और जिसके माथे पर लिखा था सर राजबहादुर इंटर कालेज 1914, जिससे सिद्ध होता था कि वह बहुत पुराना स्कूल रहा होगा और शायद इलाके का सबसे लोकप्रिय स्कूल भी। स्कूल के सामने एक मैदान सा था जिस पर पत्थर यहाँ-वहाँ निकल आये थे और जिसमें जगह-जगह बजरी तथा गिट्टी पड़ी दिखती थी, जो स्कूल को एक अजब पथरीला-सा स्थान बना रहे थे। मैदान के पार

जो दो-चार पुराने पेड़ थे भी, वे खुद बहुत उदास लग रहे थे। उनकी जड़ें ज़मीन से बाहर आकर पत्थरों और चट्टानों से उलझ रही थीं।

सुधीर ने गति बढ़ा ली। स्कूल उसे उदास कर रहा था।

अचानक पगडंडी ख़त्म हुई और कुछ दुकानों का जमघट सा निकल आया जो खुद ढिबरियों के पीले प्रकाश से प्रकाशित थीं। जिनके अन्दर दुकानदार पाजामा और मैली बनियान पहने अलसाये से बैठे थे और जिनके बाहर लोग खड़े बतिया रहे थे।

सुधीर ने पहली दुकान पर पूछा, 'देवकीनन्दन जी का घर...।'

'सीधे चले जाइये, वो सामने ऊँचा चबूतरा और नीम का पेड़ देख रहे हैं न, वही है।'

सुधीर जब घर पहुँचा तो चबूतरे पर पानी का छिड़काव कर उसे ठंडा किया जा रहा था। देवकीनन्दन ने उसे दूर से देख लिया, उठे और प्रेम से बाँहों में भर लिया। शहर के हालचाल पूछे और गाँव के बताये। अपर्णा आकर नाश्ते की रकाबी और नीबू का शरबत रख गयी। सुधीर की थकान और उदासी धीरे-धीरे उतरने लगी।

सुधीर देवकीनन्दन के घर में सभी को जानता था। देर रात तक सबसे गप्प हाँकने के बाद जब वह चबूतरे पर पड़ी बहुत सारी खाटों में से एक पर आकर लेटा तो बहुत हल्का महसूस कर रहा था। आसमान पूरी तरह साफ़ था। उसे लगा कि तारों भरा ऐसा स्वच्छ आकाश उसने शहर में कभी नहीं देखा था। गाँव के अँधेरे में तारे और घने, और प्रकाशमान नज़र आते थे। दूर कहीं से ढोलक और मंजीरे के साथ गाने की हल्की आवाज़ आ रही थी। सुधीर पर धीरे-धीरे जादू सा होने लगा। उसकी आँखें मुँदने लगीं और वह गहरी निद्रा में डूब गया।

सुबह कुएँ पर बड़ी हलचल थी। सुधीर भी सबके साथ कुएँ पर नहाने आ गया।

कुआँ बहुत सुन्दर बना हुआ था। नीम की कुछ डालें पेंगें मारते हुए कुएँ के ऊपर आकर लटक गयी थीं। उसके आसपास हल्का सा उठान लिए हुए एक सुन्दर गोलाकार ओटला था, जो लाल फर्शियों से ढका हुआ था। ओटले पर से पानी बाहर की ओर बहता था और एक पक्की नाली में समेट लिया जाता था। कुएँ के दो ओर तिकोनी मेहराबों ने एक छड़ को थाम रखा था जिस पर बच्चे तेज़ी

से रस्सी छोड़ते और बाल्टी छपाक से जाकर पानी में गिरती। फिर उसे बड़े जतन से ऊपर खींचा जाता कि पानी वापस कुएँ में न गिरे। कभी-कभी बाल्टी सन्तुलन खो देती और इधर-उधर कुएँ की दीवारों से टकराने लगती। तब बच्चे एक साथ शोर करके पानी खींचने वाले को हटा देते। कुएँ से पानी निकालना भी एक खेल था।

कुएँ से कुछ दूरी पर नहाने के लिए एक अलग चबूतरा बना था। लोग बाल्टियाँ भर-भर कर पानी निकाल रहे थे, खुद भी नहा रहे थे और एक-दूसरे के ऊपर भी पानी डाल रहे थे। सुधीर को कपड़े उतारना थोड़ा अटपटा लगा। असल में वहाँ नहा रहे अधिकतर लोगों के अनावृत्त शरीर उसे अटपटे लग रहे थे। उसे लगा कि ये लोग उनमें से नहीं थे जिनके अनावृत्त शरीर देखने की हमें आदत होती है।

थोड़ी प्रारम्भिक हिचक के बाद उसने कपड़े उतारे और नहाने लगा। पानी खूब ठंडा था। उसे धीरे-धीरे नहाने में मज़ा आने लगा। वह खूब भर-भर कर बाल्टी अपने सिर पर डालने लगा।

तभी रामनरेश कुछ परेशान से वहाँ आये। आते ही उन्होंने प्रतापनारायण से पूछा, 'प्रताप, सामने वाले कमरे की चाबी कहाँ है, पता है?'

प्रतापनारायण ने देखा कि देवकीनन्दन वाले हिस्से के बड़े कमरे में ताला लटक रहा था। रामनरेश उसी ताले की चाबी ढूँढ़ रहे थे। प्रताप ने सिर हिलाते हुए कहा, 'नहीं तो, क्यों?'

'क्यों क्या! खाने-पीने का सब सामान उसी कमरे में है, हलवाई आ गये हैं, उन्हें मिठाई बनाने पर लगाना है। देर पर देर हुई जाती है पर चाबी नहीं मिल रही।'

'मिल जायेगी दद्दा। कोई इसलिए ताला डाल गया होगा कि कहीं जानवर न मुँह मार जायें।'

रामनरेश मुड़कर अन्दर जाने को हुए। तभी पीछे से उनकी पीठ पर एक फुटबाल आकर लगी। संजीव का बेटा चिंटू बहुत देर से कुएँ के पास फुटबॉल लिए धप-धप कर रहा था। उसी के हाथ से छूटकर बॉल रामनरेश की पीठ पर जा लगी थी।

उन्होंने आँखें तरेरकर कहा, 'सब काम में लगे हैं और तुम्हें फुटबॉल खेलने की पड़ी है।'

चिंटू ने कहा कुछ नहीं। थोड़ी दूर हटकर फुटबॉल खेलने लगा।

प्रतापनारायण ने कपड़े पहनते हुए सुधीर से कहा, 'चलो अब यहाँ थोड़ी देर तक झिक-झिक मची रहेगी। मैं तुम्हें नाश्ता करा के लाता हूँ।'

सुधीर प्रताप के साथ चल पड़ा।

प्रतापनारायण दिल्ली में रहते थे और वहाँ सोशल रिसर्च इंस्टीट्यूट के निदेशक थे। सुधीर विश्वविद्यालय में समाज विज्ञान पढ़ाता था। दोनों में जब भी मुलाक़ात होती, विभिन्न सामाजिक समस्याओं पर बहस-मुबाहिसा अवश्य होता।

प्रताप सुधीर को लेकर गाँव के सबसे पुराने हलवाई मन्नू दादा के यहाँ पहुँचे। दुकान के एक कोने में मन्नू दादा पालथी मारे बैठे थे। दुकान की दीवारें और छत धुएँ से पूरी तरह काले पड़ चुके थे। उसमें बिछायत के नाम पर कुछ टाट की बोरियाँ थीं जो फ़र्श की उभरी हुई ईंटों को ढक पाने में असफल सिद्ध हो रही थीं। फ़र्श से सटाकर दो दुहरे तखत रख दिये गये थे जो दुकान का आकार थोड़ा बढ़ा रहे थे। सामने भट्ठी ठंडी पड़ी थी और उसमें हवा के साथ राख उड़-उड़ कर आ रही थी। दीवार से सटे मैले काँच की अलमारियों में खाने का सामान रखा हुआ था। सुधीर की इच्छा वहाँ खाने की न हुई। पर प्रताप ने कहा, 'दादा गुझियाँ हैं?'

'हाँ, हैं क्यों नहीं? अभी खिलाते हैं।'

तब मन्नू दादा ने एक ढके हुए थाल पर से ढक्कन हटाया। उसमें भूरे रंग की खोये की गुझियाँ सजी हुई रखी थीं। उन्होंने एक दौने में चार गुझियाँ रखकर प्रताप की तरफ़ बढ़ा दीं। फिर दही का थाल खोला बड़े सलीके से एक-दूसरे दौने में दही काटा, उस पर मलाई की परत जमाई और फिर उसे सुधीर के हाथ में पकड़ा दिया। गुझियाँ बहुत स्वादिष्ट थीं। सुधीर ने इस तरह के भुने हुए खोये की मिठाई शहर में नहीं खायी थी। उसने तारीफ़ करते हुए कहा, 'बहुत ज़ोरदार हैं।'

मन्नू दादा ने हँसते हुए कहा, 'जब जाओ तो बँधवा ले जाना।'

प्रताप ने पूछा, 'दो और दुकानें भी तो थीं न दादा, उनका क्या हुआ?'

'बन्द हो गयीं, अब गाँव में दूध कहाँ रह गया है भैया?'

प्रताप गम्भीर हो गये। उन्होंने सुधीर से कहा, 'गाँव में दूध नहीं

रह गया, गाँव में सब्जियाँ नहीं रह गयीं, गाँव में पानी नहीं रह गया। तो फिर आदमी ही गाँव में क्यों रहे?'

वे उठे और पगडंडी पर निकल आये।

देवकीनन्दन के घर से थोड़ा दूर जाते ही गाँव की रौनक उदासी में बदल जाती थी। धूल और गर्द वाली पगडंडी जहाँ भी जाती थी उसके दोनों ओर मकान सूने और उदास नज़र आते थे। मुहल्ले खाली पड़े थे। बड़े-बड़े मकान थे पर सबमें ताले पड़े थे।

एक समय रहा होगा जब यहाँ रौनक रही होगी, जब इन घरों के रहवासियों के दिलों में जीवन के प्रति उमंग रही होगी, इन घरों की खिड़कियाँ खुली रहती होंगी और इनमें चहल पहल रहती होगी। इनकी उदास दीवारें इस क़दर आँसू न बहाया करती होंगी। घरों के सामने पेड़ सहानुभूति में इस क़दर न थरथराया करते होंगे। और ये मनहूस ताले इस तरह अपनी शक्ल न दिखाया करते होंगे।

अचानक प्रताप ने कहा, 'एक-एक करके सब चले गये। जिनके पास ज़मीनें थीं वे भी, और जिनके पास नहीं थीं वे भी। अब वे शहर में एक-एक, दो-दो कमरों के मकानों में सड़ रहे हैं, तमाम तरह की धूल, धुआँ और दुर्गन्ध झेल रहे हैं, बसों में धक्के खा रहे हैं, पर लौटना नहीं चाहते।'

'पर ऐसा क्यों है प्रताप भैया?'

'क्योंकि स्कूल और अस्पताल शहर में हैं। कल-कारखाने शहर में हैं, रोज़गार शहर में है और अब तो दूध, फल और सब्जियाँ भी शहर में हैं।'

प्रताप ने उदास मन से कहा, 'हमारे बचपन में भी कई और चीज़ों की कमी थी, पर दूध की कभी कमी नहीं रही। सहकारी समितियों का इतना ढिंढोरा पीटा जाता है पर इन्होंने किया क्या है? खाने-पीने तक की चीज़ों को गाँव से समेटकर शहर पहुँचा दिया है। अब दूध गाँव के बच्चों के लिए नहीं, अब हमें सब्जियाँ तक कस्बे से खरीदकर लानी पड़ती हैं। सुधीर, इस पूरी प्रक्रिया में गाँव धीरे-धीरे खाली हो रहे हैं और शहर भी कोई बेहतर नहीं बन रहे। शहर की कोई भी झुग्गी बस्ती देख लो, तुम्हें मेरी बात का सच पता लग जायेगा।'

अचानक एक बहुत बड़ी किन्तु उजाड़ हवेली के सामने चबूतरे पर बैठे एक बूढ़े आदमी को देख प्रताप रुके और कहा, 'दद्दा पालागन।'

'खुशी रहो बेटा। शादी आज ही है न।'

'हाँ दद्दा। आप आगौनी में तो आ रहे हैं न!'

'आयेंगे बेटा ज़रूर आयेंगे।'

'कर्नल साहब के क्या हाल हैं?'

'ठीक हैं, कभी-कभी चिट्ठी-पत्री आ जाती है।'

'और छोटे भैया?'

'वो भी रिटायर हो गया है। दिल्ली में ही रहने की सोच रहा है।'

'अच्छा दद्दा... ।'

प्रताप आगे बढ़े।

'ये कर्नल रामप्रसाद के पिताजी हैं। इन्होंने ही हवेली बड़े चाव से बनवाई थी। कर्नल साहब रिटायर होकर आयेंगे ऐसी आस थी। पर वो दिल्ली चले गये। छोटा लड़का आई.ए.एस. में था। अभी रिटायर हुआ है। वह भी शायद दिल्ली में ही रहेगा। अब हवेली में यही रह गये हैं। बयासी साल के हैं, अकेले रहते हैं खुद ही खाना बनाते हैं। कभी हारी-बीमारी आ गयी तो भूखे भी पड़े रहते हैं, पर गाँव नहीं छोड़ पाते। गाँव में इन्हीं के तरह के कुछ बूढ़े और कुछ विधवाएँ रह गये हैं जो या तो शहर जा नहीं सके। या ले जाये नहीं गये।'

बात करते-करते वे लोग गाँव के छोर तक आ गये थे जहाँ उदास शान्ति छायी हुई थी। वे वापस लौट पड़े। कुछ देर चुप रहने के बाद प्रताप ने कहा, 'जानते हो सुधीर, पहले जब मैं गाँव आता था तो एक आशा के साथ, उत्साह के साथ। लगता था कभी न कभी, कोई इसकी तक़दीर पलटेगा। पर अब जब भी आता हूँ, एक भय मुझे सताने लगता है। मुझे लगता है गाँव ख़त्म हो रहा है, ख़त्म हो जायेगा और कोई कुछ न कर पायेगा। दिल खट्टा हो जाता है। मैं जल्दी से जल्दी लौट जाना चाहता हूँ।'

'पर प्रताप भैया अभी भी कुछ न कुछ तो किया ही जा सकता है।'

'हाँ किया जा सकता है। पर सवाल है कौन करे? मुझे नहीं लगता कि इन गाँवों के ताले कभी खुल पायेंगे। इनकी रौनक कभी लौट पायेगी।'

सुधीर का दिल एक गहरे दर्द और उदासी से भर आया। उसे लगा कि शायद देवकीनन्दन जी की पीढ़ी के बाद उनके घर की चिन्ता

भी उनके बच्चे नहीं करेंगे। उसमें भी अन्तिम रूप से ताले डाल दिये जायेंगे। फिर यहाँ कोई नहीं आयेगा। फिर घर धीरे-धीरे ढहेगा, धीरे-धीरे ज़र्द पड़ेगा, और फिर उससे सबका नाता टूट जायेगा। उसके दिल की कसक बढ़ती ही गयी।

अब वे दोनों फिर देवकीनन्दन के घर तक आ पहुँचे थे। इस बार कुएँ पर बड़ा हड़कम्प मचा हुआ था।

रामनरेश का पारा ऊपर चढ़ चुका था। वे सबके ऊपर नाराज़ हो रहे थे और चाबी तलाश रहे थे। पर चाबी थी कि मिल ही नहीं रही थी।

फिर किसी ने उन्हें बताया कि चाबी अयोध्या प्रसाद के पास है जो सब्जी लेने पास के कस्बे तक गया है। उसे आता देख रामनरेश उसकी ओर लपके–'तुम भी अजीब आदमी हो अयोध्या प्रसाद, चाबी लेकर सब्जी लेने क्यों चले गये?'

'कौन सी चाबी दद्दा?'

'यही सामने के कमरे की।'

'दद्दा चाबी तो हमने नहीं ली। हमें तो मालूम भी नहीं कि इस कमरे में ताला लगा है।'

अब रामनरेश का धैर्य छूट गया। उन्होंने पास में पड़ा पत्थर उठाया और कहा, 'अब मैं इस साले ताले को तोड़ ही देता हूँ।'

तभी चिंटू जो अब तक दूर खड़ा फुटबॉल से धप-धप कर रहा था, दौड़कर आया और बोला, 'दद्दा हम इस ताले को खोल दें?'

रामनरेश मज़ाक़ के मूड में नहीं थे। उन्होंने कोई जवाब नहीं दिया। चिंटू ने फिर कहा, 'दद्दा हम सही कह रहे हैं, हम एक मिनिट में इसे खोल देंगे।'

'तो जा, खोल दे।'

चिंटू दरवाज़े के पास गया, उसने ताले को एक झटका दिया, वो खुल गया। असल में वो लगा ही नहीं था।

रामनरेश एक क्षण को भौचक रह गये। फिर झेंपते हुए कमरे में घुस गये।

चिंटू ने ताले को हवा में उछाला और फिर खेल में लग गया।

(उद्‌भावना कथा विशेषांक, 1996)

लेखक बनाने वाले

विज्ञापन कुछ इस प्रकार था–

हम लेखक बनाते हैं

अगर आप उन संवेदनशील लोगों में से हैं जिनके दिल में अभी भी हलचल होती है, जो कुछ कर गुज़रना चाहते हैं, जिन्हें शब्दों से प्यार है और जो उनसे नया संसार रचना चाहते हैं, तो पूरे बायोडाटा के साथ हमसे सम्पर्क करें। हम लेखक बनाते हैं। एक समय में केवल दस लोगों को लिया जाता है। सफलता की पूरी गारंटी।

पता है–

लेखक बनाओ केन्द्र
द्वारा पोस्ट बॉक्स नं. 000111
नयी दिल्ली–462001

लेखन अभिलाषी, यशःकांक्षी मनमोहन ने, जिसका पूरा नाम अपने उपनाम को मिलाकर, मनमोहन कुमार 'नीरज' था, इस विज्ञापन को गौर से पढ़ा। उसकी आदत थी कि बैंक की अपनी नौकरी पर जाने के पहले, अख़बार को गौर से, पूरा-पूरा, विज्ञापनों सहित, पढ़े। सुबह की चाय और सिगरेट के साथ वह इस 'पूरा अख़बार पढ़ो' नामक दैनिक कार्य की शुरुआत करता था और नित्य कर्म से गुज़रते हुए, नाश्ते की टेबल पर लौटकर, विज्ञापनों पर निशान लगाते हुए उसकी समाप्ति। लेखक बनने के अलावा उसके जीवन का दूसरा प्रमुख लक्ष्य था अपने इस मध्यवर्गीय शहर में एक फ्लैट खरीदना। अख़बार के विज्ञापन इसमें दो तरह से मदद करते थे। एक तो वे उसे बताते थे कि फ्लैट खरीदना उसके बस की बात नहीं। दूसरे वे उसे आश्वस्त करते थे कि फ्लैट अभी बन रहे हैं, जब चाहो तब खरीद

लेना। विज्ञापनों से मिलने वाली इस अधूरी आशा के साथ वह दस बजे बैंक पहुँच जाता था।

बैंक में वह अपनी ही तरह के चार-पाँच नवयुवकों और एक नवयुवती को मिलाकर बनाये गये 'रोज़ अख़बार की ख़बरों पर विस्तार से बात करो' नामक ग्रुप में शामिल था, जो अभी दुनिया को समझने की कोशिश कर रहा था। इस ग्रुप के सदस्य काम के दौरान देश की राजनीति से शुरू करके मोहल्ले में हुई दुर्घटना के समाचारों तक, चकर-चकर करते रहते थे। ग्राहकों का आना-जाना इस चकर- चकर में एक व्यवधान की तरह होता था। शाम होते-होते शेयरों की हालत पर सुख या दुख जताकर, बैंक की अन्दरूनी राजनीति पर एक भद्दा मज़ाक़ सुनाकर और स्कूटर पर सामान्य से कुछ अधिक ज़ोर से किक मारकर (जैसे कि ज़ोर से किक मारने पर स्कूटर शायद अधिक तेज़ी से आगे जाये), हँसते हुए, अगले दिन की चकर-चकर के लिए विदा लेते थे। अख़बार इस समूह के लिए ज़रूरी भोजन था।

मनमोहन कुमार 'नीरज' अपने आपको ठीकठाक लेखक मानते थे। बचपन में पाकिस्तान के युद्ध से अनुप्राणित होकर लिखी गयी उनकी कविता को प्राचार्य महोदय ने शाबाशी दी थी और शहर के बड़े व्यंग्यकार ने, जो पुरस्कार वितरण करने आये थे, कहा था कि 'बालक में प्रतिभा है।' ये बात मनमोहन के मन में जम गयी थी।

फिर जब कालेज की पत्रिका में, जिसका सम्पादक उनका दोस्त था, उनका एक व्यंग्य लेख छपा और जिसके ऊपर उनकी क्लासमेट रंजीता ने मुस्कुराकर उन्हें बधाई दी, तो उन्हें विश्वास हो गया कि उनकी प्रतिभा सही तरह से प्रस्फुटित हो रही है, और वे आगे जायेंगे।

वे आगे गये भी। बैंक में नौकरी मिलते ही उन्होंने बैंक की पत्रिका में लिखना शुरू किया और 'निरन्तर' नामक इस पत्रिका में अपनी टाई वाली फ़ोटो के साथ निरन्तर छपने लगे। दैनिक अख़बारों में भी उन्होंने रचनाएँ भेजना शुरू किया और कभी-कभार हाशिये पर छपे दिखने लगे। इससे अपनी प्रतिभा में उनका विश्वास और ज़्यादा मजबूत हो गया।

प्रतिभा को इससे ज़्यादा सँवारने की उन्होंने ज़रूरत नहीं समझी। कभी-कभार साहित्यिक क्षेत्रों में कोई उनसे थोड़ा पढ़ने-पढ़ाने की बात

भी कहता तो वे शान से कहते—दूसरों को पढ़ने की फुरसत किसके पास है यार? समय मिलेगा तो अपना ही नहीं लिखेंगे?

इसीलिए पहले पहल जब उन्होंने 'हम लेखक बनाते हैं' वाला विज्ञापन देखा तो उन्हें लगा कि ये उनके लिए नहीं। वे तो पहले से ही लेखक हैं। उन्होंने अख़बार मोड़ कर रखा और बैंक चले गये। बैंक में उस दिन फिक्स्ड डिपॉजिट काउंटर पर पहुँचने के बाद, जो कि कैश काउंटर के ठीक बगल में था और आज जिस पर साँवली सलोनी स्मिता बैठी हुई थी। उन्होंने एक नज़र जाली के पीछे बैठी स्मिता पर डाली। उसकी चुन्नी अपनी जगह पर थी, माथे पर गोल बिंदी लगाये, हरे सूट में, गम्भीर मुखमुद्रा के साथ ग्राहकों से टोकन लेते हुए वह कैश गिन रही थी। ग्राहकों की जिज्ञासाओं का जवाब वह अपनी चुप्पी से देती थी और फिर काउंटर पर पासबुक लगभग फेंकते हुए, उन्हें रवाना करती थी। वह अपना काम इतनी गम्भीरता से कर रही थी कि लगता था कि टोकन लेना और कैश देना उसके जीवन का एकमात्र लक्ष्य है। मनमोहन को उधर कोई सम्भावना नहीं दिखी।

अब उसने अपने दायीं ओर 'रोज़ अख़बार पर बात करो' समूह के संयोजक मिलिन्द कनमड़ीकर की ओर देखकर कहा—

'यार मिलिन्द, एक बात बता, क्या कोई किसी को लेखक बना सकता है?'

'मुझे क्या पता? मैं तो कभी लेखक बना नहीं। न ही बनना चाहता हूँ। पर सुनते हैं आजकल भाई लोग किसी को भी कुछ भी बना देते हैं। अब अपने कप्पू को ही लो। उसने कभी दस जनम में भी एक्टिंग की थी ? पर इधर जयनारायण एक्टिंग स्कूल में दाखिला लिया, उधर सीरियल में काम मिल गया। बस बन गया एक्टर। और वो रमा ? किसी ने सोचा था कि ये काली कलूटी लड़की मॉडलिंग करेगी...'

'यार उसकी बॉडी अच्छी थी शुरू से...'

'बॉडी-वॉडी छोड़ो। टी.वी. पर लोग चेहरा देखते हैं। पर उसके साथ तो फैशन डिज़ाइनिंग वाली शबनम मैडम ने न जाने क्या किया कि वह फैशन इंस्टीट्यूट से, एकदम से मॉडल बनकर निकली। अब मिक्सी के साथ देखो तो रमाजी, पंखे के साथ देखो तो रमा जी,

धुलाई का पावडर खरीदती रमाजी और आयोडीन वाला नमक बेचती रमाजी। तो गुरु अपना तो मानना है कि जब कम्प्यूटर सिखाया जा सकता है, पेंटिंग सिखाई जा सकती है, गाड़ी चलाना सिखाया जा सकता है तो लेखक भी बनाया जा सकता है।'

'यार असल में एक विज्ञापन आया है...लिखा है लेखक बनायेंगे। वैसे तो मुझे बकवास लगती है। पर ट्राई करने में क्या हर्ज़ है?'

'एक्सेक्टली। ट्राई करने में क्या हर्ज़ है? और वैसे भी तू कौन बड़ा लेखक है...'

मनमोहन ने ग़ुस्सा होते हुए कहा, 'कोई जनम से बड़ा लेखक नहीं होता। आज नहीं हूँ तो हो जाऊँगा...'

उस रात उसने एक जबर्दस्त सपना देखा। राजकपूर के ड्रीम सीक्वेंस की तरह, ड्रम्स की तेज़ बीट्स और धुएँ के उठते गुबारों के बीच उसने अपने आपको तैरते हुए पाया। धीरे-धीरे धुआँ छँटा तो उसके पीछे देश की सबसे प्रतिष्ठित वार्षिकी का मुखपृष्ठ उभरा जिसका क़द किसी बहुमंज़िली इमारत की तरह था और जिस पर राजपूताना स्टाइल की पेंटिंग बनी हुई थी जिस पर सफ़ेद चोंगे में राजपूत नायक मूँछों पर ताव दे रहा था और लम्बोतरे चेहरे वाली नायिका उसके पास ही शरमाहट भरी मुस्कुराहट लिए आईना देख रही थी। तेज़ हवा से उस साहित्य वार्षिकी के पन्ने फड़फड़ाये और अचानक जो पन्ने खुले उसमें अद्‌भुत सुन्दरता के साथ, चित्रों और रेखाओं की साज-सज्जा के बीच मनमोहन की कविताएँ छपी थीं। अभी मनमोहन अपनी कविताएँ पढ़ भी नहीं पाया था कि हवा साहित्य वार्षिकी को उड़ा ले गयी और धुएँ के गुबार ने मंच को ढक लिया। इस बार जब धुआँ छँटा तो उसके पीछे से देश का सबसे अकड़ू सम्पादक प्रगट हुआ जो मनमोहन को देखकर मुस्कुरा रहा था। मनमोहन को विश्वास नहीं हुआ। उसने हड़बड़ाकर अपने आसपास देखा। अकड़ू सम्पादक ने मुस्कान और चौड़ी करते हुए कहा—मैं तुम्हें ही देखकर मुस्कुराया था मनमोहन। ज़रा अपना लैटर बॉक्स तो देखो। मनमोहन के सामने उसका लैटर बॉक्स था जिसमें अब तक भेजी गयी तमाम रचनाओं के स्वीकृति पत्र थे। सम्पादक ने लिखा था कि वह मनमोहन के महत्त्व को देखते हुए प्रत्येक अंक में उसकी एक रचना दे रहा है। मनमोहन

ने अभी सर उठाया ही था कि झन्न की आवाज़ हुई, बादल तेज़ी से उठे और उन्होंने सम्पादक को ढक लिया।

अब ड्रम्स की आवाज़ तेज़ हो गयी थी। बादल तेज़ी से आ-जा रहे थे। कभी उनके पीछे से उभरता था देश का सबसे प्रख्यात प्रकाशक का चेहरा जो मनमोहन से अपना संग्रह देने के लिए चिरौरी कर रहा था। कभी उभरती थी किसी लोकप्रिय अख़बार की हेड लाइन जो मनमोहन को प्रख्यात राष्ट्रीय पुरस्कार मिलने की घोषणा कर रही होती थी। कभी उसमें से हज़ारों की रायल्टी के चेक उड़-उड़कर मनमोहन के आसपास बिखर जाते तो कभी वह खुद उड़कर खचाखच भरे हॉल के जगमग मंच पर पहुँच जाता जहाँ खड़े होकर उसे 'आज की कविता' पर वक्तव्य देना होता।

अन्त में ड्रम्स की बढ़ती गति के बीच चक्कर लेते हुए एक सुन्दरी आयी और उसने मनमोहन का हाथ पकड़ कर कहा, 'चलो मनमोहन, प्रधानमन्त्री ने तुम्हें बुलाया है।'

उस सुन्दरी की शक्ल कैश काउंटर वाली स्मिता से बहुत मिलती-जुलती थी।

सुन्दरी मनमोहन को उड़ाकर कहाँ ले गयी और उसके बाद क्या हुआ ये मैं आपकी कल्पनाशीलता पर छोड़ता हूँ।

बहरहाल सुबह जब मनमोहन की नींद खुली तो वह नयी दिल्ली के लेखक बनाओ केन्द्र का दौरा करने का मन बना चुका था।

कनॉट प्लेस की भव्य व्यस्तता से होकर जब मनमोहन एच ब्लॉक की दूसरी मंज़िल पर स्थित 'लेखक बनाओ केन्द्र' के सामने पहुँचा तो एकबारगी ठिठककर रह गया।

केन्द्र के प्रवेश-द्वार पर जगमग काँच के बीचोबीच चमकता ब्रास हैंडल पकड़े एक द्वारपाल खड़ा था जिसकी कड़क वर्दी और मूँछों को देखकर लगता था कि वह किसी को अन्दर नहीं जाने देता होगा।

मनमोहन ने एक बार सोचा कि अन्दर जाये या नहीं। फिर ऊपर देखा। पता सही था। वह 'लेखक बनाओ केन्द्र' ही था।

वह हिम्मत करके आगे बढ़ा। उसके दरवाज़े के पास पहुँचते ही द्वारपाल नीचे झुका और उसने दरवाज़ा खोल दिया।

अन्दर घुसते ही मनमोहन और चमत्कृत हो गया। एक बड़े हॉल

में कम्प्यूटरों की कतार के पीछे लड़के-लड़कियाँ थे और दूसरी तरफ़ काले शीशों वाले केबिन। जैसे ही चमकदार काउंटर के पीछे गुलाबी साड़ी में बैठी लड़की ने प्रश्नवाचक निग़ाहों से उसकी ओर देखा, उसने कुछ सकपकाते हुए पूछा, 'लेखक बनाओ केन्द्र यही है...?'

लड़की की निग़ाहों ने बता दिया कि आप बड़े अहमक हैं। अन्दर आने के पहले पढ़ा नहीं क्या? ज़ाहिर तौर पर उसने कहा–

'ये...स'

'जी वो आपका विज्ञापन'

'काउंटर नं. 10...'

'जी?'

'काउंटर नं. 10 पर चले जाइये।'

वह अचकचाते हुए काउंटर नं. 10 पर पहुँचा। ये लड़की भी कम्प्यूटर के पीछे बैठी थी और लगभग रिसेप्शन वाली की तरह ही दिख रही थी। फ़र्क़ सिर्फ़ इतना था कि इसने सफ़ेद सूट पहना हुआ था। मनमोहन ने कहा, 'जी वो विज्ञापन के सिलसिले में...।'

'हज़ार रुपये...।'

'जी?'

'हमारी कंसल्टेंसी फीस हज़ार रुपये है। जमा करा दें।'

'हज़ार रुपये? विज्ञापन में तो कहीं ऐसा नहीं लिखा था।'

'जी फीस तो देनी ही पड़ती है। हमारा केन्द्र देश का सबसे बड़ा केन्द्र है। उसके हिसाब से ये फीस बहुत कम है।'

मनमोहन ने जेब से पर्स निकाला। अच्छा हुआ जो चलते समय पाँच हज़ार रुपये अलग से रख लिए। लड़की ने तेज़ी से नोट गिने। कम्प्यूटर पर कुछ टाइप किया। रसीद प्रिंटर से बाहर निकलकर आ गयी। रसीद मनमोहन के हाथ में थमाते हुए उसने कहा, 'काउंटर नं. 12।'

अब तक मनमोहन समझ चुका था। उसने सीधे काउंटर नं. 12 पर पहुँचकर नीले सूट वाली लड़की के हाथ में रसीद थमाते हुए कहा, 'ये लीजिए।'

लड़की ने एक मुस्कुराहट फेंकी और कम्प्यूटर का बटन दबाया। प्रिंटर में से फिर एक काग़ज़ सरसराकर बाहर निकला। लड़की ने मनमोहन को काग़ज़ थमाते हुए कहा, 'चेक लिस्ट।'

मनमोहन ने देखा, काग़ज़ पर दस प्रश्न लिखे थे–

1. नाम : कृपया इस तरह लिखें कि आपकी जाति का पता अवश्य लगे।
2. अभी कहाँ रहते हैं?
3. बिहार जाने में कोई आपत्ति तो नहीं है?
4. विधा के बारे में कोई पूर्वाग्रह?
5. आपके लेखन की मूल धारा क्या है? प्रेम कथाएँ और प्रेम कविताएँ लिखते हैं या नहीं?
6. रचनाओं में सेक्स से कोई परहेज़?
7. अब तक कुछ छपा तो नहीं?
8. जे.एन.यू., लोकसत्ता, आई.टी.ओ. पुल पर कोई जान-पहचान?
9. कभी धम्मम् शरणम् गये?
10. कभी संघम् शरणम् गये?

मनमोहन को ये प्रश्नावली समझ नहीं आयी। फिर भी काउंटर के पास एक कोने में जड़ी डेस्क के सामने खड़े होकर उसने उत्तर लिखने शुरू किये। पाँच और लोग भी उसी लाइन में खड़े चेक लिस्ट भर रहे थे। मनमोहन का मन डूबने लगा। उसने लड़की को धीरे से भरी हुई चेक लिस्ट देते हुए कहा–

'हर रोज़ पाँच दस लोग तो आ जाते होंगे?'

'हाँ कभी-कभी तो तीस-चालीस लोग भी आ जाते हैं। पर हमारे यहाँ दस ही सीट्स हैं। आजकल रश ज़्यादा चल रहा है। पिछले दिनों महिलाओं की भी काफ़ी भीड़ थी। पर आप चिन्ता मत कीजिए। सूद साहब अच्छे आदमी हैं। वे कोई न कोई रास्ता निकाल ही देंगे।'

'सूद साहब? कौन सूद साहब?'

'हमारे केन्द्र के डायरेक्टर, और कौन? जाइये, आपके लिए कॉल है।' मनमोहन ने सूद साहब के लकदक कमरे में क़दम रखा।

सूद साहब बढ़िया ग्रे रंग का सूट और लाल रंग की टाई पहने बैठे थे। वे देखने में लेखक कम किसी कम्पनी के मैनेजिंग डायरेक्टर ज़्यादा लगते थे। उनके सामने काँच की, बड़ी अर्द्धगोलाकार टेबल थी जिसके केन्द्र में, घूमने वाली कुर्सी पर धीरे-धीरे झूलते हुए वे बैठे थे।

कमरे के एक कोने में काँच की शेल्फ में किताबें जमी हुई थीं और उनकी अपनी काँच की अर्द्धगोलाकार टेबल से थोड़ा पीछे हटकर, सफ़ेद सनमाइका वाली टेबल पर, एक कम्प्यूटर लगा था जिसके रंगीन मॉनीटर पर तरह-तरह के ग्राफिक्स आ-जा रहे थे।

सामने एक बड़ा मॉनीटरिंग बोर्ड था जिस पर पिछले पाँच साल के आँकड़े और ग्राफ टँगे हुए थे, जिनसे मालूम पड़ता था कि 'लेखक बनाओ केन्द्र' द्वारा पिछले पाँच सालों में कितने लेखक बनाये गये। कितने लोगों ने नामांकन कराया और कितने लेखक बन पाये।

अपनी इस तमाम चमक-दमक के बावजूद सूद साहब मनमोहन को कुछ ठीक आदमी लगे। उन्होंने कुर्सी से उठकर तपाक से हाथ मिलाया और कहा, 'आइये मनमोहन जी, आपका स्वागत है।'

'जी धन्यवाद। पर मेरा नाम आपको कैसे पता चला?'

'ओह! बहुत सरल है। हमारे केन्द्र के कम्प्यूटर लोकल एरिया नेटवर्क से जुड़े हुए हैं। आपके आने के पहले आपका बायोडाटा मुझ तक पहुँच चुका है। ये देखिये....।'

सूद ने अपनी कुर्सी को पीछे की ओर हल्का-सा धक्का दिया। वह पहियों पर फिसलती हुई कम्प्यूटर तक पहुँची। सूद ने एक बटन दबाया। मनमोहन को अपनी चेक लिस्ट के निष्कर्ष रंगीन मॉनीटर पर उभरते हुए दिखाई दिये...

'नाम, मनमोहन कुमार 'नीरज'। थोड़ा पुराना है। नाम के आगे सिंह, ठाकुर, वगैरह नहीं लगाते। देश के तुलनात्मक रूप से शान्त इलाके से आते हैं, जहाँ किसी तरह का वर्ग संघर्ष वगैरह नहीं चल रहा। बिहार जाना नहीं चाहते। विधा अभी तक तय नहीं की। अलग से प्रेमकथाएँ या प्रेम कविताएँ कभी नहीं लिखीं। खुले रूप में सेक्स से परहेज़। प्रसिद्ध पत्र-पत्रिकाओं में बार-बार सेक्स पर चलने वाली बहस में कभी नहीं कूदे। बैंक की पत्रिका में छपते हैं। आई.टी.ओ. पुल से या जे.एन.यू. क्लब से कोई सम्बन्ध नहीं। न कभी धम्म की शरण में गये न कभी संघ की।

श्रेणी : न.सि.
सम्भावना : ककनौआ.
ट्रैक : फास्ट ट्रैक'

सूद ने पलटते हुए कहा—

'देखिये हमारे कम्प्यूटर ने आपका पूरा विश्लेषण पेश कर दिया है। अब मैं आपसे एक दो प्रश्न पूछँगा।'

'जी!'

'बुरा न मानें तो एक बात कहूँ। आपका नाम बहुत पुराना सा है। मनमोहन कुमार 'नीरज'। कुछ-कुछ कृष्णदास 'नीरज' की तरह लगता है। माना कि कृष्णदास जी बड़े मंच लूटू क़िस्म के कवि थे और मंच के साथ-साथ उन्होंने लड़कियों के दिल भी काफ़ी मात्रा में लूटे पर अब उस तरह की कविता और उस तरह के नामों का ज़माना गया। आप अपना नाम नहीं बदल सकते? जैसे आजकल सिंहों का ज़माना है। आप अपना नाम अवधेश प्रताप सिंह, रुद्रप्रताप सिंह, बैजनाथ सिंह, नामदेव सिंह, या वैसा ही कुछ नहीं रख सकते...?'

'जी मैं अपना नाम कैसे बदल सकता हूँ? अव्वल तो जहाँ नौकरी करता हूँ वहाँ यही नाम है। दूसरे इसी नाम से लिखना शुरू किया। और सबसे बड़ी बात तो ये है कि मुझे अपना नाम अच्छा लगता है। आप कहें तो 'नीरज' ड्रॉप कर देता हूँ। पर कम से कम मनमोहन तो रहने दीजिए।'

'चलिए मनमोहन से काम चला लेंगे। अब दूसरा प्रश्न—आप अपना ट्रांसफर खगड़िया नहीं करा सकते?'

'ये खगड़िया कहाँ है?'

'बिहार में।'

'जी, जी नहीं।'

'तो सहरसा, मधेपुरा, दरभंगा कहीं भी करा लीजिए। मगर बिहार में होना चाहिए।'

'आख़िर आप मुझे बिहार भेजना क्यों चाहते हैं?'

'देखिये हमारा काम आपको लेखक बनाना है। ऐसा आजकल आमतौर पर माना जा रहा है कि वर्ग संघर्ष, जातीय संघर्ष, राजनैतिक संघर्ष, सामाजिक संघर्ष वगैरह जो कुछ भी हो रहा है, सब बिहार में हो रहा है, और कहीं कुछ नहीं हो रहा। इसलिए अगर बिहार का कोई भी लेखक कुछ भी लिख रहा है तो उसमें ये तमाम तरह के संघर्ष दिखेंगे ही। रूढ़ियाँ हैं तो बिहार में और टूटना है तो वह भी बिहार में। नेता हैं तो बिहार में और प्रणेता हैं तो बिहार में। आंचलिकता थी तो बिहार में थी और अब आधुनिकता है तो वह भी वहीं। कुछ

सम्पादक सिर्फ़ बिहार के लोगों को ही लेखक मानते हैं, और उन्हें ही छापते हैं। इसलिए अगर आपका पता खगड़िया, मधेपुरा, दरभंगा वगैरह का हुआ और बेहतर है कि उसमें मुकाम-पोस्ट मोकामा जैसा भी कुछ लिखा हुआ तो निश्चित ही आपकी लेखकीय और छपकीय सम्भावनाएँ बढ़ जायेंगी।'

'जी हो सकता है। पर मुझे लगता है कि आपका ये दर्शन बहुत ही क्षेत्रीयतावादी है। मैं इससे सहमत नहीं। वैसे भी फिलहाल मेरी बिहार जाने की कोई सम्भावना नहीं।'

सूद ने थोड़ा गम्भीर होते हुए कहा, 'मैं देख रहा हूँ कि आप थोड़ा डिफिकल्ट केस हैं। कोई बात नहीं। अच्छा ये बताइये—ये सेक्स, प्रेम वगैरह से परहेज़ क्यों?'

'जी ऐसा कोई परहेज़ भी नहीं। पर रचना में जबरदस्ती उन्हें लाया जाये ये भी नहीं चाहता।'

'आपके चाहने न चाहने से क्या होता है? लोग टी.वी. और सीरियल में तो देख ही रहे हैं। मनमोहन जी, आपकी कहानी में कोकाकोला का विज्ञापन देने वाली लड़की के स्तनों पर से फिसलते हुए झाग का विवरण होना चाहिए। क़िस्सों में आचार्य प्रवर की धोती खींची जानी चाहिए। कहानी के अन्त में गरमागरम सेक्स सीन होना चाहिए, कुछ ऐसा कि दृश्यबन्ध पाठक के सामने से गुज़रें, आवाज़ें उसे अपने कानों में सुनाई पड़ने लगें। इनके बिना आपकी कहानी को कहानी नहीं माना जायेगा। खैर, मेरा अन्तिम प्रश्न—आप अंग्रेज़ी जानते हैं?'

'जी हाँ, लिख-पढ़ लेता हूँ।'

'और कम्प्यूटर से थोड़ा बहुत परिचय?'

'जी, बैंक में थोड़ा बहुत सीखा है।'

'एक्सीलेंट। तो आपकी दिशा मेरी समझ में आ गयी।'

कहकर सूद ने कुछ बटन दबाये और कम्प्यूटर के रिस्पांड करने का इन्तज़ार करने लगा। तभी मनमोहन ने कहा, 'एक-दो प्रश्न मेरे भी हैं।'

'हाँ, हाँ ज़रूर।'

'मेरे बायोडाटा के विश्लेषण के बाद कम्प्यूटर ने तीन शब्द लिखे थे। श्रेणी : न. सि., सम्भावना : ककनौआ और ट्रैक : फास्ट ट्रैक। इनका मतलब?'

'ओह वो। वो हमारी अन्दरूनी शब्दावली है जिससे हम लेखक का विश्लेषण करते हैं। आप जानकर क्या करेंगे?'

'अगर कोई हर्ज़ नहीं हो तो बतायें।'

'नहीं नहीं ऐसा कोई सीक्रेट भी नहीं है। आपने पूछा है तो बता देता हूँ। न.सि. का मतलब है नये सिखाड़ू। वे सभी लेखक जो बिहार जाना नहीं चाहते, प्रेमकथाएँ नहीं लिखते, सेक्स से परहेज़ करते हैं और आई.टी.ओ. पुल तथा जे.एन.यू. क्लब के सदस्य नहीं हैं, इसी श्रेणी में आते हैं। ककनौआ का अर्थ है कि क्योंकि आपने अपनी विधा का चयन अभी नहीं किया है अतः आप कवि या कथाकार, नाटककार या उपन्यासकार और इनमें से कुछ नहीं सधा तो आलोचक भी बन सकते हैं। एक और पाँच के बीच के कई परम्यूटेशन कॉम्बीनेशन भी हैं। जैसे आप कक यानी कवि कथाकार, कनौ यानी कवि नाटककार आलोचक, ककनौआ यानी कवि कथाकार, नाटककार, आलोचक, ककनौ यानी कवि कथाकार, नाटककार, आलोचक और इसी तरह कनौआ, नौआ या सिर्फ़ कौआ बन सकते हैं। कुछ लोग तो कौआ बनना काफ़ी पसन्द करते हैं।'

मनमोहन के लिए ये शब्दावली नयी और आँखें खोलने वाली थी। उसने सकपकाते हुए पूछा, 'और ट्रैक?'

'ट्रैक दो तरह के होते हैं। फास्ट ट्रैक और स्लो ट्रैक। वे सभी जो तेज़ी से आगे बढ़ना चाहते हैं। कुछ-कुछ टेक्नॉलॉजी ओरियेंटेड हैं और कम्प्यूटर से परिचय रखते हैं उन्हें हम फास्ट ट्रैक पर डाल देते हैं। पर अभी भी कुछ लोग आते हैं जो मूल्यों, विश्वासों, समाज आदि की बातें करते हैं। उन्हें हम स्लो ट्रैक पर डाल देते हैं। फास्ट ट्रैक पर भी दो विकल्प उपलब्ध हैं। एक टेक्नॉलॉजी वाला विकल्प और दूसरा व्यापार बढ़ाऊ विकल्प। मेरा ख़याल है आपकी दिशा है–फास्ट ट्रैक, ऑप्शन नं. 1, टेक्नॉलॉजी...'

यह कहते हुए उसने कम्प्यूटर के कुछ बटन दबाये। सर, सर, सर...किर्र, किर्र, किर्र...की आवाज़ आयी। और कागज़ की एक स्लिप बाहर आयी जिस पर डॉक्टर के परचे की तरह उसका बायोडाटा, श्रेणी तथा ऑप्शन लिखे थे। सूद ने हाथ मिलाते हुए कहा, 'अच्छा मनमोहन जी ये रही आपकी स्लिप। आप कल ही हमारे केन्द्र के नरेश तेजदौड़नकर से मिलिए। आगे की बात आपको वो समझा देंगे।'

मनमोहन के लिए ये बिल्कुल नया अनुभव था। वह कुछ-कुछ औचक और कुछ-कुछ भौचक भाव से, लेखक बनाओ केन्द्र से बाहर निकला।

ये शायद संयोग ही था कि उसी समय केन्द्र से लगी हुई किताब की दुकान से एक और आदमी निकला जिसकी नुकीली नाक थी, माथा उठा हुआ था और दाढ़ी फहराती हुई। पता नहीं क्यों मनमोहन को देखकर वह एक क्षण रुका, फिर बोला–

'लेखक बनने आये हो?'

'जी, जी हाँ।'

'पैसा दे दिया?'

'जी, जी हाँ।'

उसने अजीब सी निग़ाहों से एक बार मनमोहन को देखा और तेज़-तेज़ चलते हुए ज़ीना उतर गया।

मनमोहन कुछ कन्फ्यूज़्ड और कुछ फ्यूज़्ड होकर नीचे आया। वह थक गया था, और कुछ आराम करना चाहता था। उसे सब कुछ बिल्कुल अजीब लग रहा था। पर अन्दर, कहीं उसके दिल में, धीमी-धीमी सरसराहट भी हो रही थी। उसे इस खेल में कुछ मज़ा भी आने लगा था। उसने तय किया, वह इसे पूरा खेलेगा। कल सुबह दस बजे वह नरेश तेजदौड़नकर से मिलने ज़रूर आयेगा।

अगले दिन सुबह ठीक दस बजे मनमोहन 'लेखक बनाओ केन्द्र' पहुँच गया। वह अब तक कुछ-कुछ बेधड़क हो चुका था। वह सीधे ऊपर पहुँचा। सभी काउंटरों को पार कर वह सीधा काँच के एक केबिन के पास पहुँचा जिस पर लिखा था, फास्ट ट्रेक नं. 1. उसने काँच का दरवाज़ा खोला और कोने में खड़े एक फ्रेंच कट दाढ़ी वाले की ओर देखकर पूछा–

'नरेश जी?'

उसने आँखों पर सुनहरी फ्रेम का चश्मा चढ़ा रखा था, जो नाक पर थोड़ा झुककर टिका हुआ था। चौड़ा माथा जहाँ समाप्त होता था वहाँ से गंजा सिर शुरू हो जाता था, जो थोड़ा-सा उभार लेकर पीछे ढरकते हुए लम्बे बालों से जाकर मिल जाता था, जो रूखे थे और अद्भुत सिमेट्री के साथ सिर के पीछे की ओर बिखरे हुए थे। उसने

धारीदार शर्ट और लेवॉय की सफ़ेद जीन्स पहन रखी थीं और नीचे मेसकॉस के शानदार काले जूते। शर्ट की बाँहें कैज़ुअल अन्दाज़ में कोहनी तक मुड़ी हुई थीं। मनमोहन को देखकर वह तेज़ गति से आगे बढ़ा, करीब-करीब दौड़ते हुए दरवाज़े तक आया और हाथ आगे बढ़ाते हुए बोला, 'मिस्टर मनमोहन?'

इस बार मनमोहन नहीं चौंका। उसे मालूम था कि ये भी लोकल एरिया नेटवर्क से जुड़ा होगा। उसने साधारण तौर पर कहा–

'जी।'

'यू आर फाइव मिनिट्स लेट मिस्टर मनमोहन।'

'माफ कीजिए। मुझे मालूम नहीं था कि आप समय के इतने पाबन्द हैं।'

'होना ही पड़ता है। होना ही पड़ता है। ठीक ग्यारह बजे अनिमेष शंकर नारायण सिंह आ जायेंगे। उसके बाद बारह बजे का वक़्त मिस माधवानी के लिए तय है। एक बजे मैं लंच पर चला जाता हूँ। फिर शाम चार से सात दूसरा सेशन लेता हूँ। खैर और समय बरबाद न करें। शुरू करते हैं।'

'जी, शुरू तो आपको करना है।'

'ऑफकोर्स, ऑफकोर्स, मुझे आपके डिटेल्स मिल चुके हैं। अब मैं आपको अपने मूलभूत सिद्धान्तों से परिचित कराता हूँ।'

मनमोहन ने अपनी कुर्सी पास खिसकाई।

'सबसे पहले तो आप ये समझ लें कि हम फास्ट ट्रैक पर हैं और हम आपको कम्प्यूटर के माध्यम से रचना करना सिखायेंगे।'

'जी।'

'कम्प्यूटर से रचना के कुछ ज़रूरी सिद्धान्त हैं। पहला है, कोई भी रचनाकार कुछ नया नहीं रचता। वह सिर्फ़ पुनर्रचना करता है। असल में किसी भी रचना के पीछे छिपे मूलभाव कुल पाँच तरह के होते हैं, जैसे प्रेम है, करुणा है, भय है...। आप कोई भी रचना करें, वह इन पाँच मूल भावों पर ही आधारित होगी। सदियों से यही होता रहा है। इसलिए आपका पहला काम होगा अपनी रचना के लिए मूल भाव चुनना। इसके लिए आप हमारे कम्प्यूटर की मदद ले सकते हैं।'

मनमोहन अपने आप को शिक्षित हुआ महसूस कर रहा था। उसने धीरे से कहा–

'जी।'

'अब अगर आपने रचना का मूलभाव चुन लिया तो आपको उस मूलभाव की आधारभूत शब्दावली तक पहुँचना होगा। इसमें भी कम्प्यूटर आपकी मदद करेगा। जैसे, अगर आपने मूलभाव प्रेम चुना है तो आजकल की आधारभूत शब्दावली कम्प्यूटर तत्काल आपको उपलब्ध करायेगा। आपके सामने दिगम्बर, दमकती लुनाई, देह, लपक, विकलता, कत्थई कुचाग्र, मदनारूढ़, रत-उत्तप्त, शय्या, रतिश्लथ, स्पन्दित एकान्त जैसे सैकड़ों शब्द होंगे जिनसे आप कविता बुन सकते हैं। अब अगर आपको शोषण के बारे में लिखना है तो आप मूल भाव 'घृणा' और सब कैटेगरी 'शोषण' चुनिये। कम्प्यूटर आपको बतायेगा कि इस कैटेगरी में आजकल फैशनेबल क्या है? जैसे कुछ दिनों पहले चिड़िया वगैरह थीं। आजकल पेड़, हवा, साँस, चाँद (पूरा का पूरा), ईश्वर, जिन्न, आग, पोस्टर, इबारत, धरती (तक झुका आम), रास्ता, आदमी, यात्रा, भयावह उदासीनता, प्रतीक्षा, समय जैसे शब्द हैं, ये तत्काल आपके सामने होंगे।'

'जी फिर?'

'बस अब क्या! आपने मूल भाव चुन लिया है। आपके पास आधारभूत शब्दावली है। बस अब आपको उसे एक प्लॉट में फिट करना है। हमारे कम्प्यूटर में करीब दो हज़ार पाँच सौ तेरह प्लॉट स्टोर्ड हैं। हम रोज़ उनकी संख्या बढ़ाते जा रहे हैं। आप ऑप्शन दबाइये और प्लॉट देखते चलिए। जैसे हम अपना वही मूलभाव प्रेम लेते हैं। देखिये इसके भीतर ही करीब एक सौ बयासी चुनाव उपलब्ध हैं। प्लॉट नं. एक सबसे पुराना है और प्लॉट नं. एक सौ बयासी अभी कल ही प्रविष्ट हुआ है। अब अगर आप आज से कोई बीस बरस पहले लिख रहे होते तो आप शायद प्लाट नं. बाईस चुनते जिसमें था—'भरी दुपहरी में घर की बरसाती पर कालेज के शिक्षक का अपनी छात्रा के साथ प्रेम।' पर अगर आपको आज चुनना पड़े तो आप शायद प्लॉट नं. एक सौ बहत्तर चुनेंगे जो है—'रात्रि के स्पन्दित एकान्त में छात्रा का अपने शिक्षक के साथ रतिश्लथ होना'। अगर आप आज से दस साल पहले कविता लिख रहे होते तो चिड़ियों और पत्तियों से बच नहीं सकते थे, वैसे ही जैसे आजकल प्रश्न पूछते बच्चों से बचना बड़ा मुश्किल है। हमारा कम्प्यूटर आपको सैकड़ों विकल्प देता है। आप बकरी से लेकर साँड़ तक कुछ भी चुन सकते हैं।'

मनमोहन की आँखें फटी की फटी और मुँह खुला का खुला रह गया। उसने कभी सोचा भी नहीं था कि रचना इस तरह से भी हो सकती है। उसने अचकचाते हुए कहा–

'चलिए मान लेते हैं कि मैंने इस तरह एक रचना कर ली। अब उसे भेजूँगा कहाँ? कौन उसे छापेगा?'

नरेश तेजदौड़नकर ने इत्मीनान से कहा–

'यहीं हमारा कम्प्यूटर फिर आपके काम आयेगा। इसमें करीब दो सौ इक्कीस पत्रिकाओं के नाम, उनके सम्पादकों के पते, पत्रिका का चरित्र और उनके सम्पादकों का चरित्र विस्तृत टिप्पणी के साथ उपलब्ध है। ये देखिये। ये नम्बर एक पर 'कपोत' नामक पत्रिका है। करीब सत्तर साल पहले के महान लेखक की परम्परा के साथ अपने को जोड़ती है। साहित्यिकों के अखाड़े के बीचोंबीच स्थित है। इसका मूल चरित्र है सनसनी। अगर आपने कामरेड के जूते या गाँधी की हत्या या एक हिजड़े का प्रेम या नीली फ़िल्म जैसी कोई सनसनीखेज चीज़ लिखी जिससे जुलाहों में लठालठी की सम्भावना हो, तो आप तत्काल स्थापित हो जायेंगे। वैसे टिप्पणी से स्पष्ट है कि सम्पादक महोदय खुद भी काफ़ी सनसनीखेज आदमी हैं। कम्प्यूटर से आपको पूरी जानकारी मिल रही है। बस अब आपको अपनी रचना के चरित्र को पत्रिका तथा सम्पादक के चरित्र से मैच कराना है। देखिये आपकी रचनाएँ किस धड़ल्ले के साथ छपती हैं और आप किस तेज़ी से लेखक बनते हैं।'

मनमोहन ने कुछ कृतज्ञभाव से कहा, 'जी ठीक है। अब मुझे क्या करना होगा?'

'मैं आपको एक हफ़्ते का कोर्स दूँगा। आप खुद ही अपनी प्रगति देख लेंगे।'

ग्यारह बजने वाले थे। मनमोहन उठने को हुआ। तभी नरेश ने नम्रता से कहा, 'पाँच सौ रुपये।'

'जी?'

'कोर्स की फीस। पाँच सौ रुपये।'

मनमोहन ने एक बार फिर रुपये दिये। नरेश ने उससे हाथ मिलाते हुए कहा, 'आइये मैं आपको अपना केन्द्र दिखा दूँ।'

फिर वह अपनी तेज़ गति के साथ उस विशाल हॉल के दौरे

पर निकल पड़ा। मनमोहन को उसके साथ चलने के लिए लगभग दौड़ना पड़ रहा था।

‘ये देखिये। ये है कविता लेखन केन्द्र। यहाँ हम करीब हज़ार कविताएँ रोज प्रोड्यूस कर लेते हैं। इसमें नये लोगों को ज़्यादा आनन्द आता है। और ये है कहानी लेखन सेंटर। करीब-करीब सौ कहानियाँ रोज़ का आउटपुट देता है। हालाँकि इतनी माँग नहीं है इसलिए काफ़ी रचनाएँ बेकार भी हो जाती हैं। कुछ गम्भीर लोग उपन्यास लेखन केन्द्र में भी आते हैं। हालाँकि विधा कठिन है पर हमने इसे काफ़ी सरल बना दिया है। देश-विदेश के करीब एक हज़ार उपन्यास हमारी मशीनों में हैं। आप आसानी से अध्यायों को इधर-उधर कर सकते हैं। इस तरह के उपन्यासों की विदेशों में ज़्यादा माँग है। इसलिए हम लोग अपना एक्सपोर्ट यूनिट भी खोलने जा रहे हैं।’

‘और वो? वहाँ भीड़ कुछ ज़्यादा है?’

‘वो? वो व्यंग्य लेखन सेंटर है। करीब-करीब हर अख़बार या पत्रिका में व्यंग्य के कॉलम होते हैं। इसीलिए लोग उस तरफ़ ज़्यादा आकर्षित होते हैं।’

अब वे दरवाज़े तक आ गये थे। नरेश ने ग़र्मजोशी से हाथ मिलाया और कहा, ‘अच्छा मनमोहन जी, कल मुलाक़ात होगी।’

मनमोहन बाहर निकल आया। उसने ज़ीने पर क़दम रखा ही था कि देखा वही फहराती दाढ़ी वाला आदमी ज़ीना चढ़ रहा था। उसने मनमोहन को पहचान लिया। मुस्कुराते हुए कहा, ‘क्यों दोस्त कोर्स शुरू हो गया?’ मनमोहन ने कुछ नहीं कहा। बस एक हल्की सी मुस्कान बिखेरी और नीचे आ गया।

अगले दिन से रोज़ सुबह दस बजे वह नरेश तेजदौड़नकर के ऑफिस में जाने लगा।

पहला दिन उसने कुंजियों को पहचानने में लगाया। उसने देखा कि मूलभाव वाली कुंजियाँ कौन सी हैं और आधारभूत शब्दावली वाली कौन सी। फिर उसने प्लॉट वाले मीनू का विस्तृत अध्ययन किया। और अन्त में पत्रिकाओं और सम्पादकों से परिचित हुआ।

अगले दिन वह कुछ उत्साहित होकर नरेश के फास्ट ट्रैक नं. एक पर पहुँचा। उसने सोचा था आज कुछ रचनाएँ करके अवश्य देखेगा।

उसने तमाम कुंजियों को सही-सही दबाया और फिर प्रिंटर को प्रिंट आदेश देने के बाद आशा भरी निग़ाहों से उसकी ओर देखने लगा।

न कम्प्यूटर में कुछ हुआ, न प्रिंटर आगे बढ़ा।

इस बार उसने कुंजियों का नया सेट चुना और फिर प्रिंट आदेश दिया।

किर्र, किर्र, किर्र, किर्र...खटाक्। किर्र किर्र किर्र किर्र...खटाक् की आवाज़ के साथ प्रिंटर आगे बढ़ा, और उसने एक काग़ज़ बाहर फेंक दिया।

मनमोहन ने बड़ी आशा के साथ काग़ज़ उठाया। वह पूरी तरह खाली था। उसने तेजदौड़नकर से पूछा, 'क्या बात है? कम्प्यूटर कोई रचना नहीं कर रहा?'

तेजदौड़नकर ने तेज़ी से कुछ बटन दबाये और कहा, 'आपकी शब्दावली आपके मूलभाव के अनुरूप नहीं चुनी गयी है। इसलिए रचना नहीं हो रही। कोई बात नहीं, कल देखियेगा।'

अगले दिन मनमोहन ने कुछ प्रगति की। प्रिंटर पहली बार में चल पड़ा। मनमोहन ने देखा, लिखा था—

'...................।'

मनमोहन ने फिर कोशिश की। इस बार बात आगे बढ़ी। प्रिंटर किर्र...खटाक्, किर्र....खटाक् की आवाज़ करते हुए आगे चला और उसने तीन लाइनें प्रिंट कीं।

'क, क, क, क, क, क...'

'ख, ख, ख, ख, ख, ख, ख...'

'ग, ग, ग, ग, ग, ग, ग...'

तेजदौड़नकर ने प्रसन्न होते हुए कहा, 'बधाई मनमोहन जी। आप प्रगति कर रहे हैं। आपने क ख ग लिखना सीख लिया है। अगले एक दो दिनों में आप दो-चार लाइनें और फिर पूरी कविता लिखने लगेंगे।'

और वाकई अगले दिन मनमोहन ने कम्प्यूटर से दो-तीन लाइनें लिखवा लीं। फिर एक पैरा और छठवाँ दिन आते-आते एक पूरी कविता।

सिर्फ़ एक ही दिक़्क़त थी। कविता समझ में नहीं आ रही थी।

मनमोहन ने एक बार फिर उसे ध्यान से पढ़ा—

'धरतीदिगम्बरहैऔरआसमानदिगम्बरहरीघासपरस्पन्दितएकान्त...'

उसने नरेश तेजदौड़नकर से कहा, 'देखिये ये कैसी कविता है? कुछ समझ में नहीं आ रही।'

तेजदौड़नकर ने एक सरसरी निग़ाह प्रिंट आउट पर डाली और कहा, 'कविता ठीक बनी है। बस आपने स्लैश कमांड नहीं दिया इसलिए वाक्य अलग-अलग नहीं टूटे। एक-दूसरे से जुड़े हुए हैं। अब देखिये मैं स्लैश कमांड देता हूँ।'

नरेश ने स्लैश कमांड दिया। कम्प्यूटर ने जहाँ उसकी मर्ज़ी आयी खड़ी रेखाओं से शब्दों को अलग-अलग कर दिया। फिर उसने प्रिंट आदेश दिया। मनमोहन ने देखा सामने साफ़-सुथरी कविता खड़ी थी। नाम था 'दिगम्बर'।

धरती दिगम्बर है और आसमान दिगम्बर हरी घास पर स्पन्दित एकान्त में हम दोनों...

मनमोहन ने पूरी कविता ध्यान से पढ़ी। उसमें, जैसा कि स्पष्ट है, धरती दिगम्बर थी और आसमान दिगम्बर। नायक और नायिका दोनों हरी घास की शय्या पर स्पंदित एकान्त में दिगम्बर थे और दिगम्बर होने के बाद जो करना चाहिए कर रहे थे। रतिश्लथ होने के बाद कहीं कोई पश्चाल्लज्जा नहीं थी।

मनमोहन ने दो-तीन बार उस कविता को पढ़ा।

उसे लगा कि वह स्वयं उस कविता के पीछे दिगम्बर खड़ा है। उसके साथ उसकी प्रेमिका (जिस पर अब तक उसका प्रेम खुल नहीं पाया था) दिगम्बर खड़ी है। उन दोनों के पीछे सारे मुहल्ले वाले और उनके भी पीछे हरी घास के बड़े मैदान पर पूरा शहर दिगम्बर खड़ा है और वे सब उसे और स्मिता को देखकर हँस रहे हैं। पूरे माहौल में हँसी है एक विद्रूपता से भरी हँसी। हा...हा...हा...हा...हा...हा...हा...हा...

मनमोहन ने नरेश तेजदौड़नकर को वह कविता वापस करते हुए कहा, 'ये कविता अच्छी है। पर मैं इसके ऊपर अपना नाम लिखवाना नहीं चाहता।'

'क्यों? कविता मॉडर्न और नये मिजाज़ की बन पड़ी है। आप बहुत जल्दी लिखना सीख गये हैं।'

मनमोहन ने कुछ तल्ख़ी से कहा, 'मैंने आपसे कहा तो, मैं अपना नाम इसके ऊपर लिखवाना नहीं चाहता।'

'जैसी आपकी मर्ज़ी। वैसे ये कविता बड़ी चमकदार पत्रिका में छप सकती है। आप एक बार फिर सोच लें।'

'सोच लिया। मुझे ऐसी कविता के ऊपर अपना नाम नहीं लिखवाना।'

'तो एक बार शोषणवाला मोड ट्राइ कर लें। वहाँ भी कई विकल्प हैं।'

'जी नहीं।'

मनमोहन ने कहा और फास्ट ट्रैक नं. एक से बाहर निकल आया।

उस शाम मनमोहन गहरी निराशा में रहा। उसे समझ आ गया था कि कैसे हज़ारों हज़ार कहानियाँ, हज़ारों कविताएँ और उपन्यास लिखे जा रहे हैं। जैसे पत्रिकाओं का पेट भरने के लिए मशीनें लगी हुई थीं जो लगातार रचनाएँ फेंक रही थीं फिर उनकी लुग्दी बनाती थीं, फिर जोड़ तोड़ कर नया रूप देती थीं और फिर पत्रिका की ओर रवाना कर देती थीं। उसने तय किया कि वह वापस अपने शहर लौट जायेगा। पर फिर भी सूद को गालियाँ तो सुनाना ही चाहिए।

इस सबके लिए सूद जैसे लोग ही ज़िम्मेदार हैं। उसी ने विज्ञापन देकर उसे फँसाया उसका समय और पैसे बरबाद करवाये। एक बार फिर सूद को सबक सिखाने के इरादे से वह लेखक बनाओ केन्द्र की ओर चल पड़ा।

उसने सोचा था कि जाते ही सूद के कमरे में घुसेगा और सीधे उसे कालेज के ज़माने की सीखी हुई तगड़ी गालियाँ सुनायेगा। कहेगा सूद, भोसड़ी वाले, ये लेखक बनाने का फ्रॉड बन्द कर। अपने पैसे वापस माँगेगा, धमकियाँ देगा, धरना देगा, काउंटर पर बैठी लड़कियों के सामने सीन खड़ा कर देगा, सूद ने प्रतिरोध किया तो शायद उसको दो हाथ भी जमाये...

अभी वह लेखक बनाओ केन्द्र की सीढ़ियाँ चढ़ ही रहा था कि किसी ने धीरे से उसके कन्धे पर हाथ रखा।

वही नुकीली नाक, फहराती दाढ़ी और उठे हुए माथे वाला आदमी था। उसने मुस्कुराते हुए कहा, 'कहो दोस्त, क्या हाल हैं?'

मनमोहन ने कुछ नहीं कहा। फहराती दाढ़ी ने बात आगे बढ़ाई।

'सूद से मिलने आये हो?'

'हाँ'

'उसे गालियाँ दोगे?'

'हाँ'

'उससे पैसे वापस माँगोगे?'

'हाँ'

'पीटोगे?'

'अगर ज़रूरत पड़ी तो।'

'मगर इससे क्या होगा? क्या लेखक बन जाओगे?'

'नहीं मगर मन में सन्तोष तो होगा।'

'अगर वाकई तुम्हें सिर्फ़ इसी बात से सन्तोष मिल सकता है तो जाओ, पीटो सूद को। पर तब मैं कहूँगा कि तुम वाकई लेखक बनने लायक नहीं।'

मनमोहन ने इस बार फहराती दाढ़ी से सीधे मुख़ातिब होते हुए कहा, 'मैं आपको जानता नहीं हूँ, आपके नाम से भी परिचित नहीं, फिर आपको मेरी इतनी चिन्ता क्यों?'

'इसलिए क्योंकि तुम मुझे अच्छे लगते हो। पहले दिन से, जबसे तुम मुझे दिखे। मैं तुम्हें दोस्त बनाना चाहता था। आओ, नीचे चलकर चाय पीते हैं।'

मनमोहन अनायास ही उसके साथ नीचे उतर आया। वह मनमोहन को कनॉट प्लेस के पिछवाड़े बनी चाय की दुकान पर ले गया। पहली बार मनमोहन ने देखा कि कनॉट प्लेस का कोई पिछवाड़ा भी है। एक मठरी और चाय का गिलास मनमोहन के हाथ में पकड़ाते हुए उसने कहा–

'मेरा नाम सुकान्त है।'

'मैं मनमोहन। आप वही प्रसिद्ध कवि 'सुकान्त' तो नहीं जिनका अभी-अभी कविता संग्रह आया है?'

'आपने ठीक पहचाना। मैं वही सुकान्त हूँ। धरती के इस छोटे से टुकड़े पर, एक भाषा जानने वाले करोड़ों लोगों में से कुछ एक पढ़े-लिखे लोग, मेरी कविताओं को समझ लेते हैं और उनकी प्रशंसा कर देते हैं। लेकिन इससे क्या फ़र्क़ पड़ता है? कम से कम मुझे तो इस कारण से असामान्य दिखने या होने का अधिकार नहीं मिल जाता।'

'आप अन्यथा न लें तो एक बात पूछूँ?'

'आप पूछ सकते हैं। और अगर आप इजाज़त दें तो आपका प्रश्न मैं ही रख देता हूँ–सुकान्त जी आप इतना अच्छा कैसे लिख लेते हैं, यही न?'

'बिल्कुल ठीक। आपने कैसे जाना?'

'मैं सूद के केन्द्र के सामने किताबों की दुकान पर सालों से उठता बैठता रहा हूँ। देशभर के लोग वहाँ आते हैं। मैं उनसे टकराता ही रहता हूँ। करीब-करीब सभी लोग यही प्रश्न पूछते हैं। मैं आपको इसका उत्तर दूँगा। पर आज नहीं। आप ये बताइये, आप दिल्ली कितनी बार आये हैं?'

'यही कोई दो-तीन बार!'

'आपने दिल्ली देखी है?'

'जी थोड़ी बहुत। यही कनॉट प्लेस, पहाड़गंज, नयी दिल्ली...'

सुकान्त ने उसकी बात काटते हुए कहा, 'नहीं देखी। आपने दिल्ली नहीं देखी। चलिए मैं आपको दिखाता हूँ।'

अगले सात दिन तक सुकान्त मनमोहन के साथ दिल्ली घूमता रहा। वह उसे जामा मस्ज़िद के नीचे लगे भीड़ भरे बाज़ार में ले गया और कन्धे चीरती हुई सदर बाज़ार की तंग गलियों में, लाल किले के झरोखों से इतिहास दिखाया और पीछे लगने वाले कबाड़ी बाज़ार से वर्तमान, मंडी हाउस के रेस्त्राँ से कलामंच की झलक दिखाई और यू.एन.आई. कैण्टीन में पत्रकारों की बहसों में शामिल कराया, वे जे.एन.यू. गये और इंडिया इंटरनेशनल सेंटर भी, वे किताबों की दुकानों पर गये और अख़बारों के कार्यालय में भी। पराँठे वाली गली से बंगाली मार्केट तक और कनॉट प्लेस से लेकर कुतुब तक, जाने कितने अड्डों को सुकान्त जानता था, सन् सत्तावन की लड़ाई के बारे में ग़ालिब के विचारों से लेकर कनॉट प्लेस के निर्माण के इतिहास तक उसे सैकड़ों चीज़ों के बारे में दिलचस्प जानकारी थी लेकिन फिर भी, वह इसका प्रदर्शन नहीं करता था। धीरे-धीरे उसके साथ घूमते हुए दिल्ली को जाना जा सकता था। सुकान्त की दिल्ली एक ऐसा दृश्य थी, जो यथार्थ था मगर स्वप्न की तरह था, जो दिखता था मगर पकड़ में नहीं आता था, जो था पर नहीं था। वह सुकान्त के विवरण से बनती थी, उसी से बिगड़ती थी।

सातवें दिन कनॉट प्लेस के पिछवाड़े चाय की दुकान पर, खोखे पर बैठते हुए सुकान्त ने कहा, 'अच्छा भाई मनमोहन, आज से अपना घूमना ख़त्म। अब मुझे काम में लगना पड़ेगा।'

'आप करते क्या हैं?'

'यही, फ्री लांसिंग।'

मनमोहन धीरे-धीरे चाय पीता रहा। फिर बोला, 'आपके साथ सात दिन गुज़ारने के बाद घर जाना अच्छा तो नहीं लग रहा पर जाना पड़ेगा। मुझे भी नौकरी पर लगना है। पर सुकान्त जी आपने अब तक अपना वादा पूरा नहीं किया है।'

'कौन सा?'

'वही अच्छा लिखने के बारे में कुछ बताने वाला।'

सुकान्त हँसने लगा। उसने कहा, 'बताया तो!'

मनमोहन ने प्रश्नवाचक निग़ाहों से सुकान्त की ओर देखा। वह अब गम्भीर हो गया था। उसने मनमोहन से पूछा, 'अच्छा मनमोहन तुमने मुझे अपने बहुत सारे अनुभव सुनाये पर ये नहीं बताया कि पिछले दिनों तुमने कुछ लिखा भी?'

'जी...जी...कुछ ख़ास नहीं।'

'देखो मनमोहन। हममें से बहुत से लोग, जो लेखक बनना चाहते हैं। अक्सर सोचते ही रहते हैं कि उन्हें लेखक बनना है। लिखते कुछ नहीं। लेखक बनने के लिए सबसे ज़रूरी है लिखना।'

फिर कुछ रुककर उसने कहा, 'और दूसरी बात है पढ़ना। बिना पढ़े, बिना जाने तुम्हारी बात में घनत्व नहीं आ सकता।'

मनमोहन ने कुछ कहना चाहा। पर सुकान्त ने हाथ के इशारे से उसे रोकते हुए कहा, 'अब तुम कहोगे किस चीज़ के बारे में लिखूँ? तो मैं कहूँगा—जीवन के बारे में। जैसा तुमने उसे देखा, सुना, समझा है वैसा। अगर सच्चा लिखोगे तो भाषा और कहन तलाश लोगे। बाकी सब टोटका है।'

सुकान्त ने धीरे-धीरे चाय का गिलास ख़त्म किया। फिर मनमोहन से हाथ मिलाया और कहा, 'अच्छा दोस्त, फिर मुलाक़ात होगी।'

अपने कन्धों को थोड़ा सा झुकाये, फहराती दाढ़ी वाला सुकान्त लम्बे-लम्बे क़दमों से वापस, किताबों की दुकान की तरफ़ जा रहा था।

वही कनॉट प्लेस था और वही 'लेखक बनाओ केन्द्र' पर मनमोहन ने आज अपने आपको अद्भुत रूप से हल्का महसूस किया।

(उद्भावना, 1997)

रामकुमार के जीवन का एक दिन

(1)

दूध का ट्रक अभी-अभी रामकुमार के घर के सामने से गुज़रा था और मोड़ पर से गुज़रते समय, पहले वह अपनी विशिष्ट घरघराहट के साथ गुर्राया था और फिर दुम दबाकर भागने के पहले ज़ोर से छींका था। रशीद भाई अपनी साइकिल के कैरियर पर ब्रेड और अंडों से भरी लकड़ी की पेटी लादे चें-पँ चें-पँ करते गुज़र गये थे और उनके इस हस्तक्षेप से, मुहल्ले में जगार हो गयी थी। सेंट जोसफ कान्वेंट के बच्चे रामकुमार के घर के सामने एकत्र हो चुके थे और छोटे-छोटे खेल खेलते हुए, बस के आने का इन्तज़ार कर रहे थे। थोड़ी देर में बस आयेगी, ड्राइवर नन्दू अनीता मैडम के घर के सामने रुककर ज़ोर-ज़ोर से हार्न बजायेगा और धीरे-धीरे मुस्कुरायेगा, अनीता मैडम हड़बड़ाती हुई ज़ीना उतरेंगी और बस के सामने ड्राइवर के बगल वाली सीट पर बैठ जायेंगी। नन्दू फिर बच्चों को बस में बैठायेगा और उड़न छू हो जायेगा।

अपने घर के सामने हो रही इस तमाम हलचल से बेख़बर प्रख्यात बुद्धिजीवी और जुझारू कार्यकर्ता रामकुमार अपने बिस्तर पर औंधा पड़ा, गहरी नींद ले रहा था। तभी उसके फ़ोन की घंटी चिड़िया की चहचहाहट की तरह बजी। उसकी पत्नी नीति ने फ़ोन उठाते हुए कहा—'दिल्ली से फ़ोन है।'

रामकुमार को ये आवाज़ कहीं दूर से आती जान पड़ी। सुबह के सात बजे थे और वह रात दो बजे सो पाया था। शाम पाँच बजे वह अपनी मेज़ पर बैठ गया था और लगातार, आठ-नौ घंटे तक, कॉन्फ्रेंस के लिए रिपोर्ट तैयार करता रहा था। पर दो बजे के करीब, जब अक्षर एक-दूसरे में गड्ड-मड्ड होने लगे और कन्धों में अपार दर्द

होने लगा और फिर भी रिपोर्ट पूरी नहीं हो पायी, तो उसने सो जाना ही बेहतर समझा। सोचा था सुबह एक आध घंटे ज़्यादा सोकर रात की भरपाई कर लेगा। पर ये फ़ोन...

उसने नीति की आवाज़ अनसुनी कर दी। करवट बदली और फिर आँखें बन्द कर लीं।

'क्या कहूँ?'

नीति ने फिर पूछा। राम ने पैरों से चादर एक ओर ठेलते हुए कहा, 'कहो आ रहे हैं।'

उसके सिर में हल्का सा दर्द था। शरीर टूट रहा था और आँखें जल सी रही थीं। बदन में हरारत थी, लगा बुखार आयेगा। बेमन से फ़ोन उठाते हुए उसने कहा—'रामकुमार।'

'........'

'हाँ, कॉन्फ्रेंस की मुझे सूचना है।'

'........'

'हाँ-हाँ, मैं कल सुबह निकल रहा हूँ।'

'........'

'नहीं रिपोर्ट अभी पूरी तरह तैयार नहीं है। आज हो जायेगी। आई एम सॉरी। आई कुड नॉट सेंड इट अर्लियर। साथ में ला रहा हूँ। कॉपी करा लूँगा।'

'.....'

'ठीक है, फिर मिलते हैं।'

उसने कहा और फ़ोन रख दिया।

अब बैठने का वक़्त नहीं था। अगर जल्दी तैयार नहीं हुआ तो सुबह आने वालों का ताँता शुरू हो जायेगा, और एक बार फिर, वह समय पर तैयार नहीं हो पायेगा।

वह उठा और वॉश बेसिन के सामने जाकर खड़ा हो गया। जैसे किसी रोबोट की तरह उसने पेस्ट उठाया, ब्रश में लगाया और दाँत माँजना शुरू कर दिया।

उसकी आँखें अब तक पूरी तरह नहीं खुली थीं। वह जल्दी-जल्दी ब्रश कर रहा था और आज के कामों के बारे में भी सोचता जा रहा था। सुबह दस बजे से राज्य कार्यकारिणी की मीटिंग थी। नयी आर्थिक नीतियों पर बातचीत होनी थी और आन्दोलन की कार्रवाई

तय की जानी थी। रात वाली रिपोर्ट अभी पूरी नहीं हुई थी। करीब दो घंटे उसमें भी लगने वाले थे। फिर ज़िलों से लोग आयेंगे। उनकी अपनी-अपनी समस्याएँ होंगी। आज लौटने में रात होना निश्चित था।

अचानक दाहिनी ओर की दाढ़ में पेस्ट लगा और एक टीस सी उठी। दाँत में कीड़ा लग गया था। वह बहुत दिनों से डाक्टर के पास जाने की सोच रहा था, पर वक़्त ही नहीं मिल पाता था। रोज सुबह उसे दाँत में तकलीफ होती थी, और रोज़, वह मुँह धोने के बाद, उसे भूल जाता था।

अभी मुँह पोंछ ही रहा था कि कॉल बेल बजी।

उसने हड़बड़ी में तौलिया कन्धे पर डालते हुए नीति से कहा, 'देखो तो कौन है? अगर हो सके तो टाल देना...'

नीति ने लौटकर कहा, 'सिराज आया है।'

अब तक रामकुमार के पेट में दबाव बनने लगा था। उसने सोचा कि निबट ले फिर सिराज से बात करेगा। फिर लगा कि नहीं, पहले बात कर ले फिर भीतर जाये।

दुविधा में तौलिया कन्धे पर डाले ही वह बाहर निकल आया।

'क्यों सिराज, कैसे?'

उसकी आवाज़ में हल्की सी चिड़चिड़ाहट थी, जिसका तात्कालिक कारण तो पेट में बनता दबाव हो सकता था, पर उसका एक ग़ैर-तात्कालिक कारण भी था।

रामकुमार को जानने वाले जानते हैं कि वह एक यारबाज़ क़िस्म का आदमी था। रात-रात तक दोस्तों के साथ अड्डा जमाना, किसी की ज़रा-सी भी तकलीफ़ की ख़बर मिलने पर स्कूटर उठाकर निकल जाना, दोस्तों को खिलाना-पिलाना, घुमाना-फिराना, उसकी आदतों में शुमार था। पर इस बीच उसमें एक अजीब परिवर्तन आया था। उसे अपने समय, अपनी प्रायवेसी की चिन्ता सताने लगी थी। वह अब तक इस तरह दोस्तों और जनता का आदमी होकर रहता आया था कि उसका अपना कोई वक़्त ही नहीं रहा था। अब उसे लगता था कि कम से कम सुबह-शाम कुछ वक़्त उसे अपने लिए मिल जाये तो थोड़ा-बहुत पढ़-लिख लिया करे, अपने आपको व्यवस्थित कर लिया करे। पर यहीं पुराने सम्पर्क और लोगों के लिए कुछ कर गुज़रने की उसकी अन्दरूनी भावना, आड़े आ जाती थी। वो लोगों से मुँह खोल

कर कुछ कह नहीं पाता था और लोग अपने आप में इतने मशगूल थे कि उसकी संवेदनाओं का सम्मान नहीं कर पाते थे। अन्तर और बाह्य में ये संघर्ष ही उसकी चिड़चिड़ाहट का मूल कारण था।

सिराज ने उसके स्वर में हलकी सी चिड़चिड़ाहट को भाँप लिया। धीरे से कहा, 'भैया आपको तो मालूम ही है...'

हाँ उसे मालूम था। उसे मालूम था कि सिराज क्यों आया है। अपनी पाँचवीं नौकरी से निकाल दिये जाने के बाद उसे पिछले दो महीनों से फिर नौकरी की तलाश थी और वह सोचता था कि राम उसे नौकरी दिला सकता है। राम पूरी कोशिश कर रहा था। अपने हर परिचित के यहाँ उसे भेज चुका था। पर सिराज की बनावट में ही कुछ ऐसा था कि कोई उसे नौकरी पर नहीं रखता था। रामकुमार को ख़राब भी लगता था कि वह सिराज का छोटा-सा काम नहीं करवा पा रहा और खीझ भी आती थी कि सिराज खुद अपने लिए कोई कोशिश क्यों नहीं करता। पर अपने स्वभाव के कारण वह सिराज को और उसके जैसे कई दोस्तों को, झटक नहीं पाता था।

उसे मालूम था कि अगर उसने सिराज को इस समय ज़रा भी लिफ्ट दी तो वह अपनी पूरी कहानी फिर से सुनायेगा। इसलिए उसने सीधे मुद्दे पर आते हुए कहा, 'काम हुआ?'

नीति आकर दो कप चाय रख गयी।

सिराज ने कहना शुरू किया, 'नहीं भैया, अभी कहाँ? मैं गया था। पर कलेक्टर ने दो घंटे बाहर खड़ा रखा। फिर बाहर निकलकर गाड़ी में बैठते हुए कहा, कल आइयेगा। मेरे पास तो वापस लौटने के लिए भी पैसे नहीं थे। जैसे-तैसे घर लौट पाया। फिर अगले दिन गया। एक घंटे खड़ा रहा पर कलेक्टर दौरे पर चले गये। फिर दो दिन छोड़कर गया...'

रामकुमार का सिर घूमने लगा। उसमें 'गया, खड़ा रहा, चले गये,' 'गया, खड़ा रहा, चले गये', ये तीन शब्द घूम-घूम कर सर की हदों से टकराने लगे। उनके इस घुमाव और पेट में होने वाली गुड़गुड़ में एक अजीब क़िस्म का सिंक्रोनाइज़ेशन था।

रामकुमार उन लोगों में से नहीं था जो भरी सभा में ज़ोर से आवाज़ करते हुए अपना पेट हल्का कर लेते हैं। वह उठकर दूसरे कमरे में गया, दबाव हल्का किया और फिर आकर सिराज के सामने बैठ गया।

'तुमने कलेक्टर से कहा नहीं कि तुम स्थानीय आदमी हो। उस काम पर तुम्हारा अधिकार बनता है...'

कहते-कहते उसे खुद अजीब-सा लगने लगा। वह सिराज को भी जानता था और कलेक्टरों को भी। न सिराज कभी उससे कुछ कह पायेगा और न कलेक्टर अपनी ओर से कुछ भलमनसाहत दिखायेगा।

सिराज ने फिर कुछ दयनीयता भरे ग़ुस्से से कहा, 'भैया मेरी तो हालत ख़राब हो गयी है। अगर आपने जल्दी ही कुछ नहीं किया, तो मैं आत्महत्या कर लूँगा...'

आज के ज़माने में किसी को नौकरी दिलवाना कोई आसान काम नहीं और अगर पेट में दबाव बनता रहे तो उसके बारे में सोचना तक भी आसान काम नहीं। उसने खीझते हुए कहा, 'अच्छा कम से कम आज आत्महत्या मत करना। मैं आज कलेक्टर से बात करूँगा।'

कहकर वह अन्दर चला गया।

अभी निबट कर बाहर आया ही था कि नीति ने कहा, 'शरीफ मियाँ बैठे हैं।'

शरीफ मियाँ हालाँकि उसके अच्छे दोस्त थे और संस्था के काम से ही आये थे पर इस वक़्त उनका आना उसे खल गया। नौ बज चुके थे और उसे तैयार होकर दस बजे मीटिंग में पहुँचना था। उसने बैठक में पहुँचते हुए कहा, 'कहिये शरीफ भाई?'

शरीफ भाई सलवार-कमीज़ में, कुर्सी पर पालथी मारे बैठे हुए थे। लगता था उन्हें कुछ भी कहने की कोई जल्दी नहीं है। उन्होंने इत्मीनान से सिगरेट का पैकेट जेब से निकाला, लाइटर से उसे सुलगाया और कुछ कश लगाने के बाद उससे पूछा, 'सिगरेट पियोगे?'

'नहीं यार, इस वक़्त नहीं।'

'तो मियाँ बैठो तो, तुम्हें एक जलवेदार ख़बर सुनायें...'

'जो कुछ कहना है जल्दी कह डालिए।'

'आजकल शहर की पॉलिटिक्स में अपना सिक्का चल रहा है। ये देखो...'

कहकर उन्होंने एक आमन्त्रण पत्र जेब से निकाला और उसकी तरफ़ बढ़ा दिया।

'ये क्या है?'

'मियाँ सी.एम. हाउस का निमन्त्रण है। सी.एम. रोज़ा इफ्तार की पार्टी दे रहे हैं। सीनियर सिटीज़न के तौर पर हमें भी बुलाया है...'

उसने निमन्त्रण पत्र वापस करते हुए कहा, 'चलिए अच्छा है। जब सी.एम. आपकी बात मानने लगें तो हमें भी एक आध बार मिलवा दीजियेगा। फिलहाल बतायें कैसे आना हुआ...'

'बताते हैं मियाँ बताते हैं पहले कॉफी तो पिलवाइये।'

अब उसके सब्र का बाँध टूटने लगा उसने कुछ ज़ोर से कहा, 'नीति, भाई दो कप कॉफी बना देना।'

अब शरीफ मियाँ ने अख़बार में लिपटा एक कार्ड शीट का गोला निकाला और उसे सामने टेबल पर खोलते हुए कहा, 'ये पोस्टर का डिज़ाइन देखिये।'

एक भद्दा-सा पोस्टर सामने था। पोस्टर में छोटे-बड़े अक्षरों का कोई बैलेंस नहीं था। रंग गाढ़े और अजीबोगरीब से चुन लिए गये थे। मुख्य नारा पूरी तरह से गायब था और रामकुमार की संस्था का मोनो तक उसमें दिखाई नहीं दे रहा था। अब राम का पारा चढ़ने लगा।

'मियाँ ये भी कोई डिज़ाइन है?'

शरीफ मियाँ ने आदत के मुताबिक कहा, 'क्यों इसमें क्या बुराई है?'

वह स्पष्टीकरण देने के मूड में नहीं था।

'बस भाई ठीक नहीं है, इसे बदलवाइये।'

'बताइये तो क्या बदलवाना है?'

'रंग बदलिए, अक्षर बदलिए, नारा बदलिए, गरज कि पूरा पोस्टर बदलिए।'

कहकर वह अन्दर जाने लगा।

दोस्तों से इस तरह बात करना उसे अच्छा नहीं लगता था। पर क्या करे? अगर कोई सालोंसाल उसके साथ काम करने के बाद भी उसे न समझ पाये तो वह क्या करे?

'कॉफी...'

दरवाज़े पर लगभग टकराते हुए नीति ने कहा, 'मुझे देर हो रही है तुम थोड़ा शरीफ मियाँ के साथ बैठकर पी लो...'

फिर वह दाढ़ी बनाने के शीशे के सामने खड़ा हो गया।

ब्लेड पुराना था। पहली बार घुमाने पर ही काटने लगा। उसने ब्लेड का पैकेट देखा। खाली था। झुँझलाकर नीति से कहा, 'भाई मेरा ब्लेड तो...'

फिर चुप हो गया। इस वक़्त बात बढ़ाने का कोई मतलब नहीं था। शाम को ब्लेड लाने का ध्यान रखना होगा।

इस वक़्त उसने पुराने ब्लेड से ही काम चलाया। शीशा देखा, गर्दन पर बाल छूट गये थे। उसने सोचा कल देखा जायेगा और बाथरूम में घुस गया।

वातावरण में ठंडक थी। ठंडे पानी से नहा लेने पर उसके शरीर में खुजली सी होती थी और लाल चकत्ते उभर आते थे। पर लगभग रोज़ ही उसे ठंडे पानी से नहाना पड़ता था क्योंकि पानी ग़र्म करने का वक़्त ही नहीं होता था। वह जल्दी-जल्दी नहाकर बाहर आया, जल्दी से कपड़े पहने और नाश्ते की टेबल के सामने जाकर खड़ा हो गया।

दो पराँठे और एक गिलास दूध वहाँ पहले से रखे थे। उसने पराँठे को गोल किया और जल्दी-जल्दी खाने लगा। खाने के साथ-साथ वह चहलकदमी भी करता जा रहा था। इससे उसे सोचने में मदद मिलती थी और शरीर में कुछ गर्मी लाने में भी। सोचते-सोचते ही उसने दूध का गिलास उठाया, एक घूँट लिया और तेज़ी से नीचे रख दिया। दूध बहुत ग़र्म था पर उसने ध्यान नहीं दिया था। जीभ बुरी तरह जल गयी। उसने नाश्ता अधूरा ही छोड़ दिया।

नीति ने कहा, 'ये पराँठा तो खा लो।'

'बस हो गया।'

'जब तक तुम नाश्ता करते हम तुम्हारी पैंट प्रेस कर देते...'

'ठीक तो है।'

'अच्छा आज शाम घर का सामान लेने...'

'तुम ले आना।'

'बच्चों के स्कूल भी बुलाया था।'

'तुम हो आना।'

'अम्मा की शुगर टेस्ट करा लो। दो दिन से चक्कर-चक्कर कर रही हैं।'

'कल देखेंगे।'

'कब तक आओगे।'

'रात तक।'

'कल जाना है?'

'हाँ।'

अब बात करने का वक़्त नहीं था। उसने चप्पल डाली और चल पड़ा। जैसे ही स्कूटर स्टार्ट की, चप्पल टूट गयी। वह टूटी चप्पल पहने ही निकल पड़ा।

(2)

यहाँ रामकुमार के बारे में थोड़ा जान लेना बेहतर होगा।

रामकुमार अपने छात्र जीवन में एक जुझारू छात्र नेता के रूप में उभरा था। वह पढ़ाई-लिखाई में होशियार था और वहाँ भी आगे जा सकता था पर राजनीति उसे ज़्यादा आकर्षित करती थी। रणनीति बनाने में वह उस्ताद था। जाने कितने महाविद्यालयीन चुनाव उसने जीते, जाने कितने छात्र आन्दोलनों का नेतृत्व किया, जाने कितने नेताओं को उसने उठाया-गिराया।

वह भाषा का जादूगर था और भावनाओं का अच्छा खेल कर लेता था। जब बोलने खड़ा होता तो हज़ारों लड़के-लड़कियाँ पागल हो जाते। धीरे-धीरे वह प्रादेशिक और फिर राष्ट्रीय छात्र नेता के रूप में जाना जाने लगा।

कई राजनीतिक पार्टियों ने उस पर डोरे डाले। पर वह अन्दर से बहुत ईमानदार और वीतरागी क़िस्म का आदमी था। उसने मेहनतकशों की पार्टी में जाना ही ठीक समझा जहाँ संघर्ष के सिवा कुछ नहीं था।

छात्र राजनीति से वह मज़दूरों के संघर्ष में आया और फिर वहाँ से बुद्धिजीवियों के मोर्चे पर। अब कभी पर्यावरण के लिए, कभी साम्प्रदायिक एकता के लिए, कभी बहुराष्ट्रीय कम्पनियों के ख़िलाफ़ और कभी सांस्कृतिक अस्मिता के लिए लड़ते, उसे देखा जा सकता था।

लोगों को उसके जुझारूपन और आन्तरिक ऊर्जा के वैभव पर बहुत आश्चर्य होता। जैसे वह थकना जानता ही नहीं था। वह चला जा रहा था, चला जा रहा था...

फिर भरी इमरजेंसी में, भारी सुरक्षा और दमन के बीच उसने मुख्यमन्त्री के ऊपर जूता फेंक मारा। पकड़ा गया और दो साल जेल में रहा।

जेल से निकलकर उसने अपने छात्र जीवन की संगिनी नीति से शादी कर ली। नीति बहुत समझदार क़िस्म की लड़की थी। वह रामकुमार को दिल से प्यार करती थी, उसकी भावनाओं, उसकी

विश्वदृष्टि, उसके इरादों से इत्तेफाक़ रखती थी, उसका आदर करती थी। उसने इधर एक छोटी सी नौकरी कर ली थी। दोनों में अच्छी निभ रही थी।

या कम से कम लगता तो ऐसा ही था।

(3)

रामकुमार ने सन्तू की दुकान के सामने स्कूटर रोकते हुए कहा—'लेना यार सन्तू, इस चप्पल में एक दो कीलें मार देना।'

रामकुमार और सन्तू में दोस्ती थी।

असल में इलाके के बहुत से मज़दूरों, कामगारों, सफाई कर्मचारियों और ठेले वालों से उसकी दोस्ती थी। वह उन्हें बहुत निकट से जानता था और वे भी, कठिनाई पड़ने पर, उसी के पास आया करते थे।

सन्तू ने कीलें मारते हुए कहा, 'भैया अब इसके दिन पूरे हो गये। इसे बदलवाओ। कहो तो मैं आपके लिए नयी जोड़ी बना दूँ।'

'बदलवाते हैं यार।'

'इस बार बहुत दिनों में दिखे?'

'हाँ, बाहर गया था।'

'आपसे थोड़ी बात भी करनी थी, गुमटी के बारे में।'

'क्यों दरोगा फिर कुछ कह रहा है क्या?'

'हाँ यहाँ से हटाने को कहता है। अब इतने दिनों में तो यहाँ काम जम पाया है। आप थोड़ी बात कर लीजियेगा।'

'करूँगा, एक दो दिन में।'

रामकुमार ने कहा और आगे बढ़ लिया।

जैसे-जैसे वह कार्यालय की ओर बढ़ रहा था उसका मूड बदलता जा रहा था। दूर-दूर से आने वाले अपने साथियों के चेहरे उसकी नज़रों के सामने आ रहे थे। उन लोगों ने नयी आर्थिक नीतियों के ख़िलाफ़ अपने इलाके में क्या किया ये जानने की उत्सुकता उसे सताने लगी थी। उसे भी इसी विषय पर बातचीत करनी थी। वह अपने विचारों को व्यवस्थित करने लगा।

साथी कार्यालय में पहुँच चुके थे। रामकुमार के पहुँचते ही उसे तरह-तरह की जिज्ञासाओं ने घेर लिया।

'राम भाई नमस्ते।'

'नमस्कार, और क्या हाल हैं?'

'बढ़िया, और आपके?'

'ठीकठाक।'

'इस बार आप हमारे ज़िले के बहुत पास से निकल आये।'

'क्या बतायें, लौटने की जल्दी थी।'

'पत्रों का भी जवाब नहीं मिल रहा?'

'दूँगा यार, देख ही नहीं पाया।'

'दिल्ली की क्या ख़बर है?'

'अच्छी हलचल है।'

'हमारे ज़िले में भी माहौल तो अच्छा है, बस एक बार आपको आना है।'

'ज़रूर।'

रामकुमार ने सबसे बात की। वह किसी का दिल दुखाना नहीं चाहता था। साथियों के बीच आकर उसने अपने आपको बहुत ताकतवर महसूस किया। इसकी चिन्ता का दायरा अचानक बहुत बड़ा हो गया। वह परिवर्तन के लिए जारी एक बड़े संघर्ष से अपने आपको जुड़ा महसूस करने लगा। उसने कहा–

'आइये मीटिंग शुरू करते हैं।'

मीटिंग शुरू होते ही वह दूसरी तरह का आदमी हो गया। उसने बहुत मज़बूती के साथ नयी आर्थिक नीतियों के पीछे छिपे अन्तर्राष्ट्रीय षड्यन्त्र को खोलकर बताया। उसने देश की आत्मनिर्भरता और उससे जुड़ी आम भारतीय की अस्मिता का प्रश्न बहुत भावुकता के साथ उठाया। उसने देश में जारी लूट के ख़िलाफ़ आह्वान किया। वातावरण काफ़ी हाई वोल्टेज पर चार्ज हो गया। एक गरमागरम बहस छिड़ गयी जो अन्त में जाकर आम सहमति पर समाप्त हुई। अगले दो महीनों के लिए आन्दोलनात्मक कार्रवाई का प्लान बनाया गया और सबने पूरी ताकत लगाने का आश्वासन दिया।

रामकुमार ने सन्तोष की साँस ली। उसका काम हो चुका था। उसने सिर उठाया। देखा दो बज रहे थे। उसे अपनी कल की बची हुई रिपोर्ट भी पूरी करनी थी। खाना खाने का वक़्त नहीं था। उसने

संजय से कहा, 'चलो संजय, बहुत काम है।'

वह जाकर अपनी सीट पर बैठ गया। उसने बोलना और संजय ने लिखना शुरू कर दिया।....

'विकसित देश दुनिया को आज ऐसे दो भागों में विभाजित कर देना चाहते हैं जिनमें से एक, दुनिया के सभी संसाधनों का, उसके ज्ञान-विज्ञान का, व्यापार का मालिक हो और दूसरा मजबूरी में अपने संसाधनों का दोहन करवाता रहे...'

'राम भाई टेलीफ़ोन।'

'लाओ बात कराओ...'

'...........'

'हाँ संजय आगे चलो। प्रतिद्वन्द्विताविहीन विश्व में अमेरिकी दादागिरी का स्वरूप भी बहुत भोंडा होता चला जा रहा है। अमेरिका विश्व के तमाम बाज़ारों पर कब्ज़ा कर लेना चाहता है जिससे अपनी डूबती अर्थव्यवस्था को बचा सके...'

'राम भाई वो भिंड वाले आपसे मिलने के लिए बैठे हैं।'

'चलो बात कर लेते हैं। संजय तुम यहीं रुकना...'

'............'

'चलो शुरू करो संजय। विश्व बैंक के दबाव के आगे...'

'राम भाई दस अगस्त को आपको हमारे ज़िले में आना है।'

'राम भाई, अगली मीटिंग आठ की है।'

'राम भाई, आपको ग्यारह को दिल्ली पहुँचना है।'

'राम भाई, वो पुस्तिका कब निकल रही है?'

'राम भाई, हम खर्चे का हिसाब आपको देना चाहते हैं।'

'राम भाई...'

'राम भाई...'

'राम भाई...'

राम ने सबको धैर्यपूर्वक निबटाया। बीच-बीच में थोड़ा झुँझलाया पर रिपोर्ट लिखवाना जारी रखा। उसने दिन में खाना नहीं खाया था। शाम के छः बजने वाले थे और उसे कस कर भूख लग आयी थी। वह रिपोर्ट के अन्तिम हिस्से पर पहुँचा।

'हम सबका ये कर्तव्य बनता है कि...'

फिर संजय से कहा, 'चलो भई संजय, अब ख़त्म करो। टाइप

करके रात तक घर पहुँचा देना।'

वह सीट से उठ ही रहा था कि विजय ने कहा, 'राम भाई सात बजे पर्यावरण संगोष्ठी में जाना है। उनका दो बार फ़ोन आ चुका है।'

राम थक गया था। पर पर्यावरण समूह वाले उसके अच्छे परिचित थे। अगर नहीं जाता तो बुरा मानते। उसने कहा, 'चलो, कहीं कुछ खा लें।'

फिर बाहर निकल आया।

(4)

राम ठीक सात बजे संगोष्ठी स्थल पर पहुँच गया।

करीब तीस-चालीस लोग वहाँ पहुँच चुके थे और अलग-अलग समूहों में खड़े बतिया रहे थे। कुछ लोग सिगरेट फूँक रहे थे या चाय की चुस्कियाँ ले रहे थे। बीच-बीच में किसी के मज़ाक़ पर ज़ोर का ठहाका पड़ता था। फिर बात सम पर आ जाती थी।

ये वही लोग थे जो राम को हर गोष्ठी में दिखाई पड़ते थे। राम को ऊब सी लगने लगी। उसने संयोजक को ढूँढ़ा और कहा, 'भई शुरू करवाइये।'

'बस भाई साहब, एक-दो मिनट और देख लें।'

फिर वे अन्दर जाकर बैनर बाँधने लगे। करीब दस मिनिट बाद बाहर आकर उन्होंने एक नज़र मारी। कोई दो-चार लोग ही और बढ़े थे। वे अब अलग-अलग लोगों से आत्मीयतापूर्वक मिलने का अभिनय करने लगे। एक जूनियर से लड़के ने उनके कान में आकर कुछ कहा। वे थोड़ा सा चौंके फिर पास के कमरे में फ़ोन करने चले गये। बाहर आये तो उनके माथे पर चिन्ता की सलवटें थीं। उन्होंने राम के पास आकर कहा, 'राम भाई, आपसे एक रिक्वेस्ट है। सिंह साहब को प्रमुख वक़्ता के रूप में बुलाया था। अभी-अभी ख़बर मिली है कि वे नहीं आ सकेंगे। अब आप ही विषय प्रवर्तन कर दें।'

राम ने झुंझलाते हुए कहा, 'यार मैं बहुत थका हुआ हूँ और इस विषय पर मेरी तैयारी भी नहीं है।'

संयोजक ने कहा, 'राम भाई आपको तैयारी की क्या ज़रूरत। आप तो आज के हालात से पूरी तरह परिचित ही हैं। और आपका हर विषय में अध्ययन है। आप बड़ी आसानी से बोल सकते हैं...'

'ठीक है, शुरू करवाइये।'

राम जाकर हॉल में बैठ गया। उसने जेब में से एक काग़ज़ निकाला और उस पर कुछ लिखने लगा। गोष्ठी शुरू हुई।

अब संस्था के सचिव ने अतिथियों को मंच पर बुलाया।

अब संस्था के संयुक्त सचिव ने अतिथियों का परिचय कराया।

अब संस्था की प्रमुख महिला कार्यकर्ता नं. 1 ने अतिथि नं. 1 को फूल भेंट किये।

अब संस्था की प्रमुख महिला कार्यकर्ता नं. 2 ने अतिथि नं. 2 को गुलदस्ता भेंट किया।

अब संस्था के कुछ छूट गये व्यक्तियों ने, जो अन्यथा शायद बुरा मानते, अतिथियों का स्वागत किया।

अब संस्था के नवयुवकों ने एक गीत गाया, जो भजन की तरह था।

संयोजक ने फिर बोलना शुरू किया, 'हमारे बीच प्रदेश के प्रमुख बुद्धिजीवी और जुझारू कार्यकर्ता रामकुमार मौजूद हैं। पर्यावरण संरक्षण की लड़ाई में उनका बड़ा योगदान रहा है। आज वे हमारे सामने...'

राम इस तरह के परिचय सैकड़ों बार सुन चुका था। उसे इनसे बड़ी कोफ़्त होती थी। वह चाहता था कि लोग गम्भीरता से विषय के बारे में सोचें, कुछ पूर्व तैयारी के साथ आयें और बहस को अगली बौद्धिक सीढ़ी पर ले जाने में मदद करें। पर वह ये भी जानता था कि लोग विषय से पूरी तरह अनभिज्ञ होंगे कि उसे मूलभूत बातों से शुरुआत करनी होगी और फिर मूलभूत प्रश्नों के उत्तर देने होंगे।

उसने अपना काग़ज़ सामने रखा और विकसित तथा विकासशील देशों के बीच अन्तर्विरोध वाली अपनी लाइन पकड़ी।

'जैव विविधता के मसले को हमें विकसित और विकासशील देशों के बीच बढ़ते अन्तर्विरोध के परिप्रेक्ष्य में देखना होगा। प्रगति की अन्धाधुन्ध दौड़ में उन्होंने अपने जैविक संसाधन नष्ट कर लिए हैं और करते जा रहे हैं। अब वे चाहते हैं कि विकासशील देशों के पास जो जैविक संसाधन रह गये हैं उन पर कब्ज़ा कर लिया जाये। पर उन्होंने खुद जो जैव तकनीक विकसित की है, उसका बँटवारा नहीं चाहते। असमानता की इस शर्त को हमें कतई नहीं मानना चाहिए...'

संयोजक ने श्रोताओं पर एक नज़र डाली। वे रामकुमार से एक

चुम्बक की तरह चिपक गये थे। रामकुमार ने विषय को अपने पूरे कंट्रोल में ले लिया था। अब वह उसे सही मुकाम पर ले जाकर ही छोड़ेगा ये सोचकर संयोजक ने गोष्ठी की चिन्ता छोड़ी और चाय वगैरह की चिन्ता में लगे।

रामकुमार विषय को बिल्कुल सही मुकाम पर ले गया। उसने ठीक-ठीक बहस कराई और फिर जैव विविधता सन्धि के ख़िलाफ़ मीटिंग में प्रस्ताव पास करा के ही उसे समाप्त किया।

वह हॉल के बाहर निकल आया। अब वह सीधे घर जाना चाहता था। पर लोगों ने प्रश्न पूछना अभी छोड़ा नहीं था। उसने सबसे बात की। सबको जवाब दिया।

तभी संयोजक ने फिर कहा, 'राम भाई, आप घर ही जायेंगे न?'

'जी, जी हाँ।'

'तो एक छोटा-सा काम और कर दीजियेगा प्लीज़। ये रश्मि जी अकेली हैं। इन्हें घर छोड़ दीजियेगा।'

हालाँकि देर हो चुकी थी और राम सीधे घर जाना चाहता था, पर वह रश्मि जी को अकेले भी नहीं छोड़ सकता था। रश्मि जी उसके घर के विरुद्ध दिशा में रहती थीं, पर राम पहले उन्हें छोड़ने गया फिर उसने अपने घर का रास्ता लिया।

(5)

रात के ग्यारह बज रहे थे। राम बेहद थका हुआ था। वह तय नहीं कर पा रहा था कि इस भरे पूरे दिन को सन्तोषप्रद माने या नहीं। वह लगभग बिस्तर पर गिर पड़ने के लिए घर पहुँचा।

नीति खाने के लिए बैठी थी। उसने कहा—'खाना खाओगे?'

'हाँ।'

फिर उसने बिना बातचीत किये दो रोटी खायीं। सोने के पहले कहा, 'कल सुबह जाना है।'

'मालूम है।'

'कपड़े वगैरह...'

'रख दिये हैं।'

उसने बत्ती बुझाई और सो गया।

(6)

उसकी गाड़ी सुबह सात बजे जाती थी। पर उसकी नींद करीब चार बजे ही खुल गयी।

कमरे में सुबह की बेसुधी छायी हुई थी।

शायद पूर्णिमा थी, क्योंकि शीशे से छनकर चाँदनी कमरे में आ रही थी। उसने देखा नीति का चेहरा चाँदनी में दमक रहा था।

अचानक रामकुमार को लगा, जाने कितने दिन हुए उसने अपनी पत्नी को छुआ तक नहीं था।

उसने नीति का चेहरा अपने हाथों में ले लिया और उससे धीरे-धीरे प्यार करने लगा।

सब कुछ जल्दी ही ख़त्म हो गया।

नीति उठने की तैयारी करने लगी।

तभी रामकुमार ने आदतन उससे पूछा, 'क्यों कैसा रहा?'

उसने कोई जवाब नहीं दिया।

तब रामकुमार ने आज़िज़ी से उसका हाथ पकड़कर कहा, 'तुमने बताया नहीं?'

नीति ने धीरे से अपना हाथ छुड़ाते हुए कहा, 'राम, आजकल तुम प्यार भी इस तरह से करने लगे हो जैसे कोई काम पूरा कर रहे हो।'

राम को गहरा धक्का लगा।

उसने उठकर खिड़की खोल दी।

पूरब में वही रक्तिम व्याकुलता थी।

(1996)

मगर शेक्सपियर को याद रखना

(1)

शहर का रंगमंडल सभागार दर्शकों से खचाखच भर चुका है। वे सभी देश के प्रख्यात नाट्य निर्देशक इरफान अहमद साहब का नाटक देखने आये हैं। इरफान साहब प्रगतिशील मिजाज़ के नाट्य निर्देशक कहे जाते हैं, लोक कलाओं में आधुनिकता की अद्भुत ब्लेंडिंग करते हैं तथा अपने नाट्य संगीत और नृत्य बन्धों से अपने नाटकों में अजब सम्मोहन पैदा करते हैं। उनकी इसी ख्याति और अपनी संस्था से उनकी निकटता के कारण हमने उन्हें अपने सम्मेलन की सांस्कृतिक सन्ध्या में नाट्य प्रदर्शन के लिए बुलाया है। वे शेक्सपियर के प्रसिद्ध नाटक 'मिड समर नाइट्स ड्रीम' का हिन्दी रूपान्तरण प्रस्तुत करने वाले हैं। दर्शक शो के समय, यानी सात बजे से पहले ही आ चुके हैं। अब साढ़े सात बज रहा है, सभागार पूरी तरह भर चुका है पर नाटक शुरू नहीं हो रहा।

या यूँ कहा जाये कि इरफान साहब नाटक शुरू नहीं कर रहे।

उन्होंने मंच के बीचोंबीच एक कुर्सी डाल रखी है। यवनिका उठी हुई है। वे दर्शकों की ओर पीठ करके बैठे हैं और पाइप का धुआँ उड़ा रहे हैं। हल्की रोशनी में धुएँ के छल्ले उड़ाते वे इस इत्मीनान से बैठे हैं जैसे कुछ हुआ ही न हो।

अब उन्होंने अपने दो कलाकारों को आवाज़ दी और उन्हें मंच सज्जा के निर्देश दिये।

पहले उन्होंने मंच के कुछ कोनों में पेड़ खड़े करवाये, फिर उन्हें हटवाया, फिर दूसरी जगह खड़ा करवाया। फिर कुछ अन्य स्थानों पर अलग-अलग ऊँचाई वाले स्टूल रखवाये, फिर उन्हें हटवाया, फिर दूसरी जगह रखवाया। फिर उन्होंने पर्दे पर कुछ टाँगा, फिर

उसे निकलवाया और दूसरी जगह लगवाया। इस बीच उन्होंने अपने कलाकारों को एक बार ज़ोर से डाँटा उनकी आवाज़ सभागार में गूँज गयी। एक सनाका सा खिंच गया। कुछ लोगों को लगा कि नाटक शायद शुरू हो गया है इसलिए उन्होंने तालियों की छिटपुट आवाज़ से इरफान साहब की डाँट का स्वागत कर दिया। पर उनके माथे पर कोई शिकन तक नहीं आयी।

अब उन्होंने दो कलाकारों को सीढ़ी पर चढ़ा दिया। वे ऊपर लगे पाइप पर कुछ रस्सी के फुँदने लटकवाना चाहते थे, जो शायद वन में लता गुल्मों के प्रतीक थे। फुँदने एक बार लटक गये पर इरफान साहब को उनका लटकना पसन्द नहीं आया। उन्होंने पहले उन्हें छः इंच आगे करवाया, फिर छः इंच नीचे, फिर कहा ठीक नहीं है। फिर एक फ़ीट आगे करवाया, फिर एक फ़ीट नीचे, फिर कहा ठीक नहीं है।

सम्मेलन का आयोजक होने के नाते मैं मंच पर विंग्स में खड़ा था। विंग्स में नाटक के पहले की कलाकारों की तनावभरी गहमागहमी जारी थी। मेरे दिल की धड़कन बढ़ती जा रही थी। आख़िर कब तक ये ऐसा ही करते रहेंगे। अगर दर्शक उठकर जाने लगे या उन्होंने इन्हें हूट कर दिया तो! हमारी तो सारी मेहनत पर पानी फिर जायेगा। सम्मेलन की सारी सफलता धरी की धरी रह जायेगी।

अरुणा ग़ुस्से में भरी मेरे पास आयी—'तुमसे पहले भी कहा था कि इन्हें मत बुलाओ। ये हर समय कोई न कोई बखेड़ा खड़ा करते हैं पर तुम्हें तो इनकी महानता के सिवा कुछ दिख ही नहीं रहा था।'

मैंने धीरज से कहा, 'चलो बहस बाद में कर लेंगे, इस वक़्त तो सोचो कि नाटक शुरू कैसे हो।'

अरुणा मुझे जवाब देने के लिए रुकी नहीं।

मैंने सोचा मैं खुद मंच पर जाकर इरफान साहब से बात करूँ। पर लगा कि इनका क्या भरोसा। अगर मंच पर ही मुझ पर फट पड़े तो...। इतने दर्शकों के सामने मेरी बेइज़्ज़ती तो होगी ही अगले दिन के लिए अख़बार की हेड लाइन भी पक्की हो जायेगी।

मैं विंग्स के पीछे पड़ी कुर्सी पर जाकर बैठ गया। मेरे दिमाग़ में वह दृश्य उभरा जिसका अरुणा ने अभी-अभी ज़िक्र किया था।

उस दिन हमारी संस्था के राष्ट्रीय सम्मेलन की पूरी आयोजन समिति

शहर के सांस्कृतिक केन्द्र रवीन्द्र भवन के रेस्त्राँ में उपस्थित थी। पूरी समिति का मतलब हम पाँच—मैं कार्तिक, नरेन्द्र, अमित, जावेद और अरुणा।

रेस्त्राँ की बाँस और घास की इथनिक कलाकारी वाली छत से सूरज की किरणें छन-छन कर हम तक पहुँच रही थीं और ठंड की उस दुपहरी में उनका स्पर्श हमें सुखद गर्माहट से भरे दे रहा था। आसपास फूलों की क्यारियाँ, दूर तक फैले लॉन की हरियाली और उसके पार लहलहाते पेड़ हमारे दिलों में उत्साह पैदा कर रहे थे। वैसे भी हम सम्मेलन की तैयारी पूरी कर चुके थे और उसकी निश्चित सफलता को लेकर उत्साहित थे।

मैंने बात शुरू करते हुए कहा—'सम्मेलन की तैयारी पूरी है। सभी तकनीकी सत्रों के वक़्ता आने की हामी भर चुके हैं। प्रदर्शनी का भी इन्तजाम समय से हो जायेगा। बस एक ही काम बाकी रह गया है। वह है सांस्कृतिक सत्र के बारे में तय करना।'

नरेन्द्र ने अपनी खूबसूरत दाढ़ी पर हाथ फेरते हुए पूछा, 'क्या तुमने कुछ सोचा है?'

मैंने कहा, 'हमारा सम्मेलन दो दिनों का है। बस बीच में एक शाम मिलती है। मैंने कोई ख़ास मन तो नहीं बनाया है पर मुझे लगता है कि हम वैज्ञानिक दृष्टि से लैस मनुष्य के साथ-साथ कलात्मक रूप से समृद्ध, संवेदनशील मनुष्य की भी बात करते हैं। हमें ऐसा कुछ करना चाहिए कि ये कल्पना हमारे काम में भी दिखे।'

नरेन्द्र हमारे बीच कला संस्कृति की सबसे ज्यादा समझ रखता था। उसने कहा—'हम किसी अच्छे नाट्य निर्देशक को क्यों न बुलायें, जो हमारे दर्शकों के दिल को छू लेने वाला नाटक करे?'

अमित को हमारे ग्रुप में अच्छा मैनेजर समझा जाता था। वह नाटक वाटक को पुराना आइडिया मानता था। उसने कहा, 'आजकल अच्छे नाटक हो कहाँ रहे हैं? सभी तो इलेक्ट्रॉनिक मीडिया की तरफ़, सीरियल्स की तरफ़ भाग रहे हैं।'

नरेन्द्र ने कहा, 'मैं ये बात नहीं मानता, अभी भी इरफान अहमद जैसे लोग हैं जो अच्छा नाटक कर रहे हैं, उन्हें बुलाया जा सकता है।'

अरुणा को जैसे ये सुझाव अच्छा नहीं लगा। उसने अपने ढीले-ढाले कुरते में से हाथ निकालते हुए तीखी आवाज़ में कहा, 'क्यों इरफान

साहब को ही क्यों? हम किसी नये निर्देशक को बुलाते हैं।'

'भई इरफान साहब प्रगतिशील विचारधारा के नाट्य निर्देशक हैं। उनके यहाँ लोक भाषा में आधुनिकता की जो ब्लेंडिंग है, वह अद्भुत है। फ्रांस, इंग्लैंड और जर्मनी तक में सराहे जाते हैं। नाट्य आन्दोलन के पुराने अलमबरदार हैं। वे हमारे दर्शकों को बाँधे भी रखेंगे और हमसे अलग भी न होंगे।'

अरुणा ने कहा, 'प्रगतिशील माई फुट। पक्के अवसरवादी हैं, इमरजेंसी लगी तो इन्दिरा गाँधी के साथ हो लिए और पुरस्कार में राज्य सभा मेंबरी पा गये। फिर तमाम सरकारी समितियों में, देश-विदेश की यात्राओं में और अनुदानों में अपना समय गुज़ारते रहे। उधर हिन्दूवादी दल ने जीना मुश्क़िल किया तो हमारे शहर में आ गये। अब मज़े में हैं। तमाम सरकारी समितियाँ उनके शो करवाती हैं, हम छोटे शहर के लोग उन्हें सिर आँखों पर बिठाये रखते हैं, तमाम पुरस्कार आदि उनके क़दम चूम रहे हैं, और उन्हें क्या चाहिए? यही उनका संघर्ष है...'

नरेन्द्र ने थोड़ा ग़ुस्से में कहा, 'अरुणा तुम्हारी बात सच है। पर ये पूरा सच नहीं। एक पूर्णकालिक नाट्य निर्देशक को, जिसे अपने साथ पन्द्रह कलाकारों का एक दल भी रखना है, उनके रहने, खाने-पीने का इन्तजाम करना है, बढ़ती उम्र के बावजूद अपनी कला को बचाये भी रखना है, तुम्हारी समझ से और क्या करना चाहिए? प्रगतिशीलता हम लोगों के लिए एक शगल से कुछ ही ज़्यादा होगी। हमारी अपनी पक्की नौकरियाँ हैं, काम हैं। हम बचे हुए समय में कुछ अच्छे काम भर करते हैं। पर क्या हम समझौते नहीं करते? पुरस्कारों और सम्मानों के पीछे नहीं भागते? और इन तमाम समझौतों के बावजूद हमने कौन-सा बड़ा काम कर दिखाया? इमरजेंसी के समय तो एक पूरी की पूरी पार्टी इन्दिरा गाँधी के साथ थी और क्या आज तुम्हारी क्रान्तिकारी पार्टी कई बार कांग्रेस के साथ खड़ी नहीं दिखती? मुझे नहीं लगता कि हमें किसी के भी जीवन संघर्ष को इतने सतही तौर पर लेना चाहिए जैसे तुम ले रही हो..।'

अरुणा ने मैदान नहीं छोड़ा—'तो गाँव से आये भोलेभाले कलाकारों का शोषण करना संघर्ष है? वे तो अपनी जगह पर वैसे भी बड़े कलाकार थे। आपने उन्हें क्या दिया, एक लम्बे नाट्य जीवन

के दौरान अपनी ज़मीन से कट जाने के सिवा? और क्या अब आप सोचते हैं कि उन कलाकारों का क्या होगा? आपने तो अपने आपको एक सुन्दर शहर में, एक हाई सोसायटी में व्यवस्थित कर लिया। पर उनका क्या जिन्होंने पूरा जीवन आपके साथ खपाया? तुमने उस लोक नर्तकी के बारे में नहीं सुना जो इरफान साहब के साथ जीवन भर रही और भयानक ग़रीबी में इस दुनिया से गयी?'

नरेन्द्र ने कहा, 'अरुणा तुम इरफान साहब के कलात्मक क़द के साथ उनके व्यवहार का तालमेल नहीं बिठा पा रहीं, तुम उनमें सुपर ह्यूमन या महामानव देखना चाहती हो। पर हैं तो वे भी आख़िर हमारी तुम्हारी तरह के सीमित क्षमताओं वाले मनुष्य। अगर तुम उनसे हाई डिग्री की इंटेग्रिटी की अपेक्षा रखती हो तो दफ़्तर में घूस खाने वाले अपने उस लेखक मित्र से क्यों नहीं रखतीं जो शायद कभी तुम्हारा अफसर रहा हो, और अब तमाम साहित्यिक पत्रिकाओं और गोष्ठियों में मसीहा बना फिर रहा है, तमाम पुरस्कार समितियों और ज्यूरियों का सदस्य है और कहो कल को तुम्हें भी कोई सम्मान दे दे? साथी लेखकों की विसंगतियों को तुम झेल सकती हो पर कलात्मक ऊँचाई प्राप्त कर लेने वाले नाट्य निर्देशक को नहीं? असल में हम मध्यवर्गीय चरित्र के लोग हैं। हमारा लक्ष्य क्रान्ति नहीं दूसरों की प्रशंसा, सम्मान तथा पुरस्कार पाना है बस। फिर ब्रेख़्त के बारे में तुम क्या कहोगी? क्या उनकी प्रगतिशीलता पर शक किया जा सकता है और क्या फिर भी अपने कलाकारों के साथ उनके व्यवहार को लेकर अब सैकड़ों उँगलियाँ नहीं उठतीं?'

जावेद अरुणा की मदद के लिए आगे आया।

'पर नरेन्द्र भाई ये तो सच है कि इरफान साहब का व्यवहार अपने रंग भवन के कलाकारों के साथ भी अच्छा नहीं रहा। किस तरह उन्होंने कलाकारों को परेशान किया, उनकी नौकरियाँ छीनीं...'

'और कलाकारों का व्यवहार? क्या उसे आदर्श कह सकते हो? क्या वे खुद अपनी कला के प्रति गम्भीर थे? उनमें से अधिकतर ने अपनी संस्थाएँ बना ली थीं और सरकारी अनुदान की जुगाड़ में लगे रहते थे। रंग भवन की नौकरी उनके लिए सिर्फ़ नियमित आय का बहाना थी। सीरियल मिल जाये, स्पांसरशिप मिल जाये, बाहर काम मिल जाये और नौकरी भी बनी रहे। ये तो प्रोफेशनल एटीट्यूड नहीं

हुआ। बड़े से बड़ा नाट्य निर्देशक भी उनसे काम नहीं ले सकता था...'

अब मैंने हस्तक्षेप करते हुए कहा, 'रुकिये भाई। हम सब यहाँ इरफान साहब का विश्लेषण करने नहीं बैठे हैं। अगर आप उन्हें बुलाना नहीं चाहते तो हम किसी और को बुलाये लेते हैं। जावेद अब तक चुपचाप बैठा है। वह बताये...'

'भई मुझे तो उनके नाटक अच्छे लगते हैं।'

अरुणा ने अपना विरोध कम करते हुए कहा, 'अगर नरेन्द्र इतना चाहते हैं तो इरफान साहब को बुला लिया जाये। मुझे उन्हें बुलाने में आपत्ति नहीं है। पर उन्हें प्रगतिशील कहे जाने में है...'

नरेन्द्र ने कहा, 'मेरा कहना है कि वे जैसे हैं, वैसे हैं, पर अच्छे कलाकार हैं। उनके नाटक से हमारे लोगों के बीच सही सन्देश जायेगा। बस....'

मैंने बहस समेटते हुए कहा, 'तो ठीक है। नरेन्द्र, तुम उनसे बात कर लो।'

'नहीं कार्तिक। बात तुम ही करो। तुम उन्हें जानते भी हो और सम्मेलन की पृष्ठभूमि भी बता सकते हो।'

संस्था के काम से मेरा उनके घर आना-जाना था। इरफान साहब, उनकी पत्नी लतिका जी और बेटी सुमन बड़ी सहजता से पेश आते थे। खुले दिल से स्वागत करते, संसार के सभी विषयों पर बात करते, और कभी-कभी अचानक, उतनी ही सहजता के साथ, मेरे घर आ जाते। बहुत थोड़े समय में शहर में उन्होंने अपना दायरा बड़ा कर लिया था। मैंने कहा, 'ठीक है। तो मैं ही बात करके तुम्हें बताता हूँ। कोई और विकल्प?'

'पहले उनसे बात तो कर लो!'

इरफान साहब से मुलाक़ात करने में कोई दिक़्क़त नहीं हुई थी। उन्होंने कहा था, आ जाइये, मैं शाम को रिहर्सल में रहूँगा। वहीं मिल लेंगे।

अपनी तमाम ख्याति और सम्पर्कों के बावजूद इरफान साहब के पास रिहर्सल करने की जगह नहीं थी। वे एक सरकारी क्वार्टर की छत पर अपने कलाकारों के साथ रिहर्सल कर रहे थे। सभी कलाकार, कुछ नये, कुछ पुराने—दरी बिछाकर ज़मीन पर बैठे थे और इरफान साहब किसी दृश्य पर उनसे बात कर रहे थे।

मैंने कुछ संकोच के साथ प्रवेश किया। इरफान साहब के साथ-साथ कई कलाकारों से भी मेरा परिचय था। इरफान साहब ने अपनी बात पूरी की। तब तक मैं खड़ा रहा। फिर उन्होंने कहा, 'आइये, आइये।' अब तक उनकी ओर केन्द्रित कलाकारों ने भी हाथ हिलाकर मेरा अभिवादन किया।

मैंने ज़मीन पर बैठते हुए बिना भूमिका के कहा, 'इरफान साहब हम लोग रायपुर में अपना राष्ट्रीय सम्मेलन कर रहे हैं। चाहते हैं पहले दिन शाम को आप हमारे यहाँ आयें...'

'तारीख़ क्या है?'

'पाँच और छः नवम्बर...'

'तो चार को तो मैं वहाँ हूँ ही। छत्तीसगढ़ सरकार अपना एक साल पूरा होने की खुशी में मुझे बुला रही है। पाँच को आपके यहाँ आ जाऊँगा।'

फिर उन्होंने अपने आप ही कहा, 'कलाकारों के आने-जाने का ख़र्च तो समारोह समिति दे ही रही है। बस आप अपने शो का खर्च उठा लीजियेगा।'

फिर कुछ सोचकर उन्होंने कहा, 'आप शो कहाँ कर रहे हैं?'

'रंग मंडल में!'

'हॉल ख़राब है, फिर भी चलिए देखेंगे।'

मैंने कहा, 'आप नाटक कौन सा कर रहे हैं।'

'भई कलाकारों की कमी है। दो अलग-अलग नाटक नहीं कर पाऊँगा। मैं उनके लिए शेक्सपियर का 'मिड समर' कर रहा हूँ, आपको भी उसी से काम चलाना पड़ेगा।'

'आप वही करें। हमारी ऑडियंस बिल्कुल नयी होगी उन्हें अच्छा लगेगा।'

'आप रायपुर के लिए कब निकलेंगे?'

'तीन को जा रहा हूँ।'

'हम लोग भी तीन को निकलेंगे। आप उसी दोपहर वाली गाड़ी में रहेंगे?'

'हाँ।'

'तो चलिए शायद ट्रेन में ही मुलाक़ात हो जाये।'

'ज़रूर।'

मैंने अपनी आयोजन समिति में घोषणा कर दी, इरफान साहब आ रहे हैं।

इरफान साहब मुझे ट्रेन में ही मिल गये थे।

उनके साथ थीं उनकी पत्नी लतिका और बेटी सुमन।

इरफान साहब के हाथ में शायद किसी नाटक का ड्राफ्ट था जिसे वे चश्मा नाक पर चढ़ाये पढ़ते जा रहे थे और बीच-बीच में कुछ काटते, कुछ जोड़ते जा रहे थे। लतिका जी ए.सी. कोच की चौड़ी बर्थ पर आँखें मूँदे पसरी थीं। सुमन कोई मैग्जीन पढ़ रही थी।

मैंने कुछ संकोच के साथ कूपे में झाँकते हुए कहा, 'आई होप आई एम नाट डिस्टर्बिंग।'

सुमन ने अपनी बड़ी-बड़ी आँखें उठाईं और चहककर कहा, 'अरे नहीं नहीं, बिल्कुल नहीं। आप आये हैं तो कुछ बातचीत होगी। हम तीनों तो बस चुपचाप बैठे थे।'

इरफान साहब ने चश्मे के भीतर से निग़ाहें उठाकर मुझे देखा, हल्की सी मुस्कुराहट बिखेरी पर अपना काम करना जारी रखा। लतिका जी उठकर बैठ गयीं। अपनी कुछ ठोस आवाज़, जो उनके ठोस शरीर से मेल खाती थी, में पूछा, 'अरे आओ कार्तिक, कैसे हो?'

'ठीक हूँ। अकेले बैठे-बैठे ऊब रहा था, सोचा आप लोगों के हालचाल पूछ लूँ। इरफान साहब क्या कर रहे हैं?'

'एक संस्कृत नाटक पर काम कर रहे हैं। एकदम नया प्रोडक्शन होगा।'

'कब तक करेंगे?'

'देखो कब तक होता है। अभी तो स्क्रिप्ट पर काम हो रहा है। करीब तीन महीने तो लग ही जायेंगे। बाइ द वे तुम अपना शो कहाँ कर रहे हो?'

लतिका जी बहुत अच्छी अंग्रेज़ी बोलती थीं और कई विषयों पर रोचक बातचीत कर सकती थीं। अपने समय की प्रख्यात रंगकर्मी थीं। पर अब आलोचना और प्रत्यालोचना उनका प्रमुख शगल था।

मैंने कहा, 'जी रंगमंडल में।'

'एंड हाउ मच दे आर चार्जिंग यू?'

यहाँ 'दे आर' से उनका मतलब उन संगीतज्ञ दम्पति से था जिनसे शायद उनकी कभी प्रतिस्पर्धा रही हो और जो अब रंगमंडल

का संचालन करते हुए काफ़ी पैसा कमा रहे थे।

मैंने कहा, 'पन्द्रह हज़ार प्रतिदिन।'

'पन्द्रह हज़ार...! ओ माई गॉड। वो पति-पत्नी लूट रहे हैं लोगों को।'

हालाँकि पन्द्रह हज़ार रुपये किराया वाकई बहुत ज़्यादा था पर लतिका जी की प्रतिक्रिया मुझे कुछ कठोर लगी। आख़िर रंगमंडल के संचालक भी कलाकार थे और लतिका जी के समकालीन भी।

सुमन संवेदनशील थी। उसने भी लतिका जी की टिप्पणी का तीखापन महसूस किया। उसने बात बदलते हुए कहा, 'कार्तिक, मैंने आपका उपन्यास पढ़ा। मुझे बहुत अच्छा लगा।'

इरफान साहब अब चर्चा के बीच में आये, 'हाँ भई। सुमन तुम्हारे उपन्यास की बड़ी तारीफ़ कर रही थी। कह रही थी बहुत ड्रामेटिक है। मैं भी देखना चाहूँगा।'

मैंने सुमन से पूछा, 'आपको उसकी कौन-सी बात अच्छी लगी?'

'रीडेबिलिटी। मुझे लगता है प्रोज की सबसे बड़ी बात है उसकी रोचकता और रीडेबिलिटी। पाठक किसी कहानी और उपन्यास को उठाये और उसे दो पेज के बाद पढ़ न पाये तो उसके होने का क्या मतलब? आपका उपन्यास पहले पैराग्राफ़ से पकड़ता है। मैंने उसे एक सिटिंग में पढ़ा।'

मुझे अपनी प्रशंसा अच्छी लग रही थी। सुमन ने कहना जारी रखा।

'और दूसरी बात है उसकी गहराई। उसमें एक ऐसी गहरी उदासी है जो आपको भीतर तक उदास तो करती है पर पात्रों के प्रति प्यार भी जगाती है। बड़े फलक का उपन्यास है। उस पर नाटक या फ़िल्म बने तो बड़ा मज़ा आये। मैंने बाबा से कहा है उसे एक बार पढ़ें।'

इरफान साहब ने कहा, 'इस संस्कृत नाटक से फुरसत पाते ही पढ़ूँगा। वैसे कार्तिक लगता ऐसा है कि तुम अभी भी पोस्टमॉडर्न नहीं हुए हो। गहराई वगैरह की चिन्ता करते हो, वरना आजकल तो सतही चमक का ज़माना है।'

मैंने उत्साह से कहा, 'अगर आप करेंगे तो मैं नाटक की दृष्टि से स्क्रिप्ट दोबारा तैयार कर दूँगा।'

'ज़रूर। आपकी भी मदद लेंगे। वैसे हमारे यहाँ स्क्रिप्ट भी टीम वर्क ही है।'

सुमन ने एक बार फिर चर्चा में प्रवेश किया, 'कार्तिक, आजकल आप क्या कर रहे हैं?'

मैंने हँसते हुए कहा, 'फिलहाल तो सम्मेलन की तैयारी कर रहा हूँ।'

'नहीं, उसके अलावा?'

'शोर पर एक कहानी लिखी है।'

'शोर पर? इंटरेस्टिंग!'

'बचपन में मैं जलतरंग बजाया करता था। उसकी मिठास जैसे अब तक मेरे मन में बसी हुई है। धीरे-धीरे शोर और बेसुरेपन से मुझे घृणा होती गयी। अपने कमरे में पंखे की आवाज़ तक से मुझे दिक़्क़त होती थी। मैंने शहर के कोने में इसीलिए मकान बनाया था कि मैं शोर से बच सकूँ। फिर धीरे-धीरे मोहल्ले वालों ने गणेश जी और दुर्गा जी बिठाना शुरू किया। एक चबूतरा बना। फिर उसे घेर कर प्रतिमा स्थापित कर दी गयी। अब वहाँ एक मन्दिर है। और जैसे उसके होने की शर्त है ख़राब और खर-खर साउंड सिस्टम पर, रोज़ सुबह पाँच बजे से, एक ही तरह के भजन, कस्बों और गाँवों से उठे उत्साही गायकों की बेतुकी तुकबंदियाँ, लगातार चलने वाले प्रवचन और पाठ। फिर जैसे ये कम नहीं था, मेरे घर के बगल में एक नेता क़िस्म के आदमी ने महाविद्यालय स्थापित कर दिया। अब सुबह आठ बजे से शाम के पाँच-छः बजे तक करीब चार-पाँच सौ मोटरसाइकिलों के आने-जाने का सिलसिला बदस्तूर जारी रहता है। बीच के समय में छात्र हुड़दंग और गाली-गलौज करते रहते हैं। मैं पूरी तरह शोर से घिर गया हूँ। जलतरंग की मीठी आवाज़ पीछे, कहीं बहुत पीछे, छूट गयी है। शोर मुझे धीरे-धीरे मार रहा है और किसी को कोई फ़र्क़ नहीं पड़ता, कुछ इस तरह की थीम है कहानी की...'

कूपे में कुछ देर को निस्तब्धता छा गयी। इरफान साहब के भी कान शायद हमारी तरफ़ ही लगे थे क्योंकि उन्होंने अपनी स्क्रिप्ट बन्द करते हुए कहा, 'कार्तिक, दिस इज़ पावरफुल। मुझे लगता है कि अब लोगों की सुनने की क्षमता भी कम होती जा रही है। इस तरह की थीम्स पर नाटक किये जाने चाहिए। एकदम कंटेपरेरी थीम है और नाटककार को कंटेपरेरी से नहीं डरना चाहिए। मैंने फॉर्मेट भले ही लोक से लिए हों पर थीम्स एकदम नये, एकदम मॉडर्न उठाये

हैं। मैं इस तरह के प्रयोगों से कभी नहीं डरा। इस तरह से शायद मैं बात कहने के ढंग में एक नयापन ला सका हूँ। आई थिंक दैट कुड बी टेकन एस माई कंट्रीब्यूशन।'

'जी हाँ। आपके यहाँ फोक और कंटेपरेरी का ज़बर्दस्त समन्वय है।'

इरफान साहब अब कुछ मूड में आ गये थे। हर कलाकार की तरह उन्हें भी अपने बारे में बात करना पसन्द था।

उन्होंने कहा, 'असल में एक नाट्य निर्देशक का सबसे बड़ा चैलेंज है अपनी रंगभाषा की तलाश। मैंने अपने लिए एक रंगभाषा खोजी जैसे एक कथाकार या कवि अपनी एक भाषा, एक मुहावरा, एक डिक्शन तलाशता है और उसमें अपनी बात कहता है। आप पहली लाइन या पहले पैरे से ही समझ सकते हैं कि ये फलाँ की कहानी है, फलाँ का उपन्यास है, फलाँ की कविता है। कुछ इसी तरह से नाटक का भी है। मेरी रंगभाषा ही मेरी पहचान है, मेरा होना है।'

मैं जैसे इरफान साहब के रचनात्मक विश्व में घूम रहा था।

मैंने कहा, 'अगर आप बुरा न मानें तो एक बात कहूँ?'

'हाँ, हाँ ज़रूर।'

लतिका जी और सुमन भी शायद मेरी टोन से आकर्षित हुईं। मैंने पूछा, 'आपको नहीं लगता कि आप अपने आपको रिपीट कर रहे हैं। शायद अब आपको रुककर अपनी सभी चीज़ों को डाक्यूमेंट कर लेना चाहिए? इतने सारे नाटक हैं, इतना रिच नाट्य संगीत है, बच्चों के लिए आपके नाटक हैं, कविताएँ हैं, क्या इन सबको एक जगह लाने की ज़रूरत नहीं? ये काम कौन करेगा?'

'कार्तिक ये होना चाहिए। पर अगर आप पूछें कि मेरी आज की सबसे बड़ी चिन्ता क्या है तो मैं कहूँगा अपने साथ जीवनभर काम कर रहे अपने कलाकारों का सेटलमेंट। जब मैं दिल्ली से यहाँ आया था तो सरकार के इस वादे पर कि वह हमें कुछ ज़मीन देगी, हमारी रैपरट्री को मदद करेगी पर ऐसा कुछ नहीं हो पाया। कलाकार अधिकतर किसान हैं। फसल बोने और कटाई के समय घर चले जाते हैं। शहर में वैसे भी उनका मन नहीं लगता। अगर कहीं एक जगह उन्हें रखा जा सकता तो ये टीम जीवित रहती। पर अब ये सम्भव नहीं लगता। अगर आप मेरे बारे में पूछें तो मुझे लगता है कि मैं एक

परफार्मर हूँ। डाक्यूमेंट करने का काम दूसरों का है। मुझे बैठना अच्छा नहीं लगता। मंच मुझे लुभाता है। मैं बार-बार वहाँ जाना चाहता हूँ। मैं बस परफार्म करते रहना चाहता हूँ, कर रहा हूँ।'

तीन प्राणियों का वह परिवार उस समय मुझे अच्छा लगा था। मुझे लगा था कि तमाम अवसरवाद और घटियापन के आरोपों के बावजूद कहीं बहुत गहरे इरफान साहब अपने साथी कलाकारों को लेकर चिन्तित थे। उनका कलाकार जीवित था, जीवित रहना चाहता था और पचहत्तर वर्ष की उम्र में, जब अधिकांश लोग अपनी प्रसिद्धि और यश के प्रकाश में जीवित रहना चाहते हैं, परफॉर्म करना चाहता था। मुझे अचानक ही उस परिवार का अकेलापन और उसका दुनिया से जुड़ाव एक साथ ही समझ में आया, कहूँ अच्छा लगा।

लतिका जी ने चर्चा में आये इस मोड़ को शायद भाँप लिया था। उन्होंने जैसे तिलस्म को तोड़ते हुए कहा, 'चलो इरफान, बातचीत बहुत हो चुकी। अब हम लोग कुछ खाते हैं। कार्तिक हैव अ बाइट विद अस।'

'श्योर।' मैंने कहा।

गाड़ी किसी प्लेटफॉर्म पर प्रवेश कर रही थी।

सुबह जब मैं रायपुर प्लेटफॉर्म से बाहर आया तो दृश्य बदला हुआ था।

हमें लेने रायपुर के दोस्त और दो गाड़ियाँ पहुँची हुई थीं पर इरफान साहब को लेने उनकी सरकारी गाड़ी नहीं आयी थी। कल ट्रेन में मुझे अन्दाज़ नहीं लग पाया था कि उनके पास इतना सामान होगा। पर आज देखा, बड़े-बड़े बक्से, अटैचियाँ और डिब्बे आदि लिए दो-तीन कुलियों के साथ इरफान साहब, लतिका जी और सुमन चले आ रहे थे। मुझे लगा तीन व्यक्तियों के हिसाब से ये सामान कुछ ज़्यादा था। इरफान साहब के हाथ में उनका वही बैग था जो उनकी पहचान बन चुका था, जिसमें वे अपना पाइप और पाइप बनाने का सामान, छोटी-मोटी दवाएँ, कुछ ज़रूरी कागज़ात और एक छोटी-सी शीशी रखा करते थे जिसमें से गाहे-बगाहे एक घूँट लेना उन्हें ताज़गी प्रदान करता था।

मुझे देखकर लतिका जी ने कहा, 'देखो कार्तिक, मैंने कहा था न, ये सरकार हमें बुला तो लेगी पर फिर हमारा ध्यान रखना भूल

जायेगी। न कोई हमें लेने आया है, न गाड़ी आयी है, पता नहीं कल पहुँच चुके हमारे कलाकारों का क्या हाल होगा! इरफान तुमने ख़बर तो की थी...'

'यस यस, आई रैंग अप। प्रोटोकॉल ऑफिसर से मेरी फ़ोन पर बात भी हुई थी...'

'तो फिर कोई आया क्यों नहीं? कलाकारों को बुलाने का क्या यही तरीका है? ये लोग अपने आपको समझते क्या हैं...'

'डोंट गेट एंग्री लतिका। आई कैन रिंग अप नाउ एंड फाइंड आउट...'

'और तब तक हम यहीं खड़े रहें, इस सामान के साथ...'

अब मैंने हस्तक्षेप करते हुए कहा, 'आप चिन्ता मत कीजिए। हमारी दो गाड़ियाँ आयी हैं, पहले ये आपको छोड़ेंगी फिर हमें। हम लोग आधा घंटा इन्तज़ार कर लेंगे...'

सुमन जो अब तक एक बक्से पर बैठी थी बोली, 'नहीं नहीं आप क्यों तकलीफ करते हैं। बाबा हम लोग टैक्सी ले लेते हैं।'

मैंने कहा, 'तकलीफ की क्या बात? गाड़ियाँ हैं तो। ये आपको छोड़कर आयेंगी तब तक हम लोग एक कप चाय पी लेंगे।'

लतिका जी ने स्वीकृति जताने का उपक्रम किया, इरफान साहब सामान के इर्दगिर्द घूमने लगे कि कोई मदद करे तो उसे गाड़ियों में चढ़ाया जाये। रायपुर से आये साथियों ने दो मिनिट में पूरा सामान गाड़ियों में लाद दिया। उससे कुछ ज़्यादा देर लतिका जी को गाड़ी में बैठने में लगी। उन्होंने खिड़की से बाहर मुँह निकालकर कहा, 'थैंक्स वेरी मच कार्तिक।'

अभी गाड़ियाँ गयी ही थीं कि अनूप दौड़ता-भागता आता नज़र आया। उसने अपना ट्रेडमार्क पैंट और कुरता पहन रखा था। शादी के बाद उसका वज़न कुछ बढ़ गया था। तेज़-तेज़ चलने के कारण वह कुछ हाँफ सा रहा था। उसने आते ही पूछा, 'कार्तिक भाई, इरफान साहब आ गये क्या?'

'आ भी गये और चले भी गये। तुम लोगों पर बहुत ग़ुस्सा हो रहे थे। वो तो कहो हमारी गाड़ियाँ थीं सो हमने भिजवा दिया। नहीं तो तुम्हारी शामत आ जाती...'

'धन्यवाद यार। पर वे ग़ुस्सा क्यों हो रहे हैं? मेरी उनसे बात

हुई थी फ़ोन पर। वे तो कल आने वाले थे। आज कैसे आ गये...'

एक ज़ोर का ठहाका पड़ा।

'तो तुम्हें मालूम कैसे पड़ा कि वे आज आ रहे हैं....'

'मैं तो आप लोगों से मिलने आ रहा था। रास्ते में दीपक मिल गया। बोला इरफान साहब शायद आज ही पहुँच रहे हैं...'

'चलो अब दौड़ लगा लो। बात कर लेना, शान्त हो जायेंगे। तब तक हम लोग चाय पीते हैं।'

अनूप उल्टे पाँव दौड़ा।

हम लोग चाय की दुकान की तरफ़ बढ़े।

सम्मेलन स्थल पर पहुँचने के बाद मैं इरफान साहब को भूल गया। वहाँ अजब गहमागहमी थी। अमित, जावेद और अरुणा वहाँ पहले ही पहुँच चुके थे। अमित के जिम्मे बाहर से आने वाले लोगों की देखभाल और तकनीकी सत्रों के संचालन का काम था। जावेद स्थानीय प्रचार-प्रसार और भोजन आदि की व्यवस्था में था। अरुणा ने प्रदर्शनी लगाने और साज-सज्जा की ज़िम्मेदारी ले रखी थी। मेरा काम संयोजकों का संयोजन करना था। मैंने सभी से अलग-अलग बात की, पूरे स्थल का जायज़ा लिया, दोपहर की प्रेस कॉन्फ्रेंस के बारे में पूछताछ की और स्थानीय विश्वविद्यालय तथा शिक्षा संस्थाओं में हमारे सम्मेलन के प्रति रुचि का अन्दाज़ा लगाया।

करीब बारह बजे एक बार फिर हम सब तैयारियों की समीक्षा के लिए बैठे।

अमित ने कहा, 'सभी आने-जाने वालों का शिड्यूल तैयार है। यूनिवर्सिटी गेस्ट हाउस में ठहरने की व्यवस्था है। लाने वालों की टीम और गाड़ियाँ तैयार हैं। अतिथि आज शाम से आना शुरू होंगे। उन्हें लाने का प्रबन्ध पूरा है और गेस्ट हाउस में भी अपने दो लड़के रहेंगे।'

जावेद ने बताया, 'शहर में करीब दो हज़ार कार्ड बाँटे गये हैं। महत्त्वपूर्ण व्यक्तियों से मेरी खुद बात हो गयी है। तीन बजे तुम प्रेस कॉन्फ्रेंस ले ही रहे हो। लगभग पूरा मीडिया रहेगा। इसके पहले भी ख़बरें ठीकठाक छपी हैं। हमारा दृष्टिकोण अख़बारों में जा रहा है।'

अरुणा ने कुछ चिन्ता जताई, 'भई मुझे कुछ मदद की ज़रूरत है। इस शहर की गति बहुत धीमी है। लोग ढंग का पंडाल तक खड़ा नहीं

कर सकते, पैनल नहीं बना सकते, एक-एक सामान के लिए बाज़ार के दस-दस चक्कर लगाने पड़ते हैं। मेरे साथ एक-दो आदमी और काम पर लगें, नहीं तो कल सुबह तक भी प्रदर्शनी लगना मुश्क़िल है।'

पतली-पतली उँगलियों, तीखी नाक और झूलते बालों वाले अपने दोस्त नीरज और मिनटों में पंडाल खड़ा करने वाले हैदर भाई को मैं इसी तरह की इमरजेंसी के लिए साथ लाया था।

मैंने कहा, 'तुम चिन्ता मत करो, नीरज पूरी मंच सज्जा देख लेगा, बस थर्मोकोल पर काम करने वाला एक लोकल आर्टिस्ट ढूँढ़ना पड़ेगा। हैदर पंडाल में मदद कर देगा। शाम तक सभी स्टॉल तैयार हो जाने चाहिए। और नीरज, तुम्हारे लिए एक काम और है...'

'क्या?'

'तुम्हें इरफान साहब को लाकर एक बार मंच दिखाना है। उनकी टीम शायद आज एक बार रिहर्सल करेगी। फिर सुबह जल्दी एक रन थ्रू करना चाहें तो कर लेने देना। ज़रूरी ये है कि इरफान साहब मंच देख लें क्योंकि उन्हें शिक़ायत बनी रहती है। शो के लिए अलग से पब्लिसिटी कर दी गयी है या नहीं?'

'पब्लिसिटी की गयी है और अलग कार्ड भी बाँटे गये हैं। वैसे इरफान साहब का नाम ही काफ़ी है।'

मैंने बैठक समाप्त की और प्रेस कॉन्फ्रेंस के अपने वक्तव्य को देखना शुरू किया।

रात दो बजे हैदर ने मेरा हाथ पकड़ते हुए कहा, 'आइये भाईजान आपको रोशनी दिखा दें।' फिर उसने एक झटके से हैंडल नीचे किया। पूरा पंडाल और सभागार रोशनी से जगमग हो उठे। सबने हैदर को बधाई दी।

अमित ने हर घंटे पर चाय का प्रबन्ध कर रखा था—अब हम एक-एक गिलास ग़र्मागर्म चाय पी सकते थे। चाय के बाद नीरज ने मेरा कन्धा थपथपाते हुए कहा, 'अब आप जाइये। सुबह मंच आपको तैयार मिलेगा।' मुझे मालूम था उसके कथन में शक की कोई गुंजाइश नहीं थी।

सम्मेलन की भव्य शुरुआत हुई थी। सूचना प्रौद्योगिकी को आम आदमी तक पहुँचाने की हमारी थीम को मीडिया ने बहुत अच्छी तरह

रिसीव किया था। अरुणा और नीरज ने अपना वादा पूरा करते हुए शानदार प्रदर्शनी लगाई थी जो संस्था के इतिहास और तकनीक के इतिहास को साथ-साथ प्रस्तुत करती थी। मंच सादा पर सुन्दर था तथा उस शहर में पहली बार आधुनिक प्रोजेक्शन सिस्टम का प्रयोग करते हुए उसकी गरिमा बढ़ा दी गयी थी।

सभी सत्र शानदार तरीके से सम्पन्न हुए। तकनीकी सत्रों के वक़्ता तैयारी से आये थे और लगभग हर सत्र में छात्रों ने बढ़-चढ़कर हिस्सा लिया था। जावेद की मोबिलाइजेशन और भोजन आदि की व्यवस्था भी बिल्कुल समय पर चल रही थी।

जब शाम को अन्तिम सत्र हुआ तो मैंने बहुत हल्का महसूस किया।

अभी अन्तिम सत्र के अध्यक्ष अपना समापन वक्तव्य दे ही रहे थे कि मुझे इरफान साहब और लतिका जी सामने वाले द्वार पर दिखाई दिये।

अध्यक्ष मंच से उतरकर बाहर तक भी नहीं पहुँच पाये होंगे कि इरफान साहब मंच पर आ गये। मैं अतिथियों को बाहर छोड़कर मंच पर आया तो वहाँ हड़कम्प मचा हुआ था। इरफान साहब नीरज पर ज़ोर-ज़ोर से ग़ुस्सा हो रहे थे।

'ये आपने क्या बैकड्रॉप लगा रखा है? इसे खुलवाइये।'

'सर, ये रातभर में काफ़ी मुश्क़िल से खड़ा किया गया है, और विंग्स से जुड़ा हुआ है। इसे खोलने में ही करीब एक घंटा लग जायेगा। सात बजे से शो का टाइम दिया गया है। फिर सम्मेलन तो कल भी चलना है। अगर इसे खोल दिया गया तो मुझे आज रात भर फिर काम करना पड़ेगा, इसे खड़ा करने के लिए।'

'मैं कुछ नहीं जानता। आप इसे खुलवाइये और विंग्स को भी पीछे करवाइये।'

मैं तब तक मंच पर आ गया था। अब उन्होंने मुझ पर ग़ुस्सा करना शुरू किया।

'कार्तिक ये सब क्या है? बैकड्रॉप इतना आगे लगा दिया गया है कि मंच की पूरी गहराई ही चली गयी है। यू शुड हैव डिस्प्लेड बैटर सेंस। इसे हटवाइये और मंच खाली करवाइये।'

'सर, मैं देखता हूँ।'

मैंने कहा, और चिन्ता में पड़ गया। सवा छः बज रहे थे और हमने शो का टाइम सात बजे का दिया था। अगर हम बैकड्रॉप खोलते भी हैं तो निश्चित रूप से सात बजेगा। फिर इरफान साहब अपना मंच लगाना चाहेंगे। इन्होंने ये बात कल क्यों नहीं कही? मैंने नीरज से कल ही कह दिया था कि इनको लाकर मंच दिखा देना। नीरज कर क्या रहा था?

मैं नीरज को एक ओर ले गया।

'क्यों, तुमने इन्हें कल मंच नहीं दिखाया?'

'मैं गया था इन्हें लेने। पर इन्होंने दीपक को भेज दिया। खुद आये ही नहीं देखने।'

'फिर दीपक ने क्या कहा?'

'मैंने उसे बैकड्रॉप कहाँ लगेगा बता दिया था। कितना एरिया नाटक के लिए उपलब्ध रहेगा यह भी समझा दिया था। फिर उन्होंने एक पूरी रिहर्सल की। उसके बाद भी कुछ नहीं कहा।'

इरफान साहब ने पीछे से, कुछ ज़ोर से कहा, 'कार्तिक वी आर लूजिंग टाइम।'

मैं समझ गया। बैकड्रॉप खुलवाना ही पड़ेगा। मैंने नीरज से कहा, 'हैदर को और तीन-चार लड़कों को बुलवा लो। इसे खोलो और पीछे बड़ा नीला परदा टाँगने का प्रबन्ध करो। जितनी जल्दी हो सके करो। कल के बारे में फिर रात में सोचा जायेगा।'

फिर मैंने इरफान साहब से कहा, 'सर मैं करवाता हूँ। आप चाहें तो तब तक आर्टिस्ट्स से बात कर लें।'

उन्होंने रूखेपन से जवाब दिया, 'मुझे मालूम है मुझे क्या करना है।'

मैंने इस समय उनसे उलझना ठीक नहीं समझा और विंग्स में चला गया।

नीरज और हैदर ने अद्‌भुत फुर्ती दिखाई और पौने सात बजे तक बैकड्रॉप बदल दिया। अगले दस मिनिटों में उन्होंने विंग्स पीछे किये और मंच को लगभग खाली कर दिया। मुझे लगा कि मंच अब नाटक के लिए तैयार है और कुल मिलाकर हम समय पर शो शुरू कर देंगे।

सात बज रहे थे। दर्शकों ने हॉल में आना शुरू कर दिया था। ठीक उसी समय इरफान साहब ने मंच के बीचोंबीच एक कुर्सी डाली,

दर्शकों की ओर पीठ कर उस पर बैठे, और पाइप का धुआँ उड़ाने लगे।

(2)

सभागार दर्शकों से खचाखच भरा हुआ, मंच पर दर्शकों की ओर पीठ कर बैठे, धुएँ के छल्लों के बीच खुले मंच पर मंच सज्जा करवाते हुए इरफान साहब, पूरी परिस्थिति में कुछ न कर पाने की असहायता के साथ कुर्सी पर बैठा हुआ मैं और वातावरण में एक असहज तनाव।

मेरा पारा चढ़ने लगा। आख़िर ये अपने आपको समझते क्या हैं? जो लोग सामने बैठे हैं, वे कोई मायने नहीं रखते? वे देश भर से आये प्रतिष्ठित वैज्ञानिक, कार्यकर्ता और बुद्धिजीवी थे। शहर के बहुत से लोग भी इरफान साहब का नाटक देखने पहुँचे थे। वे बहुत दिनों बाद वहाँ परफॉर्म करने वाले थे। इरफान साहब उन सबको चींटियों की तरह ले रहे थे। वे ऐसा प्रदर्शित कर रहे थे जैसे एक महान शख़्सियत अपने काम में लगी है। बाकी सब भुनगे हैं, बैठे रह सकते हैं।

मैंने विंग्स में सुमन को पकड़ा—'सुमन बाबा से पूछो, शो कब शुरू करेंगे। दर्शक जाने कब से आ चुके हैं।'

सुमन ने मंच पर जाकर उनसे कुछ कहा। उन्होंने नाराज़ी भरे जवाब के साथ उसे वापस भेज दिया।

'कह रहे हैं, शुरू करते हैं।'

'एक बार पूछ लो कि कार्तिक औपचारिक परिचय कराना चाहता है। वे ठीक समझते हैं या नहीं।'

इस बार सुमन ने कोई जवाब नहीं दिया। उसकी हिम्मत उनके पास जाने की नहीं पड़ी।

करीब सवा आठ बजे इरफान साहब खड़े हुए। उन्होंने एक आर्टिस्ट को इशारा किया जो कुर्सी उठाकर ले गया।

इरफान साहब अब दर्शकों से मुख़ातिब हुए।

'नमस्कार'

दर्शकों ने तालियों की गड़गड़ाहट से उनका स्वागत किया। वे थियेटर के बड़े आदमी माने जाते थे और पूरा देश उनके नाम से परिचित था। स्पष्ट ही दर्शकों ने देरी होने का बुरा नहीं माना था और वे अब भी नाटक देखने को तैयार थे। मुझे दर्शकों पर अजीब सा प्यार उमड़ा। अब इरफान साहब ने कहना शुरू किया।

'माफ कीजिए, नाटक को शुरू करने में हमें थोड़ी देर हो गयी। दरअसल हमें मंच ही देर से मिला। हम रिहर्सल भी नहीं कर पाये हैं, फिर भी, जैसा भी हो, नाटक ज़रूर दिखायेंगे।'

मैं विंग्स में खड़ा जलने लगा। ये भरे हाल में हम पर तोहमत लगा रहे हैं। हम जो इनकी छोटी-छोटी ज़रूरतों के प्रति सचेत रहे, इन्हें सर आँखों पर बिठाये रहे, शो में बुलाने से लेकर रहने, ठहरने और गाड़ियों का प्रबन्ध करते रहे वो सब बेकार था? मुझे अपनी संगठन क्षमता पर गर्व था। मेरे आयोजन में कोई एक दाग नहीं लगा सकता था। पूरा सम्मेलन वैसे शानदार तरीके से चल रहा था। पर इरफान साहब के लिए ये सब बेमानी था।

मैंने उनसे पूछना चाहा कि आप कहाँ के प्रोफेशनल हैं? हमने बुलाया तो था आपको मंच व्यवस्था पर बात करने, क्यों नहीं आये आप? आपको सरकारी मेल मुलाक़ातों और धन्धों से फुरसत मिलती तब तो आते। आपके एक शब्द पर हमने मंच की दोबारा व्यवस्था की, ये आपको नहीं दिखता। आपको इस बात का भी गुमान नहीं कि हम खुद दूसरे शहर से आकर यहाँ सम्मेलन कर रहे हैं और सारे लड़के लगभग रातभर इसे सफल बनाने के लिए जुटे रहे हैं।

कल को अख़बार वाले और सब बातों को भूल जायेंगे और हेडिंग डाल देंगे—

'इरफान साहब ने सम्मेलन में आयोजकों की आलोचना की।'

तो हमारी तो सारी मेहनत पर पानी फिर जायेगा। मैंने ग़ुस्से में अपने आपसे कहा, 'किस क़दर इनसेंसिटिव आदमी है ये।'

दर्शकों में से किसी ने चिल्लाकर कहा, 'कोई बात नहीं इरफान साहब, आप नाटक कीजिए। हम लोग बैठे हैं।'

और नाटक शुरू हुआ।

इरफान साहब एक बार फिर मंच पर आये और उन्होंने सूत्रधार का जिम्मा सम्हाला।

'दोस्तो ये नाटक शेक्सपियर के मिड समर नाइट्स ड्रीम पर आधारित है। नाटक में हिन्दी और छत्तीसगढ़ी दोनों भाषाओं का प्रयोग किया गया है। मैं ज़रूरी समझता हूँ कि आपको शुरू में इसकी कहानी बहुत थोड़े में बता दूँ।

एथेंस का ड्यूक थिसियस अमेजनों की रानी हिपोलाइटा से विवाह की तैयारी कर रहा है। विवाहोत्सव की उसकी योजनाएँ गँवई कारीगरों के एक दल को अपने ही द्वारा बनाई एक त्रासदी का मंचन करने को प्रेरित करती हैं, जिसकी रिहर्सल वे पास के एक वन में करने का निश्चय करते हैं।

उसी समय एक प्रेमी युगल हर्मिया और लाइसेंडर, उसी वन में छिप जाते हैं क्योंकि हर्मिया का पिता चाहता है कि हर्मिया का विवाह डेमेट्रियस नामक दूसरे नवयुवक से हो। प्रेमी युगल ग़लती से अपनी योजनाएँ हेलेना को बता देते हैं जो डेमेट्रियस को चाहती है।

ड्यूक के विवाह के उपलक्ष्य में वन, आयी हुई परियों से भरा हुआ है। उनके राजा ओबेरॉन की अपनी रानी टाइटानिया से खटपट हो गयी है। ओबेरॉन पक नामक गण को एक ऐसा फूल खोजने वन में भेजता है जिसका रस यदि किसी सोते हुए व्यक्ति की पलकों में निचोड़ दिया जाये तो वह जागने के बाद जिस पहले जीव को देखेगा उसी के प्रेम में पड़ जायेगा।

तो आइये देखते हैं चारों प्रेमी युगलों के क्या हाल हैं, और गँवई कारीगरों की मंडली ड्यूक थिसियस के विवाह उत्सव में कैसा नाटक प्रस्तुत करती है।

हाँ, एक बात और। शेक्सपियर ने इस पूरे नाटक को वर्स में यानी कविता में लिखा है। हमने इसके लिए देश भर से छन्दों की तलाश की, धुनों की तलाश की। जहाँ तक हो सके इसे कविता में ही रखा है। तो आइये देखें नाटक 'वसन्त ऋतु का सपना...'

इरफान साहब अपनी खरखरी आवाज़ में रुक-रुक कर बोलते जा रहे थे। उनकी धीमी आवाज़ में एक तरह का जादू था। दर्शक उनकी तरफ़ पूरी तरह आकर्षित थे। मुझे लगा नाटक की ठीक शुरुआत हो गयी है। मैं विंग्स से निकलकर दर्शकों में जा बैठा। नाटक कुछ-कुछ पारसी मंच की स्टाइल में आगे बढ़ रहा था।

थिसियस : मेरी महबूब हिपोलाइटा, बस अब हमारी शादी का दिन करीब खिंचा चला आ रहा है, खुशी के दिन आसमान पर नये चाँद को जन्म देंगे, लेकिन ये पुराना चाँद घटने में कितनी देर लगा रहा है, इसने मेरी ख़्वाहिशात को कुछ इस तरह रोक रखा है, जैसे कोई सौतेली माँ या रईस बेवा एक नौजवान के प्रेम पर पाबन्दी लगा दे।

हिपोलाइटा : चार दिन तेज़ी से रात में डूब जायेंगे, चार रातें, तेज़ी से स्वप्न बन जायेंगी और उसके बाद एक नया चाँद चाँदी की कमान बनकर आसमान पर झलक आयेगा। वह हमारी खुशियों की सदारत करेगा।

थिसियस : हिपोलाइटा, मैंने तलवार के बल पर तेरा दिल जीता और तेरी मुहब्बत हासिल करने में तुझे सदमे पहुँचाये, लेकिन तुझसे शादी मैं किसी और रंग में करूँगा, शानो शौकत के साथ, एहसासे कामरानी के साथ, मसर्रत और खुशियों के साथ।

नाटक में पारसी थियेटर जैसी भाषा रच दी गयी थी, और वह दर्शकों तक पहुँच रही थी। नाटक बड़ी आसानी से हिन्दी छोड़कर छत्तीसगढ़ी में प्रवेश कर जाता था और किसान कलाकारों का सहज अभिनय दर्शकों को लोटपोट किये दे रहा था :

क्विन्स : निक बॉटम तोला पिरेमस के पार्ट करे बर हे।

बॉटम : ये पिरेमस कोन हे, प्रेमी हे कि अत्याचारी हे?

क्विन्स : प्रेमी हे। जौन हा बहुत बहादुरी से अपन प्रेमिका के सेती अपन ला मार डार थे।

बॉटम : अइसन पार्ट ला ठीक से करे बर एक कनी आँसू लाये ला पड़ही। अगर में पार्ट करहूँ, तो भइगे ऑडियन्स थोड़ा सम्हल के बइठे, काबर के दर्शकगण के रोवई के कोई ठिकाना नईं रिही। में हा अइसन रोवई रोहूँ के तूफान खड़ा कर दे हूँ। फिर हाँ, मोर असल कमाल हे अत्याचार। एक कनी मोला रावण नयी तो कंस के पाट ला करन दे। नयी तो एक शेर के जबड़ा ला फाड़न दे, मैं सब कुछ फाड़ फूड़ के रख देहूँ।

दर्शक हँस-हँस के दोहरे हुए जा रहे थे।

फिर छन्दों की बारी आयी। हिन्दी और उर्दू कविता के जाने कितने रूप इन छन्दों में खुलने लगे। नाटक की कविता आम कविता से कैसे अलग होती है और उसकी धुनें किस तरह दर्शकों को बस में कर सकती हैं उसका साक्षात् प्रदर्शन नाटक कर रहा था।

अपनी उदासी, अपनी प्रसन्नता, अपनी करुणा और अपने संगीत से वे धुनें दर्शकों पर जादू कर रही थीं। बीच-बीच में बिजली की तरह चमकते नृत्य बन्ध जैसे इस जादू को तोड़ते थे और नया वितान रचते थे।

ओबेरॉन की कारस्तानियाँ और पक द्वारा जानबूझ कर की गयी ग़लतियाँ प्रेमियों को कई ग़लतफ़हमियों में डाल रही थीं जो तभी सुलझीं जब ओबेरॉन ने टाइटानिया को उसका असली रूप लौटाया।

अब चारों प्रेमियों को सही साथी मिले और ड्यूक थिसियस उन्हें अपने साथ विवाहोत्सव में सम्मिलित होने के लिए एथेंस ले गया जहाँ गँवई कारीगरों ने अपना लोटपोट करने वाला मंचन प्रस्तुत किया। राजा और उसके साथियों की कला के बारे में समझ और उनका उच्चवर्गीय चरित्र तथा गँवारू कारीगरों का त्रासद सच उस नाटक में कुछ इस तरह अलग-अलग खड़े थे कि शेक्सपियर का लोहा मानने का दिल करता था। गँवई कारीगरों का नाटक चूँकि एक त्रासदी था, धीरे-धीरे करके उसके सभी कलाकार मर खप गये। उसका नायक पिरेमस भी और नायिका थिस्बी भी।

थिसियस : बस अब चाँद और शेर लाशों को दफ़नाने के लिए बच गये हैं।

डेमेट्रियस : जी, और अभी दीवार भी बची है।

बॉटम : नहीं हुजूर। आप नहीं समझे, दीवार दुनोझन के बीच खड़े रिहिसे, बस अब वो खतम होगे, ढहगे। बस मालिक अब नाटक के अन्तिम संवाद बांच गेहे। ओला प्रस्तुत करबो के डांस दिखाबो?

थिसियस : नहीं नहीं अन्तिम संवाद रहने दो। तुम्हारा नाटक किसी अन्तिम संवाद का मोहताज नहीं। अलबत्ता अपना डांस ज़रूर दिखाइये, अन्तिम संवाद को टाल जाइये।

सभी कलाकारों का मंच पर आना, कोरस का एक ऊर्जावान, आशा से भरा सम्मोहक गीत, और दर्शकों से ये इल्तजा कि भाइयो बहनो बुरा न मानना, बुरा लगे गर खेल, बाती उतनी रोशनी देती, जितना डालो तेल। हम वादा करते हैं अगली बार जो हम आयेंगे, आज के नाटक से कुछ बेहतर नाटक दिखलायेंगे।

तालियों की गड़गड़ाहट के बीच इरफान साहब ने फिर मंच पर प्रवेश किया। कलाकारों के साथ झुककर एक बार पुनः दर्शकों का अभिवादन किया। तालियों की गड़गड़ाहट दुगुनी हो गयी। एक बार पुनः उन्होंने अभिवादन किया और कलाकार नेपथ्य में चले गये। अब दर्शकों ने मंच पर जाकर बधाई देने का सिलसिला शुरू किया।

भीड़ कुछ कम होने पर मैं इरफान साहब के पास गया। उन्हें

बधाई देते हुए कहा, 'इरफान साहब नाटक बहुत बढ़िया हुआ। बधाई।'

वे कुछ खिंचे खिंचे से लगे। एक तल्ख़ सा 'शुक्रिया' उन्होंने कहा और दूसरी ओर निकल गये।

लतिका जी प्रशंसकों से घिरी खड़ी थीं और नाटक की खूबियाँ बखान रही थीं। बीच-बीच में इरफान साहब का नाम भी आ रहा था। घेरे से निकल कर जब वे मेरी ओर आयीं तो मैंने कहा, 'लतिका जी, एक अच्छे नाटक के लिए बहुत-बहुत बधाई। क्या पैक अप में आप कुछ मदद चाहेंगी।'

उन्होंने खासी बेरुख़ी से जवाब दिया, 'नहीं हमारे आर्टिस्ट पैकअप कर लेंगे।'

'तो मैं खाना लगवाऊँ।'

'आप इरफान से पूछ लें। शायद सरकारी डिनर के बारे में उन्होंने हाँ कह दिया है।'

मैं फिर उखड़ने लगा।

'चलिए मैं बाहर जाकर तैयारी तो करवाता हूँ। आप पैकअप करवा के आयें। मैं इन्तज़ार कर रहा हूँ।'

मैंने नीरज को आर्टिस्ट्स को चाय वगैरह पिलवाने का आदेश दिया और बाहर निकल आया।

(3)

मैं बाहर आकर खाने के पंडाल के सामने एक अँधेरे कोने में कुरसी डालकर बैठ गया। मुझे पता था खाना समय पर तैयार हो गया होगा। वहाँ देखने की मुझे कोई ज़रूरत नहीं थी। मित्र और कार्यकर्ता सभी अपने-अपने काम में लगे थे। कुछ दर्शक अब तक प्रदर्शनी से हिलगे हुए थे। पंडाल हल्की और सुन्दर रोशनी से जगमग थे। भव्यता बढ़ाने के लिए लगाई गयी झंडियाँ हवा में धीरे-धीरे लहरा रही थीं। माहौल पुरसुकून था।

पर मेरे दिल में चैन नहीं था। सम्मेलन की अद्भुत सफलता के बावजूद मेरे दिल में चैन नहीं था। खोजने से मुझे लगा ये बेचैनी इरफान साहब और लतिकाजी की बेरुख़ी, उनकी उपेक्षा और मंच पर मेरे साथ किये गये व्यवहार के कारण थी। आख़िर किस तरह का आदमी है ये? अभी कल तक आपसे बिल्कुल अपनों की तरह पेश

आ रहा था, अपनी रचनात्मक चिन्ताएँ आपके साथ बाँट रहा था, अपने सपनों को बेझिझक शेयर कर रहा था और आज इस क़दर बेरुख़ी? आख़िर वह ये क्यों नहीं समझ पाता कि हम सब उसे सर आँखों पर बिठाये हुए हैं और उसे भी हमारे सम्मान का प्रतिदान करना चाहिए? आख़िर ग़लती भी उन्हीं की थी। उन्होंने पहले से आकर मंच का जायजा नहीं लिया था। फिर सारा दोष हमीं पर क्यों? और अब जबकि नाटक अच्छा हो गया है तो वे प्रसन्न क्यों नहीं होते? हम एक महान आदमी से रूबरू थे या एक घटिया इंसान से? यह प्रश्न एक बोझ की तरह मेरे मन पर लदा था।

मैं दो दिन की जगार और थकान से भरा था। शायद यही सोचते-सोचते मैं तन्द्रा में चला गया। या मुझे झपकी सी लग गयी। हालाँकि बीच-बीच में मैं अपने आसपास की हलचलों को महसूस कर पा रहा था पर फिर भी जैसे मैं वहाँ नहीं था।

मेरी उदासी, मेरी प्रसन्नता, मेरी जगार, मेरी थकान को धकेलते हुए एक कहानी के कुछ पात्र मेरे दिमाग़ में घुस गये। कहानी मेरे प्रिय लेखक 'सॉमरसेट मॉम' की थी। 'महान गायिका' या ऐसा ही कुछ नाम था उसका।

एक नवोदित लेखक एक महान गायिका के बारे में उपन्यास लिखना चाहता है। नवोदित लेखक का पहला उपन्यास कथा लेखक को अच्छा लगा था सो वह उसे पसन्द करने लगता है। जब नवोदित लेखक की कथा लेखक से मुलाक़ात होती है तो वह उसे अपनी आर्थिक कठिनाइयों के बारे में बताता है जिस पर लेखक, नवोदित को कुछ दिन अपने घर रहकर काम करने बुला लेता है। पीटर मेलरोस नाम था नवोदित का। उसके बारे में लेखक हमें कुछ इस तरह बताता है :

'जब एक रेस्त्राँ के टेबल पर हम आमने-सामने बैठे तो मुझे वह कुछ ज़्यादा ही शर्मीला लगा। वह काफ़ी बोलने की कोशिश कर रहा था पर मुझे लगा कि वह असहज है। मुझ पर कुछ इस तरह का प्रभाव पड़ा कि उसकी आश्वस्ति कुछ ओढ़ी हुई है और अपने एहसासे कमतरी को छिपाने के लिए प्रयुक्त की जा रही है। उसके मैनर्स कुछ अटपटे से थे। वह दूसरों के बारे में कुछ कठोर बात कहता तथा फिर उससे पैदा हुई झेंप को मिटाने के लिए नर्वस हँसी हँसने लगता। हालाँकि वह आत्मविश्वास से भरे होने का

अभिनय कर रहा था, फिर भी बार-बार मुझसे हर बात की आश्वस्ति चाहता था। आपके बारे में कुछ चिढ़ाने वाली बातें करके, आपको थोड़ा ग़र्म करके, वह आपसे कुछ ऐसी बातें कहलवाना चाहता था जिनसे ये प्रतीत हो कि वह खुद उतना ही शानदार आदमी है जैसा कि वह स्वयं को समझता था। वह अपने दोस्तों और सहयोगियों के अभिमतों और उनके व्यक्तित्वों से घृणा करता था, पर उसके लिए उन अभिमतों से महत्त्वपूर्ण भी शायद कुछ नहीं था। मुझे वह घृणा से भरा चालाक युवक लगा हालाँकि इसमें भी कुछ ख़राबी नहीं थी। चालाक नवयुवक स्वाभाविक रूप से घृणा से भरे हुए ही होते हैं। वे शिक़ायत करते-करते थक जाते हैं कि दुनिया उनकी प्रतिभा का सम्मान नहीं करती। वे कुछ देना चाहते हैं पर कोई लेना नहीं चाहता। वे प्रसिद्धि पाने के लिए आतुर होते हैं पर वह उनके रास्ते आते नहीं दिखती।'

लेखक पीटर मेलरोस से बहुत रोचक बात करते हैं।

'अच्छा एक बात बताओ। तुम एक महान कलाकार के बारे में लिखना तो चाहते हो पर तुमने क्या किसी महान कलाकार को निकट से देखा है?'

'नहीं, देखा तो नहीं। पर मैंने लगभग सभी बड़े कलाकारों की आत्मकथाएँ पढ़ डाली हैं और उनके संस्मरणों को चाट गया हूँ। मुझे लगता है मैं उनके बारे में जानता हूँ।'

लेखक हल्की सी मुस्कुराहट के साथ पूछते हैं, 'तो ज़रा अपनी महान कलाकार के बारे में बताइये तो।'

'वह युवा और सुन्दर है, गुस्सैल मगर उदार है। वह एक भव्य महिला है। संगीत उसका पहला प्यार है। न सिर्फ़ उसकी आवाज़ में संगीत है बल्कि उसके हावभाव, उसकी चाल भी संगीतमय है। संगीत उसकी आत्मा में बसा हुआ है। वह ईर्ष्या और घृणा से कोसों दूर है, और कला के प्रति उसका प्रेम इस क़दर उमड़ा हुआ है कि वह दूसरे अच्छे गायकों को गाता देख उनकी दिल से प्रशंसा कर सकती है। किसी के दुर्भाग्य से प्रभावित होकर वह उसे अपना सब कुछ दे सकती है। वह महान प्रेमिका है और अपने प्रेमी के लिए पूरी दुनिया लुटा सकती है। वह बुद्धिमान और पढ़ी-लिखी है। वह अच्छाई की प्रतिमा है।'

लेखक ने हँसते हुए पीटर मेलरोस से कहा था, 'बेहतर होगा कि तुम किसी बड़ी गायिका से मुलाक़ात करो। शायद तुम्हारी धारणा कुछ बदले।'

इस पर पीटर मेलरोस ने उत्सुकता से पूछा था, 'क्या आप मुझे किसी बड़ी गायिका से मिलवा सकते हैं?'

लेखक हामी भरते हैं और वे पीटर मेलरोस को प्रसिद्ध गायिका ला फाल्टरोना से मिलवाते हैं। मौका है लेखक के घर पर ही रात्रिभोज का जिसमें बस तीन लोग शामिल हैं—लेखक खुद, पीटर मेलरोस और ला फाल्टरोना। वह जानती है कि ये कोई बड़ी पार्टी नहीं है फिर भी वह मेलरोस पर बिजलियाँ गिराने के लिए अपनी भड़कीली और शानदार पोशाक पहनकर आयी है। लेखक धीरे-धीरे उसे बातचीत में खींच लेते हैं। वह अपने बारे में बढ़चढ़ कर हाँक रही है। कैसे उसे सारी दुनिया से शिक़ायत है, बता रही है। उसके प्रोग्राम मैनेजर उसके गीत चुरा लेना चाहते हैं, पैसा छीन लेना चाहते हैं, उसके प्रेमी उससे धोखाधड़ी करते हैं, प्रतिस्पर्धी कलाकार कैसे उसे समाप्त करना चाहते हैं और आलोचक किस तरह पैसा लेकर उसके ख़िलाफ़ लिखते हैं और कैसे सिर्फ़ अपनी बुद्धि के बल पर वह हर बार बच निकलती रही है। उसने जैसे अपना एक विश्व चित्रित कर लिया था जिसमें वह पीटर मेलरोस को खींचती लिए जा रही थी। इस दौरान वह बिना किसी शर्म के घटिया और ओछी कहानियाँ सुनाती चली जा रही थी, जिनमें अन्त में वह क्रूर, षड्यंत्रकारी, खोखली तथा स्वार्थी नज़र आने लगी थी। लेखक को यह सब दिख रहा था। पर पीटर मेलरोस को वह बिल्कुल अपनी सोची हुई कहानी की नायिका की तरह नज़र आयी थी, शुद्धता, पवित्रता और कला की लड़ाई लड़ती हुई महान गायिका।

इस मुलाक़ात के बाद ला फाल्टरोना विश्व के दौरे पर चली जाती है, लेखक की उससे दूसरी मुलाक़ात तब होती है जब वह अपने विश्व दौरे से लौटकर आती है।

इस बार उसने लेखक को अपने घर खाने पर बुलाया है। वह रस ले लेकर अपने विश्व दौरे के झूठे सच्चे क़िस्से सुना रही है जिन्हें लेखक पहचान रहा है। इस बार क्योंकि पीटर मेलरोस साथ नहीं है इसलिए संवाद दो परिपक्व दिमाग़ों के बीच चल रहा है जो एक-

दूसरे के खेल को बहुत अच्छी तरह समझ रहे हैं। फाल्टरोना खुल कर अपने हरामीपन पर हँस रही है।

अन्त में हँसते-हँसते वह गम्भीर होती है। और कहती है, 'मैं गाना चाहती हूँ।'

छत की खिड़की से बाहर समुद्र दिख रहा है। बाहर हल्की बारिश हो रही है और पेड़ धीमे-धीमे लहलहा रहे हैं। रात उभार पर है और बेसुध कर देने वाली है। फाल्टरोना पहले गुनगुनाना शुरू करती है। लेखक के शरीर में हल्की सी फुरफुरी छूट जाती है। स्वर को पकड़ लेने के बाद वह एक गीत गाना शुरू करती है। मृत्यु का गीत, मॉम ने उस अनुभव का विवरण कुछ इस तरह दिया था :

'धीमे, मीठे और स्वर्गीय संगीत के स्वर, हवा में काँपते हुए समुद्र के पानी के ऊपर तैरने लगे। तारों भरी उस रात में उनका प्रभाव अद्भुत और रोमांचक था। ला फाल्टरोना की आवाज़ अभी भी सुन्दर, मृदु और स्फटिक सी साफ़ थी। वह अद्भुत भावनात्मक उभार के साथ गा रही थी। उसकी आवाज़ में इतनी गहरी उदासी और दुःख था कि मेरा दिल पिघलने लगा और गले में एक गोला सा बनकर अटक गया। फाल्टरोना की आँखों से भी गाते समय आँसू बह रहे थे। हम दोनों में से कोई बहुत देर तक कुछ नहीं बोला। हम चुपचाप खड़े सामने लहराते समुद्र को निहार रहे थे...'

मैं तन्द्रा में सॉमरसेट मॉम के साथ बह गया था। लहराता समुद्र सामने था और थी फाल्टरोना की मृदु, सुरीली, गहरे दुख से भरी आवाज़, मैं सोचने लगा—क्या था, क्या था उस कहानी का अन्त?

(4)

अचानक किसी के ज़ोर-ज़ोर से चिल्लाने की आवाज़ से मेरी तन्द्रा टूटी। एकाएक समझ में नहीं आया कि मैं कहाँ हूँ। धीरे-धीरे मैं सम्मेलन स्थल पर वापस लौटा।

इरफान साहब इस बार जावेद पर ग़ुस्सा हो रहे थे—'अब इन उपहारों का क्या फायदा? आपको ये सब कलाकारों को मंच पर देना चाहिए था।'

जावेद कलाकारों को, जो भोजन कर चुके थे, संस्था की ओर से एक-एक बैग उपहार में बाँट रहा था। शायद कलाकारों ने ही

इसकी माँग भी की थी। अरुणा मेरे पास आयी और बोली, 'जाओ, वे फिर ग़ुस्सा हो रहे हैं।'

मैं अभी तक मॉम की कहानी से बाहर नहीं आ पाया था। मैंने आँखों पर पानी के छींटे मारे और इरफान साहब के सामने जा खड़ा हुआ। उनके मुँह से हलकी सी बू आ रही थी। लगता था इस बीच वे अपने बैग से छोटी शीशी निकालकर उसका सेवन कर चुके थे। मुझे देखते ही बोले, 'कार्तिक, अब ये बैग वगैरह गिफ्ट देने का क्या मतलब? जो कुछ करना था मंच पर करना चाहिए था।'

'इरफान साहब हम लोग मंच पर ये कब करते? मंच तो आपने शुरू से आख़िर तक छोड़ा ही नहीं!'

बात इरफान साहब को चुभ गयी। हालाँकि वह बहुत सरलता से कही गयी थी।

उन्होंने ग़ुस्से में थरथर काँपते हुए कहा, 'मैंने मंच नहीं छोड़ा? मंच पर तो आपने कब्ज़ा कर रखा था। मैंने किस तरह से शो किया मैं ही जानता हूँ।'

मुझे ये बात समझ नहीं आयी। हमें मंच पर कब्ज़े की कोई ज़रूरत नहीं थी। मंच तो हमारा ही था।

मैंने कहा, 'आपने किस तरह से शो किया? हम लोग आपकी मुँह निकाली करते रहे हैं, दीपक कल आकर मंच देख गया था। आपके भी आने की बात थी। अगर आप समय नहीं निकाल पाये तो अकेले हमें ही दोष क्यों? फिर अन्त में शो बढ़िया हुआ, दर्शक खुश होकर गये हैं, लेट अस बी हैपी अबाउट इट।'

अब लतिका जी की बारी थी–

'हैप्पी? हाउ कैन वी बी हैप्पी? आपने न तो इरफान का परिचय कराया न कलाकारों का। और तो और आपने फूलों की भी बेइज़्ज़ती की। मंच के पीछे इतने सारे गुलदस्ते रखे थे, आपने वे हमें भेंट तक नहीं किये। हम और सब सह सकते हैं फूलों की बेइज़्ज़ती नहीं सह सकते। फूलों के बारे में हम बहुत संवेदनशील हैं।'

'और आदमियों के बारे में?' मैंने पूछना चाहा।

बात मेरी समझ के बाहर थी। हमने कौन से फूलों की बेइज़्ज़ती कर दी? अमित, अरुणा, जावेद, नरेन्द्र और सभी कार्यकर्ता इरफान साहब को विदा करने के लिए वहाँ इकट्ठा हो गये थे। उन्हें और

लतिका जी को मुझ पर इस तरह नाराज़ होते देख वे धीरे-धीरे वहाँ से हट गये।

मैं अपने आपको बेहद अपमानित महसूस कर रहा था। आख़िर मैं उस सम्मेलन का संयोजक था और वहाँ काम कर रहे सभी लोगों का लीडर। हमें एक टीम के रूप में काम करने की आदत थी और एक-दूसरे के प्रति गहरा सम्मान उसकी पहली शर्त थी। हम बहुत प्यार से इरफान साहब को सम्मेलन में लाये थे और वे थे कि हमें चोट पर चोट पहुँचाये जा रहे थे।

अनूप ने धीरे से आकर मुझे कहा, 'फिलहाल ये उखड़ गये हैं। या नाटक के बाद का अपना टेंशन रिलीज कर रहे हैं। अभी इनसे मत उलझो। और लतिका जी बात बढ़ाने में माहिर हैं। उन्हें लगता है कि वे गुलदस्ते जो सुबह वाले अतिथि छोड़ गये हैं, उनके लिए थे। उन्होंने यही बात इरफान साहब के मन में डाल दी है।'

मैंने अभी भी बात सम्हालने की कोशिश की।

'इरफान साहब, आप मंच पर परफॉर्म कर रहे थे। मैंने सुमन से कहा भी था कि वह आपसे पूछे कि क्या परिचय की आवश्यकता है? पर आपने सीधे नाटक शुरू कर दिया। जब आप परफॉर्म कर रहे हों तो हम बीच में कैसे कूदते? कमान आपके हाथ में थी, यदि कुछ ग़फलत हुई भी है तो आपके प्रति गहरी श्रद्धा और सम्मान से उपजे संकोच के कारण हुई है।'

'सम्मान वम्मान सब ढकोसला है। इसी शहर में आपके भाई आनन्द रहा करते थे। वे होते तो तड़ से मंच पर आ जाते परिचय कराते। और माहौल बना देते।'

कितनी आसानी से ये एक व्यक्ति की दूसरे से तुलना कर देते हैं। आनन्द थियेटर का ही आदमी था और मैं विज्ञान का। हम लोगों के अनुशासन में फ़र्क़ था। क्या इनकी आदमियों की पहचान इतनी धूमिल हो चुकी है?

अब इरफान साहब लड़खड़ाते क़दमों से अपनी गाड़ी की ओर जा रहे थे। पीछे-पीछे ढरकती हुई लतिका जी।

सुमन अब तक चुप रही थी।

मैंने उसे एक ओर ले जाकर कहा, 'देखो सुमन, कहीं कोई भारी ग़लतफ़हमी हो गयी है। जिन फूलों के बारे में लतिका जी कह रही हैं

वे सुबह अतिथियों को भेंट कर दिये गये थे। वे उन्हें छोड़ गये, हमने तो उन्हें सम्हाल कर रख दिया था। शायद एक बार फिर उपयोग करते। पर इरफान साहब ने मौका ही नहीं दिया।'

सुमन ने कहा, 'ओह, नाउ आई अंडरस्टैंड। आप चिन्ता न करें। मैं उन्हें बता दूँगी।'

इरफान साहब स्वगत की मुद्रा में थे–

'और साहब, आपने खाने के लिए हमारा इन्तज़ार क्यों नहीं किया। हम अपने आर्टिस्ट्स के साथ खाना खाते हैं। आपको रुके रहना चाहिए था। सम्मान वगैरह बेकार की बातें हैं। आप कहना क्या चाहते हैं? मैं सब समझता हूँ। वी आर नो फूल्स...'

उन्हें कौन बताता कि हम लोगों ने अब तक खाना नहीं खाया था, कि हम उन्हीं का इन्तज़ार कर रहे थे, कि असल में तो उन्होंने ही ये तय नहीं किया था कि वे हमारे साथ खायेंगे या सरकारी डिनर में जायेंगे...

सुमन ने आगे बढ़कर गाड़ी का दरवाज़ा खोला, उसने कहा, 'बाबा, अब चलिए।'

इरफान साहब, लतिका जी और सुमन गाड़ी में बैठे, सिर्फ़ सुमन ने कहा, 'अच्छा कार्तिक, फिर मिलेंगे।' और वे चले गये।

अनूप ने जो अब तक आर्टिस्ट्स को विदा कर रहा था, मेरे पास आकर कहा, 'ये हर नाटक के पहले या बाद में कुछ इस तरह का करते हैं। ये नाटक के बाहर अपना व्यक्तित्व स्थापित करने का उनका तरीका है। ग़लती से इस बार फायरिंग लाइन में तुम आ गये।' कहकर वह हँसा। मुझे उसकी हँसी अच्छी नहीं लगी।

'अगर व्यक्तित्व स्थापित भी करना चाहते हैं तो ये तो देखें कि किस तरह का व्यक्तित्व स्थापित हो रहा है। अच्छा या बुरा? और फिर दूसरों पर उनका क्या प्रभाव पड़ रहा है। आख़िर वे एक आन्दोलन के बीच आये थे!'

'कार्तिक तुम समझ नहीं रहे। सवाल अच्छे या बुरे का है ही नहीं। सवाल थियेट्रिकल होने का है। नाटकीय होने का, बस। वे हर बार ये सिद्ध करते हैं कि वे नाटकीय व्यक्ति हैं बस...'

अनूप की ये बात अपने पूरे तनाव, थकान, मान, अपमान के बीच मेरे दिमाग़ में कौंधी–सवाल अच्छे या बुरे होने या दिखने का

नहीं था। सवाल था थियेट्रिकल होने का, नाटकीय होने का, शायद वही उनका जीवन था।

फिर भी मेरी अपमानित 'इगो' ने प्रतिरोध किया। अगर वे अपने व्यवहार और जीवन में नाटकीय होकर संगति बनाते हैं तो भी उन्हें देखना तो चाहिए, कि और लोग उनसे किस तरह का रिश्ता रखते हैं। या वे महानता की उस ऊँचाई तक उठ गये हैं, जहाँ औरों का अस्तित्व ही नहीं रह जाता। अगर ऐसा है तो भयानक है।

मेरी टीम के सब लोग चुप थे। सम्मेलन की सफलता के उत्साह पर जैसे इस घटना ने पानी डाल दिया था। हम सब बुझा-बुझा महसूस कर रहे थे। किसी से ठीक से खाना नहीं खाया गया।

अरुणा ने कहा, 'चलो चलते हैं। अभी एक दिन और है!'

(5)

फिर सम्मेलन अपनी गति से चला पर मेरा उसमें दिल नहीं लगा। पूरे सम्मेलन के दौरान और ट्रेन से लौटते समय भी जैसे मैं किसी अलग दुनिया में रहा। अमित बीच-बीच में कहता भी रहा—कार्तिक तुम इरफान साहब वाली घटना को भूल नहीं पाये हो। इस तरह उसे दिल पर मत लो। उन्हें अपना काम करना है और हमें अपना। आख़िर सिर्फ़ उन्हीं के कहने से तो तुम्हारी क्षमता पर प्रश्नचिह्न नहीं लग जाता?

मैं ये जानता था। फिर भी दिल उनके व्यवहार को स्वीकार करने को तैयार नहीं था। मैं खुले तौर पर उनका प्रतिकार कर अपने आपको छोटा बनाना नहीं चाहता था। वह और भी घटिया होता। तो? तो मैंने सोचा कि अब इनसे कोई सम्बन्ध नहीं रखूँगा। धीरे-धीरे उन्हें अपने जीवन से बाहर कर दूँगा। अब मेरा रास्ता अलग, उनका अलग। मैं इरफान साहब को भूलने की कोशिश करूँगा।

पर इस निर्णय के बाद भी मेरी बेचैनी बनी रही। मैं अभी भी उनके सन्दर्भ में एक तार्किक परिणति पर नहीं पहुँच पाया था। ये बेचैनी शायद उस तार्किक परिणति तक न पहुँच पाने का नतीजा थी। उसके बिना मुझे हर निष्कर्ष अधूरा-अधूरा लग रहा था। मुझे सही जगह पर पहुँचना था। मुझे वहाँ पहुँचना ही था।

एक छोटी-सी घटना ने मेरी इसमें मदद की।

मैं अपने शहर में पहुँचा ही था कि सुबह-सुबह सुमन का फ़ोन

आ गया—'कार्तिक कैसे हो?'

'ठीक हूँ।'

'सुनो क्या तुम थोड़ी देर के लिए घर आ सकते हो?'

मैं उनसे मिलना नहीं चाहता था। मैंने पूछा, 'क्यों?'

'बस ऐसे ही, बाबा तुमसे कुछ बात करना चाहते हैं।'

मैंने कुछ तल्ख़ी से कहा, 'क्यों, उस दिन सारी बातें हो तो गयीं।'

'नहीं नहीं वह बात नहीं, कुछ और बात है। तुम ज़रूर आ जाओ।'

अब क्या बात हो सकती है? मेरी फिलहाल उनकी किसी भी बात में कोई दिलचस्पी नहीं थी। पर दिल में एक जिज्ञासा भी उठी। आख़िर अब वे क्या कहना चाहते हैं। एक बार सुन लेने में क्या हर्ज़। मैं अपना निर्णय तो ले ही चुका हूँ। उस पर कोई प्रभाव नहीं पड़ने वाला। चैप्टर पूरी तरह बन्द करने के पहले अगर एक अन्तिम पेज पढ़ना रह गया है तो चलो उसे भी पढ़ लिया जाये।

मैं तालाब वाली पहाड़ी पर स्थित उनके घर पहुँचा।

लतिका जी ने अपना सामान्य स्वागत किया—'आओ कार्तिक, कैसे हो?'

'जी ठीक हूँ।'

'इरफान तुमसे कुछ बात करना चाहते थे।'

इरफान साहब खाने की मेज़ की तरफ़ मुँह किये बैठे थे। मेरी तरफ़ उनकी पीठ थी। उन्होंने धीरे से कुर्सी घुमाई, वे बहुत थके-थके लग रहे थे। लगभग पानी-पानी।

'भई कार्तिक, मुझे लगता है कि मुझे उस दिन वह सब नहीं कहना चाहिए था।'

मैं क्या कहता। मैं चुप रहा।

उन्होंने फीकी-सी हँसी हँसकर कहा।

'जाने क्या बात है। आजकल मैं जब भी कुछ कहना चाहता हूँ बात बनने के बदले बिगड़ जाती है। शायद मुझे कुछ कहना ही नहीं चाहिए।'

मैं अभी भी चुप था।

'सुमन ने बताया कि आप लोगों का सम्मेलन दूसरे दिन भी चलने वाला था और कई तैयारियाँ आपने अगले दिन के लिए कर रखी थीं। हमें लगा कि वे हमारी टीम के लिए थीं और उनका उपयोग नहीं हो सका। बस यही बात थी...'

अब लतिका जी ने कहा, 'असल में कार्तिक तुम्हें और इरफान को उस दिन रायपुर में साथ-साथ मंच पर दिखना चाहिए था। इससे एक बिल्कुल अलग मेसेज लोगों के बीच जाता।'

तो क्या ये अपने गृहनगर में भी उपेक्षित महसूस करते हैं? या इन्हें वाकई हमारे आन्दोलन के साथ खड़े रहने की ज़रूरत महसूस होती है? अपनी तमाम महानता, ऊँचाई और कलात्मकता के साथ क्या ये वाकई ज़मीन से जुड़े रहना चाहते हैं? या फिर ये सिर्फ़ मेरी आहत भावनाओं का तुष्टीकरण कर रहे हैं?

जो भी हो, चारों ओर बिखरी किताबों, सुबह की खिड़कियों से झिर कर आती रोशनी, और उदास रंगों वाली साज-सज्जा के बीच वह परिवार आज मुझे फिर अच्छा लगा। अपने व्यवहार पर पुनः विचार करता, अपनी ग़लतियाँ खोजता और इसमें दूसरों को शामिल करता हुआ।

मैं विदा लेकर बाहर निकल आया। सब कुछ जितना सहज था उतना ही विश्वसनीय...

अचानक मॉम की कहानी का वह भूला हुआ अन्त मेरे दिमाग़ में कौंध गया। उस महान गायिका के अद्भुत गायन के बाद वे कहते हैं, 'इसके बदले कि मैं उसमें दुनिया की तमाम खासियतें ढूँढूँ, मैं उसे उसी तरह लेना चाहूँगा जैसी वह है। अपनी तमाम ग़लतियों, ग़फलतों और विशाल ग़लतफ़हमियों के बावजूद, आपको अपने पास बुलाती हुई...'

सामने पहाड़ी ढलान पर वही खूबसूरत रंगबिरंगे फूलों से ढका वन नीचे लहराती झील तक पसरता चलता गया था, जहाँ दूर देशों से आये धवल पक्षियों का समूह अठखेलियाँ कर रहा था। मुझे जाने क्यों लगा कि ओबेरॉन और उसकी रानी टाइटैनिया, और वे परियाँ और वे गण और वो ग़रीब कारीगरों का नाट्य दल यहीं कहीं इसी वन में है। एक गण ने जैसे हँसते हुए मेरे कान में कहा—क्यों दोस्त, इरफान साहब से ग़ुस्सा हो? मगर उनके शेक्सपियर को तो याद रखोगे न!

मैं बहुत दिनों के बाद खुलकर मुस्कराया। उस दिन पहाड़ी ढलान से उतरते हुए मैंने अचानक अपने आपको बहुत हल्का और धुला-धुला महसूस किया।

(कथन, 2003)

ग़रीब नवाज़

एक्सेल इन्फोटेक के प्रमुख विश्वमोहन ने, आज जब अपने शानदार ऑफिस के ऊँचे और भारी भरकम गेट के सामने, अपनी काले रंग की चमचमाती मर्सिडीज़ से नीचे क़दम रखा, तो उसे नज़ारा कुछ बदला-बदला सा नज़र आया।

गेट वैसे ही पूरी भव्यता के साथ खड़ा था और नीले रंग की स्मार्ट यूनीफॉर्म में, गार्ड अपनी चटक अदा के साथ, वैसे ही उसे खोलने के लिए तत्पर खड़ा था पर गेट के बायें हाथ वाली बाउंड्री वॉल से सटा ये गुमटी जैसा क्या था?

विश्वमोहन ने गौर से देखा। एक नीले रंग की गुमटी थी जिसकी खिड़की खुली थी और जिसके पीछे, पैंट और लाल रंग की बिना बाँह वाली बनियान पहने, एक लड़का बैठा था। बनियान ठीक वैसी ही थी जैसी 'अमूल माचो' वाले विज्ञापन में सैफ अली खान पहनता है। उसके गले में काली डोरी से बँधा एक ताबीज़ पड़ा था जो उसके हर ठहाके के साथ गले में कुछ इस तरह ऊपर नीचे हो रहा था जैसे वह खुद भी बतियाना चाहता हो। खिड़की वाला लड़का, गुमटी के पीछे उठा पटक कर रहे एक छोकरे से, लगातार बात कर रहा था और बीच-बीच में ठहाके भी लगाता जाता था।

विश्वमोहन को अपने ऑफिस से बिल्कुल सटी हुई गुमटी में, इस नयी क़िस्म की गतिविधि का मतलब समझ नहीं आया। उसने अपनी निग़ाह ऊँची की तो देखा, गुमटी पर एक साइन बोर्ड लगा है जिस पर लिखा था—'ग़रीब नवाज़ चिकन शॉप', जिसके शुरू में लाल रंग की कलगी लगा मुर्गा शान से मुस्कुरा रहा था। विश्वमोहन को यह भी समझ नहीं आया कि ये मुर्गा मुस्कुरा क्यों रहा है, क्या इसे अपना हश्र नहीं मालूम? या शायद यह ये कहना चाह रहा है

कि प्रत्येक मुर्गा कटने के पहले मुस्कुराता है। या ये, कि देखो, मैं मरने से नहीं डरता, मैं हँसते-हँसते जान पर खेल जाऊँगा। बहरहाल खुली हुई खिड़की के पास एक काले रंग का बोर्ड टँगा था जिस पर खड़िया से लिखा था 'ताज़ा चिकन 100 रुपये किलो'—'ड्रेस्ड चिकन 120 रुपये'।

तो क्या मुर्गा यहीं काटने की भी तैयारी है? विश्वमोहन ने थोड़ा और ध्यान से देखा। गुमटी के पीछे कुछ अलंगों के ऊपर एक फर्शी रख दी गयी थी और उसके पास ही एक-दो छोटी-बड़ी छुरियाँ चमक रही थीं। वहीं पास में एक जाली वाले दड़बे में कुछ मुर्गे-मुर्गियाँ बन्द थे जो लगभग निष्प्राण थे और अपनी बारी के आने का इन्तज़ार कर रहे थे। आख़िर उनके जीने का और मक़सद भी क्या था?

विश्वमोहन का मन ख़राब हो गया। सुबह-सुबह ये क्या? किसने इजाज़त दी इस 'ग़रीब नवाज़ चिकन शॉप' को हमारे ऑफिस के ठीक बगल में खड़ा होने की? क्या ऐसे खुले में चिकन काटा और बनाया जा सकता है? ये तो सरासर लोगों को आहत करने जैसा है। आख़िर सभी लोग तो नॉन वेजीटेरियन नहीं होते। जुर्रत तो देखिये, यहीं काटेंगे, यहीं ड्रेसिंग करेंगे और यहीं ताज़ा चिकन 100 रुपये किलो बेचेंगे। मैं देखता हूँ कैसे बेचते हैं! कोई मज़ाक़ है? हमारा ऑफिस टेक्नॉलॉजी के क्षेत्र में काम करता है, तमाम सम्भ्रान्त लोग यहाँ आते-जाते हैं, इतना इन्वेस्टमेंट करके मैंने इसे भव्य और सुन्दर बनाया है। ठीक इसके पड़ोस में 'ग़रीब नवाज़ चिकन शॉप'! मैं भी देखता हूँ...

विश्वमोहन की निग़ाहें गुमटी पर बैठे लड़के की निग़ाहों से मिलीं, उसने लापरवाही के साथ अपना चेहरा दूसरी ओर घुमा लिया।

विश्वमोहन ने अपने ऑफिस के गेट में प्रवेश करते हुए गार्ड गंगाधर से कहा, 'गंगाधर, ज़रा ऊपर आना।'

गंगाधर ऊपर आया।

विश्वमोहन ने अपनी विशाल टेबल के पीछे रखी ऊँची कुर्सी पर बैठते हुए कहा, 'क्यों, तुमने ये ग़रीब नवाज़ की गुमटी नहीं देखी?'

'देखी है सर!'

'तो तुमने इसे यहाँ लगने कैसे दिया?'

'सर मैं जब सुबह ड्यूटी पर आया तो ये यहाँ रखी हुई थी। शायद रात में रखी गयी होगी। बाद में इन लोगों ने यहाँ बोर्ड वगैरह लगाया और मुर्गे-मुर्गियाँ भी रख लीं।'

'तो तुम्हें मना करना चाहिए था।'

'सर मैंने मना किया था पर वे नहीं माने।'

'तुमने बताया नहीं कि साहब शिक़ायत करके तुम्हारी गुमटी उठवा देंगे। बेकार नुक़सान होगा।'

'कहा था सर।'

'तो क्या बोला?'

गंगाधर ने थोड़ा झिझकते हुए कहा, 'सर मैंने बहुत समझाया, पर वह बोला कि तुम्हारे साहब होंगे बड़े आदमी अपने घर के। हमें भी तो अपना काम-धन्धा करना है!'

'अच्छा, एक बार फिर जाओ। इस बार अपने साथ गौतम सर को भी ले जाओ। वे उसे प्रशासनिक तरीके से समझा देंगे।'

कमरे से बाहर निकलकर उन्होंने अपने प्रशासनिक अधिकारी गौतम से कहा, 'गौतम, ज़रा गंगाधर के साथ चले जाओ। उस ग़रीब नवाज़ से कहना कि वह शराफ़त से अपनी गुमटी हटा ले नहीं तो हमें उसकी शिक़ायत करनी पड़ेगी।'

'जी सर।'

गौतम ने कहा और गंगाधर के साथ नीचे चला गया।

जब तक गौतम और गंगाधर वापस लौटते हैं तब तक हम विश्वमोहन के बारे में थोड़ा और जान लेते हैं।

स्कूल के दिनों में विश्वमोहन की पहचान एक ज़हीन लड़के की थी। उसने आई.आई.टी. की परीक्षा पास की और फिर सीधा वहाँ से अमेरिका चला गया। उसे एक बड़ी मल्टीनेशनल कम्पनी में नौकरी मिल गयी थी। वहाँ उसने सफलता के झंडे गाड़े और जल्दी ही वाइस प्रेसिडेंट के पद पर पदोन्नत हुआ। वह अक्सर भारत आया करता था जहाँ उसे बौद्धिक सम्पदा की तरह देखा जाता और उसे वैसा ही सम्मान भी मिलता था। वह कई महत्त्वपूर्ण परियोजनाओं से जुड़ा था और दोस्तों, रिश्तेदारों तथा सहयोगियों के बीच सफल आदमी के रूप में जाना जाता था। वह देश-विदेश में घूमता, बड़े-बड़े प्लान

बनाता, प्रोजेक्ट संचालित करता और कॉर्पोरेट वर्ल्ड में आवाजाही बनाये रखता। दोस्त उसे प्यार से विशी कहते थे।

क्योंकि वह ज़हीन था, इसलिए करीब दस वर्ष अमेरिका में रहने के बाद उसे समझ में आ गया कि वह कहीं जा नहीं रहा था। वह पेड़ की उन शाखाओं की तरह था जो हवा में हिलती रहती थीं पर जिनका तना और जड़ें सिरे से ग़ायब थीं। करीब पैंतीस-चालीस की उम्र के बीच उसे फिर से अपनी जड़ों की तलाश करने की ज़रूरत महसूस होने लगी। इधर उसकी पत्नी भारती भी अमेरिका से ऊब चली थी और 'चलो इंडिया चलते हैं' की ज़िद लगाये रखती थी। उनका बेटा रोहित अब छह-सात साल का हो चला था और उन्हें लगता था कि अपने देश में रहकर ही वह संस्कारवान बन सकता है। पर सबसे बड़ा कारण ये था कि विश्वमोहन शुद्ध शाकाहारी आदमी था और उसे अमेरिका में भोजन को लेकर बहुत दिक़्क़त महसूस होती थी। उम्र के साथ-साथ उसकी यह दिक़्क़त बढ़ती ही जा रही थी।

सो उन्होंने भारत लौटने का मन बनाया। विश्वमोहन भारत और अमेरिका दोनों ही देशों में पर्याप्त सम्पर्क बना चुका था। उसने अमेरिका से काम लाने का ज़िम्मा अपने कुछ दोस्तों पर छोड़ा और खुद भारत लौटकर एक बी.पी.ओ. कम्पनी खोली जो उस काम को एक्ज़ीक्यूट करने वाली थी। दो वर्षों के भीतर ही उसने शहर में ज़मीन लेकर एक सुन्दर और भव्य ऑफिस का निर्माण कर लिया और जल्दी ही उसकी गिनती शहर के सफल प्रोफेशनल्स में होने लगी।

वह अच्छी किताबें पढ़ता, रात दस से एक वाले शोज़ में तमाम चर्चित फ़िल्में देखता, सफल और प्रतिष्ठित लोगों के बीच उठता बैठता और गाहे बगाहे मैरियट होटल के लाउंज में दोस्तों के बीच वाइन के साथ डिनर करता पाया जाता। उसकी सीधे राजनीति में रुचि नहीं थी पर वह राजनीतिक विचार रखता था और उसके अनुसार अधिकतर पार्टियाँ विकास विरोधी झगड़ों में उलझी थीं जबकि देश को एक ऐसे नेता की ज़रूरत थी जो सीधे विकास का रास्ता पकड़ सके। वह देश-विदेश के उदाहरणों से, जिनमें उसका खुद का उदाहरण भी शामिल था, समझा सकता था कि विकास का रास्ता ही सही रास्ता है।

जैसा कि अक्सर सफल आदमियों के साथ होता है, इलाके के सभी पार्षद और विधायक उसे जानते थे। थानेदार आते-जाते उसे

नमस्ते कर जाता था, एक-दो मन्त्रियों से भी उसका 'हाय-हलो-नमस्ते भाई साहब' वाला परिचय था और तमाम रसूखदार जगहों पर उसे देखा जा सकता था।

कुल मिलाकर विश्वमोहन भारत की उस नयी जमात में शामिल था जिसे भारत को चमकदार बनाने का श्रेय जाता है।

उसकी वर्तमान समस्या ये थी कि उसके शानदार ऑफिस के पड़ोस में 'ग़रीब नवाज़ चिकन शॉप' ने अपनी गुमटी रख ली थी जो उसकी संवेदनाओं को आहत कर रही थी।

उसने खुद को आश्वस्त करते हुए कहा, 'बेकार परेशान हो रहे हो। एक दो दिन में हटवा देना।'

फिर वह अपनी कुर्सी पर बैठ गया।

गौतम ने धीरे से कमरे में प्रवेश किया। वह गंगाधर को बाहर ही छोड़ आया था। विश्वमोहन ने पूछा, 'हाँ गौतम, मिल आये?'

'यस सर!'

'क्या बोला?'

'सर मैं सीधे उससे नहीं मिला। सोचा बात गरमा-गरमी में न बदल जाये, पहले आसपास की दुकान वालों से बात कर लूँ, उन्हें भी तो ख़राब लग रहा होगा।'

'ठीक है। फिर बात की?'

'यस सर। पहले बनारसी पान वाले से बात की। उसने पूछा, 'कौन सी दुकान?' फिर मैंने उसे दिखाया तो बोला, 'भैया, अपना-अपना धन्धा है!' फिर मैंने साँची दूध वाले से कहा कि लोग तुम्हारे यहाँ दूध, दही और श्रीखंड लेने आते हैं, ये पड़ोस में मुर्गा कटते देखेंगे तो क्या कहेंगे? उसने हँसते हुए कहा, 'किसको फुर्सत है भाई साहब कुछ कहने कहाने की! सब अपने-अपने काम में लगे हैं। हो सकता है कि मुर्गा लेने आयें तो हमसे दूध-दही भी ले जायें।'

'तुम्हें सीधे ग़रीब नवाज़ से बात करनी थी।'

'की थी सर!'

'क्या कहा उसने?'

'बोला, रोजी रोटी का सवाल है साहब। आप कहेंगे तो थोड़ा परदा कर लेंगे। बाकी गुमटी तो यहीं रहेगी। फिर मैंने पूछा कि ये

पंख और मुर्गियों की गरदनें और दूसरा कचरा निकलेगा उसका क्या करोगे, तो बोला कि पास में नाली है तो, उसमें बहा देंगे।'

'और नाली कुछ दिनों में चोक हो जायेगी, बदबू आयेगी, उसका क्या होगा?'

'मैंने पूछा था सर, पर वह बोला कि अब हर बात का ठेका उसने थोड़े ही ले रखा है।'

विश्वमोहन को अब ग़ुस्सा आने लगा। उसने गौतम से कहा, 'अच्छा अब तुम जाओ, मैं देखता हूँ। नाम क्या है उसका?'

'रियाज़। रियाज़ मोहम्मद।'

दोपहर में विश्वमोहन का मन काम में नहीं लगा। उसने अपने ऑफिस के बगल में स्थापित 'ग़रीब नवाज़ चिकन शॉप' की समस्या को देश के विकास की समस्या से जोड़कर देखा। देखिये तो, किस तरह बेतरतीब विकास हो रहा है। कहीं भी बाज़ार बना देते हैं, कहीं भी शादियाँ करने लगते हैं, कहीं भी कचरा फेंकने लगते हैं, कहीं भी गुमटियाँ रख देते हैं...

ये क्या बात हुई? आपको देखना चाहिए कि खुले में 'ग़रीब नवाज़ चिकन शॉप' न हो, कि उसके द्वारा पैदा की गयी गन्दगी, मुर्गों के पंख और उनकी गरदनों को डिस्पोज़ ऑफ करने की ठीक-ठीक व्यवस्था हो, कि वातावरण प्रदूषित न हो...

तभी अचानक पंख फड़फड़ाने और मुर्गे के कुड़कुड़ाने की आवाज़ आयी। विश्वमोहन ने अपनी खिड़की के ब्लाइंड्स हटा कर देखा। गरीब नवाज़ चिकन शॉप के छोकरे ने दोनों टाँगों से एक मुर्गे को पकड़ रखा था। उसने उसकी गर्दन गुमटी के पीछे रखे पत्थर पर रखी, मुँह में कुछ बुदबुदाया और छुरी से धीरे-धीरे उसकी गर्दन रेतने लगा। मुर्गा कुछ देर उसके हाथ में फड़फड़ाया और फिर शान्त हो गया। छोकरे ने अब उसकी गर्दन अलग की और उसकी साफ़-सफाई में लगा।

विश्वमोहन ने ब्लाइंड्स बन्द कर दीं और आकर सोफे पर बैठ गया। उसने अपने कमरे में ये बड़ी खिड़की इसलिए खुलवाई थी कि कभी-कभी जब काम से ब्रेक लेना हो तो ब्लाइंड्स हटाकर चलती-फिरती सड़क को और उसके पीछे की हरीभरी पहाड़ी को देख सके। पर यह दृश्य...

इस दृश्य को देखने के बाद अब न तो वह काम कर सकेगा और न ही खाना खा सकेगा।

उसने सोफे पर सिर टिकाया और आँखें बन्द कर लीं।

आधी झपकी और आधी चेतना के बीच अचानक उसे अपने बचपन का, छोटे शहर वाला, घर याद आया।

पुरानी स्टाइल की, कवेलू वाली ढलवाँ छत, दोनों तरफ़ बड़े कमरे और बीच में वरांडा, वरांडे के सामने सुन्दर छोटा-सा बगीचा, खड़ी पट्टियों से बने गेट और बाउंड्री और उसी गेट पर गोल फ्रेम के ऊपर चढ़ी मधुमालती की बेल, जो घर भर को खुशबू से भर देती थी।

उनके घर से सटा हुआ था सरदार रंजीत सिंह का मकान। मकान लगभग उसके घर जैसा ही था पर उसके दूसरी ओर कँटीली तार की बाड़ से घेरकर एक बाड़ा भी बना दिया गया था। रंजीत सिंह जी का बेटा मंजीत सिंह उर्फ़ बब्बी, उसका गहरा दोस्त था। दोनों की उम्र करीब सात-आठ साल, दोनों का स्कूल एक, दोनों के पास खेलने और घूमने के लिए अपार समय।

मंजीत का बाड़ा दोनों के खेलने की प्रिय जगह था। वे कभी उसमें क्रिकेट जमाते, कभी फुटबॉल, कभी गुल्ली-डंडा और कभी कंचे। मंजीत का बड़ा भाई सतविन्दर खुद पतंग बना लेता था और माँजा भी सूत लेता था। सो अक्सर ठंड के समय पतंग उड़ाने का खेल चलता। शाम होते-होते मंजीत की माँ कुलविन्दर, जिसे वे दोनों 'मात्ता जी' के नाम से पुकारते थे, प्रेम से उन्हें बुलाती और उनके हाथ में कुछ न कुछ खाने के लिए रख देती। कभी एक पेड़ा, कभी कुछ नमकीन, कभी घी में तर हलवा, कभी काबुली चने। फिर बड़े से स्टील के गिलास में ठंडा पानी या लस्सी। मंजीत का घर उसका प्रिय अड्डा था।

विशेषकर इतवार के दिन, जब पूरा रंजीत सिंह परिवार सुबह से दोपहर तक नहाने का विशेष उपक्रम करता। उस दिन पगड़ियाँ खोलकर रख दी जातीं, नहाने के बाद पुरुष सदस्य धूप में अपने बाल सुखाते और दाढ़ी फहराते, रंजीत सिंह बिना 'फिक्सो' लगी खुली दाढ़ी में उसे अत्यन्त भव्य और शानदार नज़र आते और वह अक्सर सोचता, बड़ा होकर वह भी दाढ़ी रखेगा।

वह भी इतवार का ही दिन था। दोपहर करीब चार बजे वह मंजीत को ढूँढ़ता उसके घर पहुँचा। मंजीत शायद बाज़ार गया हुआ था। उसकी माँ मंजी पर बैठी सब्जी काट रही थी। सदा की तरह उसने पीले रंग की रेशमी कमीज़ और सलवार पहनी हुई थी और गले में सफ़ेद चुन्नी। विश्वमोहन, जिसे प्यार से वह विशू कहती थी, को देखकर बोली, 'विशू, मेरे बच्चे, आ जा। मंजीत आत्ता ही होगा। तब तक तू चाहे तो बाड़े में खेल ले।'

'ठीक है मात्ता जी।'

उसने कहा और बाड़े में पहुँच गया। बाड़े में एक कोने में जालीदार घर में, मुर्गियों का एक दड़बा भी था जिसमें दस-बीस मुर्गियाँ हर दम रहा करती थीं। विशू के लिए वे खेल की वस्तु थीं। वह उन्हें इधर-उधर फुदकते हुए देखता, दाने डालता और जब कभी वे दड़बे से बाहर आतीं तो उनके पीछे-पीछे हुर्र-हुर्र करके दौड़ता।

उस दिन उसके पीछे-पीछे बाड़े में एक और व्यक्ति ने प्रवेश किया। वे मंजीत के बाबा यानी 'दारजी' थे। दारजी मंजीत के घर के सबसे वरिष्ठ सदस्य थे। सफ़ेद कमीज़, सफ़ेद सलवार और सफ़ेद पगड़ी, खुली फहराती हुई सफ़ेद दाढ़ी। कमर में लटकती काली मियान और उसमें कटार। वे उसे पुराने समय के किसी योद्धा की तरह नज़र आते थे। हालाँकि वे विशू को प्यार करते थे पर वह उनसे डरता था।

जैसे ही 'दारजी' ने मुर्गियों के दड़बे में प्रवेश किया वे इधर-उधर भागने लगीं। कुछ खुले दरवाज़े में से बाहर निकल भागीं। कुछ ने उड़ने का प्रयास किया, पर मुर्गियाँ ज़्यादा कहाँ उड़ पाती हैं? दारजी ने अद्भुत फुर्ती के साथ एक मुर्गी को पकड़ लिया हालाँकि उनके हाथ में उसका एक ही पंख आया। वह थोड़ी देर फड़फड़ाई फिर उनके हाथ से छूटकर निकल भागी। दारजी ठहर जा, ठहर जा करते हुए उसके पीछे दौड़े। करीब अस्सी साल की उम्र में भी उनके शरीर में अद्भुत फुर्ती थी। उन्होंने उसे दबोच ही लिया। फिर दोनों टाँगों से उसे उलटा लटकाते हुए एक पत्थर के पास गये, पहले उसकी गर्दन मरोड़ी और फिर पास ही पड़ी छुरी से एक ही वार में उसकी गर्दन धड़ से अलग कर दी। कुछ देर उसका धड़ फड़फड़ाया, फिर छूटकर उनके हाथ से गिर गया। विशू का दिल काँप गया। उसने अपना मुँह दूसरी ओर कर लिया। 'दारजी' अब आगे के काम में लगे।

विशू का मन अब उस घर में रहने का नहीं हुआ। वह दौड़कर अपने घर जाने लगा। तभी मंजीत ने प्रवेश किया, 'कहाँ जा रहा है विशू। आ जा हम लोग खेलेंगे। देख मैं नयी बॉल लाया हूँ।'

कहकर उसने नयी टेनिस बॉल हवा में उछाली। पर विशू का मन आज खेलने का नहीं था। उसने दूर से ही कहा, 'अभी जा रहा हूँ, कल खेलेंगे।'

जाते-जाते उसने देखा। 'मात्ता जी' बड़ी पतीली को गैस पर चढ़ा चुकी थीं जिसमें पानी उबल रहा था। किचन में एक बड़ा-सा छुरा तैयार रखा था और ज़मीन पर लकड़ी की टिकटी।

दारजी किचन में आने ही वाले थे।

उस दिन के बाद विशू का मंजीत के घर आना-जाना कम हो गया। अगर 'मात्ता जी' उसे प्रेम से हलवा भी खाने को देतीं तो उनके हाथ से, उसे वह भी लेने का मन नहीं करता। 'मात्ता जी' पूछतीं, 'क्या बात है विशू, तेरी मंजीत से कुछ लड़ाई-वड़ाई हुई है क्या? तू मुझे कुछ नाराज़ दिखता है। आजकल ज़्यादा आता भी नहीं।'

'नहीं मात्ता जी, ऐसी कोई बात नहीं।'

'तो ले, ये हलवा खा ले।'

वह बेमन से हलवा ले लेता। फिर धीरे से बाहर जाकर किसी कोने में गिरा देता।

मंजीत के परिवार से वह धीरे-धीरे दूर होता गया, हालाँकि मंजीत से उसकी दोस्ती बनी रही।

जब मंजीत शहर छोड़कर गया तो वह उसे बस स्टैंड तक छोड़ने गया था और उसके गले लगकर खूब-खूब रोया था।

विश्वमोहन की तन्द्रा टूटी।

बाहर कुछ बूँदाबाँदी शुरू हो गयी थी।

वह एक बार फिर उठा, इस बार उसने खिड़की के ब्लाइंड्स पूरी तरह खोल दिये। सुन्दर हरीभरी पहाड़ी से होते हुए उसकी नज़रें एक बार फिर ग़रीब नवाज़ चिकन शॉप पर आकर टिक गयीं। दुकान पर एक साँवली, सलोनी, सुन्दर सी महिला खड़ी थी जो शायद दूध और श्रीखंड खरीदने के बाद चिकन खरीद रही थी। उसने माथे पर

गोल बिन्दी लगा रखी थी और वह गुमटी वाले लड़के से हँस-हँस कर बातें कर रही थी।

अब घर जाकर वह इस चिकन के छोटे-छोटे टुकड़े करेगी। फिर मसाले डालकर उसे पकायेगी। रात में उसे रोटियों के साथ टेबल पर सर्व करेगी। फिर अपने पति के साथ प्रेम करेगी। इस अभी-अभी चिकन खाने वाली महिला के साथ भी प्रेम किया जायेगा, बिना इस कंसीडरेशन के कि इसने अभी-अभी चिकन बनाया और खाया है। इसमें कहीं भी कुछ ग़लत नहीं था पर पता नहीं क्यों विश्वमोहन को यह विचार अच्छा नहीं लगा।

टेलीविज़न और फ़िल्मों में हल्के रंग की शिफॉन में लिपटी, सुन्दर, दमकती लुनाई वाली महिलाओं को देखकर, जो अक्सर बहुत ही सॉफिस्टिकेटेड स्टाइल में काँटे से चिकन या मीट का टुकड़ा उठाकर मुँह में डालती थीं, विश्वमोहन के मन में अक्सर ये विचार आता कि उनसे पूछे, 'ये चीज़ जो आप खा रही हैं इसे आपने कटते हुए देखा है?'

'जी नहीं।'

'तो देखिये।'

उसे पूरा भरोसा था कि उसके जवाब पर वे उसे एक बेहूदा आदमी मान लेंगी, वैसे ही जैसे दक्षिण भारत के फ़िल्मकार वैद्यनाथन को कई लोग मानते हैं, जिन्होंने अपनी फ़िल्म में दर्शकों को उन बूचड़खानों की सैर कराई थी जहाँ असंख्य बकरे, गायें और भैंसे काटे जा रहे थे, डिब्बे में बन्द किये जा रहे थे और विश्वभर में भेजे जा रहे थे, शायद उन दमकती लुनाई वाली महिलाओं और उनसे लिपटे शानदार सूट्स वाले पुरुषों का भोजन बनने के लिए। वैद्यनाथन की फ़िल्म को देखकर कई लोगों ने मांसाहार छोड़ दिया था।

विश्वमोहन ने अपनी खिड़की की ब्लाइंड्स बन्द कीं और बाहर निकल आया।

उसने गौतम से कहा, 'आज मैं ज़रा जल्दी जाऊँगा, तुम ऑफिस देख लेना।'

'यस सर।'

ऑफिस से विश्वमोहन ने सीधे अपने इलाके के पुलिस स्टेशन का रास्ता पकड़ा।

थानेदार अशोक पटेल से उसकी जान पहचान थी। उसे देखकर वह कुर्सी से खड़ा हो गया। हाथ बढ़ाता हुआ बोला, 'अरे मोहन जी, आप यहाँ थाने में कैसे?'

'आपसे थोड़ा काम था।'

'काम-वाम तो होते रहेंगे, आप बैठिये।'

विश्वमोहन थोड़ा आश्वस्त हुआ। पटेल ने आवाज़ लगाकर दो गिलास चाय बुलाई। विश्वमोहन के हाथ में एक गिलास पकड़ाते हुए बोला, 'जी, अब बताइये।'

'बात ये है कि मेरे ऑफिस के बगल में रियाज़ नाम के आदमी ने एक गुमटी रख ली है और उसमें 'ग़रीब नवाज़ चिकन शॉप' के नाम से एक दुकान चला रहा है। वहीं खुले में मुर्गे काटे जाते हैं, बनाये जाते हैं, बेचे जाते हैं। गन्दगी कर रहे हैं वह अलग से। मैं चाहता हूँ कि आप उसे वहाँ से हटवायें।'

'अच्छा? ये तो सरासर ग़लत बात है। पहली बात तो उसके पास नगर निगम का लाइसेंस होना चाहिए। फिर खुले में यह काम वह कैसे कर सकता है? आप फिकर मत कीजिए। मैं कल सुबह ही दो सिपाहियों को भेजता हूँ। और बताइये।'

'बस इतना ही था। मेरे कमरे के नीचे ही उसकी दुकान है। दिनभर चिक चिक लगी रहती है। मैं परेशान हो गया हूँ।'

'अब कल के बाद आप परेशान नहीं होंगे।'

अशोक पटेल ने कहा और विश्वमोहन को बाहर तक छोड़ने आया। चलते-चलते विश्वमोहन ने अपनी कार से सिगरेट का एक पैकेट निकाला और पटेल से कहा, 'इसे ट्राय कीजियेगा। इंपोर्टेड है और फ्लेवर्ड भी। अच्छा चलता हूँ। थैंक यू सो मच।'

'थैंक यू क्या मोहन जी, ये तो हमारा काम है।'

एक सन्तोष के साथ विश्वमोहन ने ड्राइवर कैलाश से कहा, 'चलो कैलाश, घर चलो।'

अगले दिन सुबह जब वह अपने ऑफिस पहुँचा तो 'ग़रीब नवाज़ चिकन शॉप' बन्द पड़ी थी। न मुर्गियों की जाली थी, न उन्हें काटने वाला छोकरा। बस रियाज़ गुमटी के पास खड़ा था।

गंगाधर ने बताया, 'दो पुलिस वाले आये थे। इसे बन्द करा गये हैं।'

विश्वमोहन को अजब सन्तोष का अहसास हुआ। लगा उसकी भी कुछ हस्ती है। आख़िर इन लोगों ने समझ क्या रखा है? जो मन में आया वो करेंगे? किसी का भी कोई लिहाज नहीं करेंगे? आख़िर सिविल सोसायटी भी कोई चीज़ है। उसने सोचा ऊपर जाकर इंस्पेक्टर अशोक पटेल को फ़ोन कर धन्यवाद दे। फिर सोचा, पहले एक पान खा लेता हूँ। असल में आज उसे विजयी मुद्रा में थोड़ी देर वहाँ खड़े रहने की इच्छा हो रही थी। पान खाना तो सिर्फ़ एक बहाना था।

पान खाते हुए उसने कनखियों से रियाज़ की ओर देखा। वह उसी की ओर देख रहा था। विश्वमोहन ने पहले तो उसे नज़रअन्दाज़ किया। फिर एक उचटती सी निग़ाह उसकी ओर डाली और ऊपर अपने ऑफिस में चला आया।

रियाज़ उसी की ओर देख रहा था। क्या उसकी निग़ाह में एक क़िस्म की चुनौती थी?

उस शाम विश्वमोहन ने अपने दो-तीन दोस्तों को होटल मैरियट के लाउंज में बुलाया। वाइन की चुस्कियों और बेहतरीन स्नैक्स के बीच उसने उन्हें पूरी घटना सुनाई जिसका अन्त कुछ इस तरह हुआ—

'असल में क्या है कि हम किसी चीज़ का, किसी बुराई का, किसी अव्यवस्था का विरोध ही नहीं करते। अगर हम विरोध करें तो चीज़ों को बदला जा सकता है।'

विश्वमोहन के गहरे दोस्त सुरेन्द्र सिंह ने, जिसे चिकन टिक्का और बटर चिकन बहुत पसन्द था, कहा, 'सवाल ये है कि आप चिकन शॉप का विरोध करना ही क्यों चाहते हैं? मुझे तो आपका ये शाकाहार-वाकाहार बेकार की चोंचलेबाज़ी लगता है।'

वाइन के दो पेग हो चुके थे और विश्वमोहन ने आज सुबह-सुबह एक बड़ी जीत हासिल की थी। आज वह बहस करने के मूड में था। उसने कहा, 'ये कोई चोंचलेबाज़ी नहीं है। हमारे देश में ही नहीं यूरोप और अमेरिका में भी वेजीटेरियनिज़्म एक आन्दोलन के रूप में खड़ा हुआ है। वहाँ भी लाखों लोग हैं जो मांसाहार का विरोध करते हैं। बाकायदा वेजीटेरियन सोसायटीज़ बनी हुई हैं। हमारे अपने देश में तो पचास परसेंट से ऊपर लोग शाकाहारी हैं।'

'छोड़ो यार, ये सिर्फ़ जैनियों और आप जैसे कुछ हिन्दुओं का

धार्मिक प्रोपैगंडा है। क्या आप बतायेंगे कि इस बारे में क्रिश्चियन मान्यता क्या कहती है?'

विश्वमोहन अमेरिका में खुद एक वेजीटेरियन सोसायटी का सदस्य रह चुका था। इस मामले में कोई उसे परास्त नहीं कर सकता था। उसने कहा, 'तुमने पायथागोरस का नाम सुना है?'

'कौन वही, गणित वाला?'

'हाँ वही, महान गणितज्ञ। उसने आज से दो हज़ार साल पहले यूरोप में शाकाहार का प्रचार किया था। वह इसे सात्विक जीवन का एक ज़रूरी मूल्य मानता था। पायथागोरियन शुद्ध शाकाहारी होते थे और इसके लिए उन्हें चर्च ने बहुत प्रताड़ित भी किया। एक समय में तो उन्हें विधर्मी तक मान लिया गया और ज़िन्दा जला दिया गया। पर धीरे-धीरे, सैकड़ों सालों में, उनकी बात लोगों को समझ में आने लगी। इरासमस, मोंटेन और दा विंशी जैसे महान लोगों ने उनका समर्थन किया। आज क्रिश्चियनिटी के भीतर भी बड़े समूह हैं जो मांसाहार को ग़ैरज़रूरी मानते हैं।'

विश्वमोहन के दूसरे दोस्त सतिन्दर सिंह ने जो खेल की दुनिया से आता था और बॉक्सिंग का चैम्पियन होने के साथ-साथ मीट का बड़ा शौकीन था कहा, 'यार, बॉडी शॉडी बनाने के लिए तो मीट बहुत ज़रूरी है। उसके बिना आदमी के शरीर में ताकत कहाँ से आयेगी?'

फिर वह आँख मारकर हँसा। विश्वमोहन ने कहा, 'ये भी ग़लत धारणा है। विज्ञान सिद्ध कर चुका है कि मीट के बहुत ही छोटे हिस्से से न्यूट्रीऐंट आदमी के शरीर में पहुँचते हैं। हाँ 'मैड काउ डिज़ीज़' जैसी बीमारियाँ ज़रूर हो सकती हैं।'

सतिन्दर ने फिर कहा, 'जानवर तो जानवर ही होता है। सदियों से उसका शिकार किया जा रहा है।'

विश्वमोहन ने गम्भीर होते हुए कहा, 'पर इसका मतलब ये तो नहीं कि आज के युग में भी उस पर उतने ही जुल्म ढाये जायें। एक समय था जब यूरोप में मुर्गियों का गला रेतकर उन्हें उल्टा टाँग दिया जाता था कि पूरा खून बह जाये तो उनकी साफ़-सफाई की जाये। या गठानों वाली रस्सियों से सूअरों को तब तक पीटा जाता था जब तक कि वे मर न जायें, सिर्फ़ इसलिए कि उनका मांस पिलपिला और स्वादिष्ट हो सके। सोचो, आज जब विज्ञान हमें बता चुका है

कि जानवरों में भी नर्व सिस्टम उसी तरह का होता है जैसा मनुष्यों में और उन्हें भी वैसा ही दर्द होता है जैसा आदमियों को, तो क्या आज भी वैसा ही किया जाना चाहिए? मुझे तो लगता है कि मांसाहार आदमी को ब्रूटलाइज़ करता है, बर्बर बनाता है।'

सतिन्दर अभी भी अड़ा हुआ था, 'अच्छा मान लो कि पूरी दुनिया में लोग चिकन, मीट या फिश वगैरह खाना छोड़ दें तो क्या दुनिया में भोजन की कमी नहीं पड़ जायेगी?'

'बिल्कुल नहीं। उल्टे अगर आर्गनाइज़्ड एनीमल फार्मिंग बन्द कर दी जाये तो इतना अनाज बचेगा कि पूरी दुनिया का पेट आसानी से भर सके। हम बर्बरता से भी बच सकेंगे और शायद युद्ध पिपासा से भी।'

फिर वह साँस लेने के लिए रुका और जैसे अपने तर्क को मज़बूत करते हुए उसने कहा, 'ये सिर्फ़ मैं ही नहीं कह रहा हूँ, गाँधी ने भी यही कहा था।'

अनिरुद्ध ने, जो कविता लिखा करता था, और अक्सर इस तरह की पार्टियों में चुप रहता था, वातावरण को हल्का करते हुए कहा, 'अच्छा चलो। आज तुम्हारी बात मान लेते हैं। आज हम लोग पनीर टिक्का और चना रोस्ट से ही काम चला लेंगे।'

कहते हुए उसने सबके गिलास एक बार फिर भरे, वेटर को चना रोस्ट लाने का ऑर्डर दिया और एक सिगरेट सुलगा ली। उसके बाद बातचीत हाल ही में आयी एक फ़िल्म की ओर चली गयी और तब तक चलती रही जब तक कि लाउंज की लाइट्स के बन्द होने का समय नहीं आ गया।

अगले कुछ दिनों तक विश्वमोहन का ऑफिस वैसा ही चला जैसा वह चाहता था। शान्त और सुव्यवस्थित। उसने बचे हुए सारे काम निबटाये और एक-दो दिन के लिए छुट्टी लेने का सोचने लगा।

पर अचानक एक दिन सुबह उसे अपने एक्सटेंशन पर दीपा घोष की मीठी आवाज़ सुनाई दी—

'सर वन मिस्टर हमीद खान इज़ हियर। ही वांट्स टू मीट यू।'

'पर मैं किसी हमीद खान को नहीं जानता। पूछो काम क्या है?'

'सर, वो कह रहे हैं कि वे यहाँ के पार्षद हैं। आपसे मिलकर ही काम बतायेंगे।'

'अच्छा भेज दो, और देखो गौतम को भी भेज देना और दो कप चाय भी।'

हमीद खान और गौतम ने साथ-साथ प्रवेश किया। विश्वमोहन ने औपचारिकता में हाथ बढ़ाते हुए कहा, 'आइये, बैठिये।'

हमीद खान ने बैठते हुए कहा, 'मोहन जी आपसे एक काम है।'

'बतायें।'

'आप रियाज़ के ख़िलाफ़ अपनी शिक़ायत वापस ले लें।'

'देखिये मैंने शिक़ायत वापस लेने के लिए नहीं की है। मुझे लगता है कि ग़रीब नवाज़ चिकन शॉप वाकई एक पब्लिक न्यूसेंस है। इसे यहाँ नहीं होना चाहिए।'

'पर एक ग़रीब आदमी उससे अपनी रोज़ी रोटी कमा रहा है।'

'मेरी उसकी रोज़ी रोटी से कोई दुश्मनी नहीं। बस वह अपनी गुमटी यहाँ से हटा ले।'

'और वो टोपी वालों ने जो चाय का ठेला लगवा दिया है, उसके बारे में आपका क्या कहना है?'

'कौन सा ठेला?'

'ज़रा उठकर देखिये!'

विश्वमोहन ने खिड़की के ब्लाइंड्स हटाकर देखा। गुमटी के ठीक बगल में एक चाय का ठेला खड़ा था। ठेले पर रखे छोटे स्टोव पर एक साँवला सा आदमी चाय उबाल रहा था। नीचे ज़मीन पर, एक थोड़े बड़े स्टोव पर, एक औरत समोसे तल रही थी। ग्राहक भी उसके आसपास जमा होना शुरू हो गये थे।

'उनके बारे में आप क्या कहते हैं?'

विश्वमोहन थोड़ा अचकचा गया। उसे एकदम कोई जवाब नहीं सूझा। हमीद भाई ने कहा, 'उनके बारे में आप क्यों कहेंगे? आख़िर वे सब आपके लोग हैं।'

'वे कोई मेरे लोग-वोग नहीं हैं। मैं उनकी भी शिक़ायत करूँगा। उन्हें भी हटवाने की कोशिश करूँगा। ऐसे तो यहाँ पूरा बाज़ार लग जायेगा।'

'देखते हैं। आप क्या करते हैं? मेरी गुज़ारिश है कि आप रियाज़ के ख़िलाफ़ शिक़ायत वापस लीजिए। नहीं तो आप बड़ी मुसीबत में फँस सकते हैं। फिर मत कहियेगा कि मैंने चेतावनी नहीं दी थी।'

'आप मुझे धमका रहे हैं?'

'नहीं। समझा रहा हूँ।'

'ठीक है। तो मैं भी आपको बता दूँ—मैं शिक़ायत वापस नहीं ले रहा हूँ।'

हमीद मियाँ उठे और बाहर चले गये।

उनके जाने के बाद गौतम ने कहा, 'सर, हमें एक बार सोच लेना चाहिए।'

'क्यों?'

'सर मेरी सूचना है कि रियाज़ मुन्ने भाई के पास गया था। उन्होंने ही हमीद खान को हमारे पास भेजा है।'

मुन्ने भाई इलाके के बड़े दादा थे। अड़ी डालना, घर खाली करवाना, लोगों के झगड़े सुलझाना और इस तरह पैसे बनाना उनका प्रमुख काम था। अब ज़मीन के धन्धे में भी आ गये थे। बड़ी ज़मीनें खुद ही खरीदते बेचते थे और उलझी हुई ज़मीनों पर कब्ज़ा भी दिलवाते थे। गौतम को मालूम था कि रियाज़ जब उनके यहाँ विश्वमोहन की शिक़ायत लेकर गया तो उन्होंने कहा था...अरे उसकी तो माँ की...। मैं कल ही हमीद को भेजता हूँ। समझ गया तो ठीक, नहीं तो अपन देख लेंगे। पर ये बात उसने विश्वमोहन को नहीं बताई। उसने यही कहा—

'सर इनसे उलझना ठीक नहीं। पता नहीं, कब क्या कर डालें। इससे तो अच्छा है कि मैं आपका कमरा बदलवा देता हूँ। न आपको ये चिकन शॉप दिखेगी न तकलीफ होगी और हम इस झंझट से भी बच जायेंगे।'

विश्वमोहन को ये गवारा न हुआ। वह कोई ग़लत काम तो कर नहीं रहा था। ऐसे तो कोई भी हमीद खान या मुन्ने भाई आकर उसे धमका जायेंगे और वह हार मान लेगा? आख़िर शहर में उसकी भी कोई हैसियत है। अभी तो सिर्फ़ पुलिस स्टेशन तक गया था, बात बढ़ेगी तो एस.पी. या डी.आई.जी. तक जायेगा। डी.आई.जी. उसका कालेज का दोस्त है और अक्सर शाम को मैरियट में मिल जाता है। उसने गौतम से कहा, 'तुम मत घबराओ। कुछ नहीं होगा।'

अभी गौतम कमरे के बाहर निकला ही था कि चार-पाँच लोग खाकी पैंट, सफ़ेद कमीज़ और काली टोपी पहने विश्वमोहन के कमरे में आ गये। उनके साथ-साथ गौतम भी दोबारा कमरे में आ गया। वह उनमें से एक को पहचानता था। उन्हें देखकर उसने कहा, 'अरे रत्नाकर जी आप! आप सर के कमरे में कैसे?'

रत्नाकर जी ने विश्वमोहन से मुख़ातिब होते हुए कहा, 'मोहन जी हम लोग तो आपको बधाई देने आये हैं। आपने रियाज़ के ख़िलाफ़ ठीक शिक़ायत की। मुहल्ले के बीचोंबीच इस तरह की दुकानें बिल्कुल नहीं चलनी चाहिए।'

'जी।'

'आप डटे रहिये। कोई कुछ भी कहे, चिन्ता मत करिये और कोई दिक़्क़त हो तो हमें बताइयेगा। आख़िर हम लोग कब काम आयेंगे?'

'जी, अभी तो ऐसी कोई दिक़्क़त नहीं है।'

'बढ़िया है। आख़िर आप भी कोई छोटे मोटे आदमी तो हैं नहीं। हाँ एक बात और, ये नारायण का ज़रा ध्यान रखियेगा। अपना बच्चा है।'

'नारायण कौन?'

'वही जो आपके ऑफिस के नीचे चाय का ठेला लगाता है। हम लोगों ने इसकी मदद की है। कुछ काम धन्धे से लग जायेगा।'

'पर रत्नाकर जी मुझे इस चाय के ठेले पर भी एतराज़ है।'

'छोड़िये मोहन जी, आप कहाँ-कहाँ एतराज़ करेंगे। हम लोग तो आपको बधाई देने आये थे। कोई ज़रूरत पड़े तो बताइयेगा।'

कहकर वे चले गये। गौतम ने कहा–

'सर, मैंने आपसे कहा था। बात बढ़ती जा रही है। आप एक बार फिर सोच लें।'

विश्वमोहन के समझ में नहीं आया कि उसे क्या करना चाहिए। उसके सोच का आधार व्यवस्थित विकास की अवधारणा थी, जो एक सभ्य नागरिक के रूप में, एक वैश्विक नागरिक के रूप में उसके भीतर विकसित हुई थी। न वह हमीद खान के पक्ष में था न रत्नाकर भाई के। दोनों ही नाम रोजी रोटी का ले रहे थे पर सरकारी ज़मीन पर आदमी अपने बिठा रहे थे। उसने तय किया, वह दोनों का विरोध करेगा। कल एक बार फिर इंस्पेक्टर अशोक पटेल से मिलने जायेगा। कहेगा, इस ठेले वाले को भी यहाँ से हटाना चाहिए।

पर अगले दिन उसे अशोक पटेल के यहाँ थाने में जाने की ज़रूरत नहीं पड़ी।

अभी वह अपने ऑफिस पहुँचा ही था कि दीपा घोष की आवाज़ उसके एक्सटेंशन पर सुनाई पड़ी।

'सर, इंस्पेक्टर साहब आये हैं।'

विश्वमोहन को आश्चर्य हुआ। वह तो खुद ही आज पटेल से मिलने जाने वाला था। वह कैसे आ गया? शायद स्पॉट का निरीक्षण करने आ गया होगा। चलो देखते हैं। यहीं बात कर लेंगे।

अशोक पटेल ने कमरे में प्रवेश किया, आज उसकी मुद्रा थोड़ी गम्भीर थी। विश्वमोहन ने उसका स्वागत करते हुए कहा, 'आइये पटेल साहब। आज आपने यहाँ आने की ज़हमत कैसे उठाई? फ़ोन पर बात कर लेते।'

'नहीं मोहन जी, बात ही कुछ ऐसी है। फ़ोन पर नहीं हो सकती थी।'

घोष मैडम आकर कॉफी और बिस्किट रखवा गयीं। विश्वमोहन ने पूछा, 'क्यों, ऐसी क्या बात है?'

'असल में आपके नाम से कोर्ट का सम्मन आया है।'

'मेरे नाम से? क्यों?'

'यह तो आपको जज साहब ही बतायेंगे। कुछ लड़ाई झगड़े का केस है।'

'पर मैंने तो किसी से लड़ाई झगड़ा नहीं किया।'

'मोहन जी सम्मन तो यही कहता है। कल आपकी पेशी है। आप सम्मन रिसीव करवा लें।'

'सम्मन तो मैं ले लेता हूँ। पर पेशी पर किसी को भेजने से काम नहीं चलेगा?'

'नहीं। पर्सनल अपियरेंस के लिए लिखा है। मेरा सुझाव है कि आप एक वकील कर लें और उसे साथ लेकर जायें। वह जज साहब का मूड देखकर बात कर लेगा।'

'मैं कलेक्टर साहब से बात करूँ?'

'कोई फायदा नहीं होगा। क्रिमिनल केस है आपको जाना तो पड़ेगा। नहीं तो मेरे पास आदेश आ जायेंगे।'

'आदेश?'

'जी। आपको अरेस्ट करने के आदेश।'

अब विश्वमोहन की समझ में आया। वह किसी बड़ी परेशानी में फँस चुका था। उसने कहा, 'ठीक है, तो कल चला जाऊँगा।'

'हाँ और वकील को साथ ले जाना न भूलिएगा।'

अशोक पटेल ने कहा और उठ गया।

कॉफी ठंडी हो चुकी थी। आज अशोक पटेल ने उसकी ओर कोई ध्यान नहीं दिया।

विश्वमोहन ने अपने दोस्त सरफराज़ खान को, जो शहर का एक लोकप्रिय एडवोकेट भी था, फ़ोन लगाया।

'सरफराज़ यार, मेरे ऑफिस में आओ। एक झंझट में फँस गया हूँ। तुम्हारी मदद की ज़रूरत है।'

सरफराज़ जो 'हैप्पी गो लकी' क़िस्म के आदमी थे, ने उधर से कहा, 'सब मर्जों की एक दवा—सरफराज़ खान। आधे घंटे में हाज़िर होता हूँ हुजूर।'

सरफराज़ खान आये और पूरी बात सुनकर बोले, 'आपसे कहा किसने था कि दूसरों के फटे में टाँग अड़ाओ!'

'किसी ने नहीं। पर यार ये भी तो ग़लत है कि आप पब्लिक प्लेस में खड़े होकर मुर्गा काटने लगें।'

'जनाब आप एक दुकान की बात कर रहे हैं? लोग बड़ी-बड़ी बिल्डिंगें तान ले रहे हैं। ज़मीनें हड़प ले रहे हैं। रास्ते और नदियाँ रोक ले रहे हैं। उन्हें कोई नहीं देख रहा। आप एक मुर्गी वाले की जान लिए जा रहे हैं।'

'जान तो वह मेरी ले रहा है। तुम कुछ भी कहो। अगर मेरे घर या ऑफिस के बगल में कोई दिन-रात मुर्गी काटे और बेचे तो मुझसे तो बर्दाश्त नहीं होगा। मैं क्या, कोई भी संवेदनशील आदमी बर्दाश्त नहीं करेगा।'

'तो आप जैसे संवेदनशील आदमियों को शहर में नहीं रहना चाहिए। धीरे-धीरे हमारे शहर ऐसे ही होते जायेंगे। और जनाब एक बात आप और जान लें, हमारा देश अभी सम्पन्न नहीं हुआ है और जब तक वह सम्पन्न नहीं होता, रोजी-रोटी यहाँ का सबसे बड़ा मुद्दा है। बाकी सब मुद्दों से ऊपर।'

विश्वमोहन कुछ नहीं बोला। सरफ़राज़ ने चलते-चलते कहा, 'अब कल सुबह अदालत पहुँचिये। मैं आपको वहीं मिलूँगा।'

विश्वमोहन ठीक ग्यारह बजे अदालत पहुँच गया।

वह वक़्त का पाबन्द था। सरफ़राज़ का कहीं पता नहीं था।

अदालत में काले कोट वाले वकील फाइलों के पुलिंदे लिए, व्यस्त आदमियों की तरह इधर से उधर आ-जा रहे थे। उनके पीछे-पीछे उनके क्लायंट, कुछ एनीमेटेड सी चर्चा करते हुए। विश्वमोहन को लगा, वकील उतने व्यस्त हैं नहीं जितना दिखने की कोशिश कर रहे हैं। न्यायालय आदमियों से भरा हुआ था जिसमें शहरी भी थे और ग्रामीण भी। एक कोने में सैकड़ों नोटरी अपनी टाइपिंग मशीन लिए बैठे थे और तेज़ गति से, न जाने क्या, टाइप किये जा रहे थे। इतना आदमी रोज़ न्यायालय आता है? और इतने लोग आपस में लड़ रहे हैं? कोई आश्चर्य नहीं कि देश के न्यायालयों में करोड़ों मुकदमे लम्बित पड़े थे और लोग थे कि लड़े जा रहे थे, लड़े जा रहे थे...

किसी ने पीछे से उसके कन्धे पर हाथ रखा, 'आ गये आप!'

सरफ़राज़ था। विश्वमोहन ने झुँझलाते हुए कहा, 'कहाँ थे यार, यहाँ तो कुछ समझ नहीं आ रहा है।'

'अरे अभी कहाँ आपकी पेशी हुई जा रही है। आइये देखते हैं।'

कहकर वह उसे प्रथम श्रेणी न्यायालय क्रमांक तीन में ले गया। सम्मन वहीं से आया था। एक ऊँचे से प्लेटफार्म पर जज साहब बैठे थे। बाहर एक चोबदार आवाज़ लगा रहा था। वकील आगे बढ़-बढ़कर कुछ काग़ज़ प्रस्तुत करते थे या बहस करते थे। नीचे बैठा एक क्लर्क जज साहब द्वारा दिये निर्णय लिखता जाता था। अदालत के प्रवेश-द्वार पर एक दूसरा क्लर्क बैठा था जिसकी टेबल की दराज़ खुली हुई थी और वह वकीलों से सरेआम रुपये लेकर उसमें डालता जा रहा था।

सरफ़राज़ ने उसे एक सौ का नोट दिया। उसने सरफ़राज़ और विश्वमोहन को सरसरी निग़ाह से देखा—

'अभी टाइम है।'

'कितना?'

'लंच के बाद नम्बर लगेगा।'

'थोड़ा जल्दी करवाओ न।'

'देखते हैं।'

सरफराज़ ने विश्वमोहन का हाथ पकड़कर कहा, 'चलो, चाय पीकर आते हैं।'

चाय पीने में उन्होंने करीब एक घंटा गुज़ारा। इस बीच सरफराज़ ने करीब सौ लोगों को सलाम किया और दो सौ लोगों से हाथ मिलाये। उसके पास अनन्त समय था। उसे कहीं जाने की चिन्ता नहीं थी। उसी समय पुलिस की वैन से करीब बीस कैदी हथकड़ियों में लाये गये। वे पुलिस वालों से हँसी-मज़ाक़ कर रहे थे। उनके चेहरे पर किसी तरह की शिकन नहीं थी। विश्वमोहन को लगातार लगता रहा कि कोई उसे वहाँ न देख ले और पूछ बैठे—आप यहाँ कैसे?

एक डेढ़ घंटे बाद जब वे फिर प्रथम श्रेणी न्यायालय क्रमांक तीन में पहुँचे तो जज साहब कुछ कम घिरे नज़र आ रहे थे। क्लर्क ने, जिसे अभी-अभी सरफराज़ ने सौ का नोट दिया था, कहा, 'साहब, लंच के लिए उठने ही वाले हैं। आपकी केस फाइल पहुँचाता हूँ।'

जज साहब ने फाइल देखकर कहा, 'बुलाओ।'

चोबदार ने कहा, 'विश्वमोहन...।'

विश्वमोहन और सरफराज़ आगे बढ़े। जज ने विश्वमोहन की तरफ़ देखकर कहा, 'आप ही विश्वमोहन हैं?'

'जी।'

'देखने में तो आप शरीफ आदमी लगते हैं।'

'जी।'

'रियाज़ मोहम्मद की दुकान में आप क्या करने गये थे?'

'जी मैं उसकी दुकान में नहीं गया।'

'उसने शिक़ायत की है कि आप उसकी दुकान में गये, उसे धमकाया, मारने की धमकी दी और फिर आठ-दस लोगों को उसे पीटने के लिए भेजा।'

'जी मैंने ऐसा कुछ नहीं किया।'

अचानक विश्वमोहन को रियाज़ दिखा। वह थोड़ी दूर पर खड़ा मुस्कुरा रहा था। एक कुटिल मुस्कुराहट। जज ने कहा, 'आप जानते हैं कि आपकी इस हरकत से दंगा हो सकता था? लॉ एंड ऑर्डर की स्थिति बिगड़ सकती थी? इलाके के थानेदार ने भी इसकी पुष्टि की है।'

दंगा? विश्वमोहन के कटु आलोचक भी उसकी धर्मनिरपेक्षता पर

शक नहीं कर सकते थे। वह खुले विचारों का आदमी था और धर्म आधारित राजनीति को विकास की राह में रोड़ा समझता था। और अशोक पटेल? वह तो उसे अच्छी तरह जानता था। उसी ने दुकान बन्द करवाई थी। अब अदालत में उसने किस चीज़ की पुष्टि कर दी? उसने प्रतिवाद करने की कोशिश की–

'सर, मैंने अपने जीवन में किसी को एक थप्पड़ तक नहीं मारा, मैं क्या दंगा करवाऊँगा...'

जज ने कहा, 'ध्यान रखिये, आप अदालत से बात कर रहे हैं...'

सरफराज़ ने धीरे से उसका हाथ दबाया। वह चुप रहने का इशारा था। उसने जज से पूछा, 'सर, कुछ मुचलका वगैरह जमा करना पड़ेगा?'

'नहीं, फिलहाल तो मैं एक वॉर्निंग देकर छोड़ रहा हूँ अगली बार फिर ऐसी हरकत हुई तो मुझे कड़ी कार्रवाई करनी पड़ेगी।'

'जी सर।'

विश्वमोहन और सरफराज़ अदालत से बाहर आ गये।

उनके पीछे-पीछे रियाज़। दोनों हाथ पैंट की जेब में डाले और शर्ट की तीन बटन खोले, लापरवाह अन्दाज़ में चलता हुआ...

अगले दो-तीन दिन विश्वमोहन अपने ऑफिस नहीं गया। वह गहरे पराजय बोध में डूब गया था। उसे, विश्वमोहन को, जो शहर का एक सम्मानित और प्रतिष्ठित आदमी था, जो राजनीति, कला, संस्कृति और शाकाहार के बारे में भव्य और सुलझे हुए विचार रखता था, जो विश्व भर में घूम चुका था और शायद देश की अर्थव्यवस्था में ज़रूरी योगदान कर रहा था, एक अदना सा मुर्गी वाला, कोर्ट में घसीट सकता था, जलील कर सकता था, भले ही वह सही बात कह रहा हो। और अभी चाय वाले से तो वह टकराया ही नहीं था। और उनके पीछे थे कोई हमीद भाई, कोई मुन्ने मियाँ, कोई रत्नाकर जी। आख़िर ये लोग किस तरह के शहर, गाँव, देश चाहते हैं...। उसे अचानक अपने सुन्दर ऑफिस, अपने शहर, अपने देश, विकास की अपनी अवधारणा से चिढ़ होने लगी।

फिर जब एक दिन सुबह उसकी पत्नी भारती ने अपने सुन्दर और सुरम्य घर की बालकनी में बैठकर नाश्ता करते हुए उससे कहा,

'ऐसे ऑफिस जाना थोड़े छोड़ दोगे, तुम्हारा ऑफिस तो बढ़िया है, एक बार उसमें प्रवेश कर गये तो फिर तुम्हें बाहर की क्या चिन्ता? चाहो तो अपना कमरा बदल लो। फिर अभी स्थानीय न्यायालय में ही तो बात हुई है, लड़ाई आगे भी लड़ी जा सकती है,' तो उसकी बात से विश्वमोहन का मन कुछ शान्त हुआ।

वह अगले दिन अपनी चमचमाती मर्सिडीज़ में बैठकर अपने ऑफिस पहुँचा।

कार से उतरते ही उसकी निग़ाह 'ग़रीब नवाज़ चिकन शॉप' पर पड़ी। आज वहाँ ज़्यादा चहल पहल थी। ग्राहकों की आवाजाही और चिकन की बिक्री उठान पर थी।

और एक नयी बात भी थी। दुकान की खिड़की के बायीं ओर, अपने आन्तरिक अंग प्रदर्शित करता हुआ, एक बकरा भी उलटा लटक रहा था, जिसका पेट बीच से चिरा हुआ था। दुकान के ऊपर नया बोर्ड लगा था—ग़रीब नवाज़ चिकन एंड मीट शॉप। यहाँ बकरे का ताज़ा गोश्त भी मिलता है।

उसके ठीक पीछे नारायण चाय वाले ने दो बाँसों पर तिरपाल डालकर थोड़ी और जगह घेर ली थी। सामने लटकते बैनर ने विश्वमोहन को सूचित किया 'नारायण भोजनालय, तीस रुपये में वैष्णव थाली।'

रियाज़ सामने ही खड़ा था। विश्वमोहन ने एक बार घूरकर रियाज़ की ओर देखा। आज रियाज़ ने भी भरपूर निग़ाहों से विश्वमोहन को जवाब दिया। विश्वमोहन की आँखों में वितृष्णा थी और रियाज़ की आँखों में बेपरवाही।

विश्वमोहन को लगा कि वह रियाज़ से कुछ कहे। पर उसे अपने वकील दोस्त सरफराज़ और अदालत के ग़रीब नवाज़ जज साहब की याद आ गयी। उसने कुछ नहीं कहा।

उसने अभी-अभी भारतीय लोकतंत्र का एक बड़ा पाठ पढ़ा था।

शहर में अभी-अभी एक दंगा होते-होते बचा था।

□□